안녕 시모키타자와

안녕 시모키타자와

요시모토 바나나

김난주 옮김

민음사

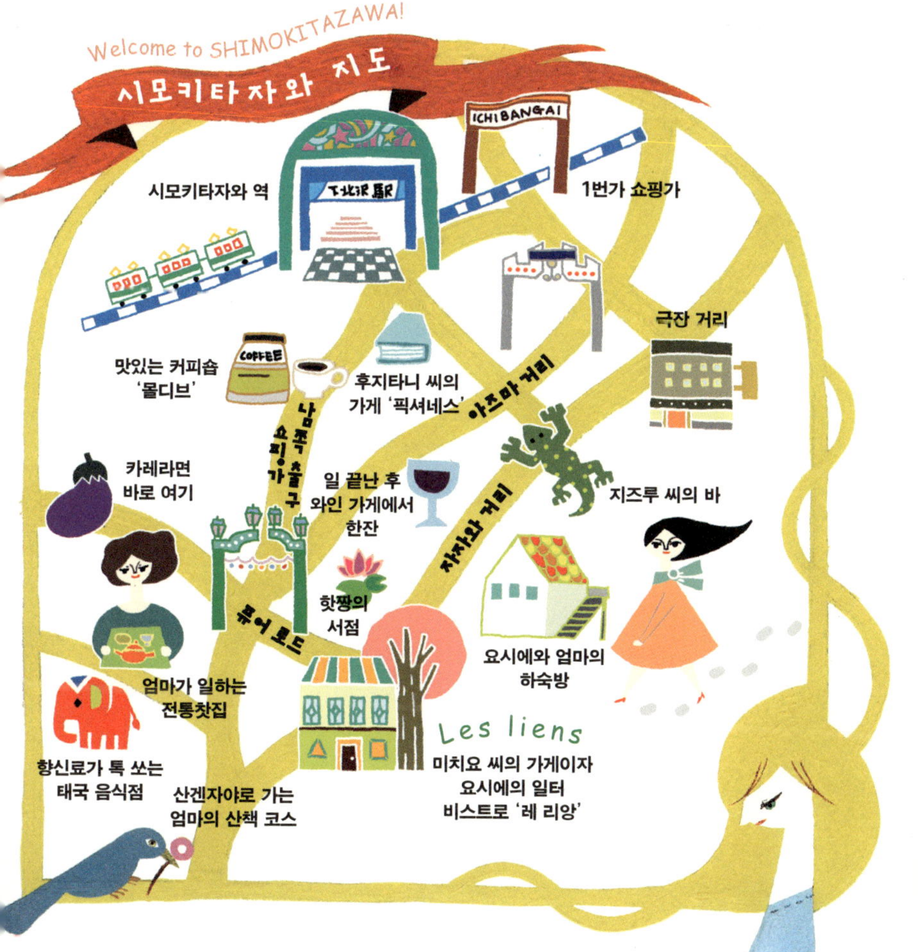

이 지도는 책에 등장하는 장소의 이미지 맵으로
실제 위치와는 차이가 있을 수 있습니다.

차 례

무척이나 좋아하는 영화감독 이치카와 준은 이미 세상을 떠났지만, 「시끌벅적 시모키타자와」라는 영화를 남겼다.

메구로 집에 살 때, 시모키타자와로 이사할 용기를 내려고 몇 번이나 그 영화를 보았다. 결심을 굳히기 위해 시모키타자와를 내 몸에 각인시키고 싶었다.

그 영화에 피아니스트인 후지코 헤밍* 씨가 시모키타자와의 거리에 대해 얘기하는 장면이 있다. 역 앞 쇼핑가에서 쇼핑을 하며 걸어 다니는 후지코 씨의 영상에 그녀 자신의 내레이션이 겹쳐진다.

"아무 의도 없이 자연스러운 흐름을 따라 확대된 어수

---

* 일본의 피아니스트. 한쪽 귀의 청력을 잃고도 왕성한 연주 활동을 펼쳐 많은 이에게 감동을 주었다.

선한 거리 구조는 인간의 너저분한 치부처럼 느껴지기도 하지만, 때로는 새가 꽃을 쪼아 먹는 모습이나 뛰어내리는 고양이의 매끄러운 몸놀림만큼이나 아름다워서, 실은 인간의 무의식 속 아름다운 부분이 아닐까 한다. 새로운 어떤 일을 시작하면, 처음에는 다 탁하다. 하지만 마침내는 깨끗한 흐름을 이루고 자연스러운 움직임 속에서 조용히 영위된다."

그 장면을 처음 보았을 때, 정말 옳은 말이라고 공감하는 동시에 눈물이 주르륵 흘렀다. 그 후로 몇 번이나 보면서 외우고 또 용기를 쌓았다.

어렴풋 알고 있는 것을 누군가가 언어로 분명하게 말해 주면 이렇듯 마음이 편안해진다.

지금까지 후지코 씨의 인생에 찾아왔던 무수한 사건들의 집적이 있었기에 그 아름다운 언어는 영상 속에서 비로소 강력한 의미를 지니고, 사람들의 마음을 뒤흔들고 북돋으며 현실에 발붙일 수 있게 하는 것이다.

나도 그럴 수 있기를 간절히 바랐다. 후지코 씨와는 다른 일을 통해서, 내가 아닌 사람을 향해 저렇게 멋진 마법을 걸고 싶다고.

밤중에 홀로 그런 생각을 할 때만 깊이 숨 쉴 수 있는 공간이 생겨났고, 그 덕분에 가까스로 버텼던 것 같다.

아빠를 잃고서 심각하게 낙담했던 것은 절대 아니다. 그 고통은 보디 블로를 맞았을 때처럼 두고두고 밀려왔다. 문득 자신을 돌아보니 깊은 나락에 빠져 있어 고개마저 겨우 들어 올리는 상태가 되풀이되었다.

나는 상당히 까다로워졌고, 몸도 한층 작아지고 굳어진 느낌이었다. 그리고 나 자신을 보호하기 위해 생각에 골몰하는 일이 많아졌다.

꽃이나 빛, 희망과 들떠서 재잘대는 기분, 그런 것들은 나도 모르게 멀어졌다. 비릿하고 캄캄하고 깊은 어둠에 갇혀 있는 것 같았다. 그곳에서는 내 몸속에 있는 모진 힘만이 의미를 지녔고, 아름답고 경쾌한 것은 아무런 존재 가치가 없었다.

그 어둠 속에서 나는 그저 쉼 없이 움직이고, 숨 쉬고, 보이는 것만 가만히 응시하려 했다. 그랬더니 마침내는 빛도 보였다.

'빛이'가 아니다.

어둠은 사나운 야생의 피비린내를 띠고 여전히 그곳에 존재했다.

조금 여유가 생겨 그 진폭의 아름다움을 이해하게 되고서야 비로소 나는 후지코 씨가 한 말의 진정한 의미를 알게 된 것이다.

내가 시모키타자와에 살기 시작한 것은, 아빠가 한 여자와 이바라키의 숲 속에서 동반 자살을 한 지 일 년쯤 지나서였다고 기억한다. 먼 친척이라는데 나와 엄마는 전혀 모르는 여자였다.

그 여자는 이런저런 고민거리를 들고 아빠를 찾아왔고, 아빠는 의논 상대가 되어 주었다. 그러다 깊은 관계에 빠졌고, 끝내는 그녀가 피운 연탄불에 일산화탄소 중독으로 죽고 말았다. 그 여자가 수면제 탄 술을 아빠에게 먹여 자신이 운전하는 차에 태우고, 인적 드문 촌락 근처의 숲으로 유인했던 것이다. 물론 그 여자도 죽었다. 차는 빈틈 하나 없이 봉인되어 있었다. 다른 범죄의 가능성을 의심할 여지는 없었다.

간단히 말해서 분위기상 동반 자살이지만 우리 아빠는 '살해당한' 것이었다.

그 일과 관련해 얼마나 많은 현실적인 장면과 구체적인 판단이 있었으며, 엄마와 내가 얼마나 많은 것을 보고 들어야 했는지에 대해서는 시시콜콜 얘기하고 싶지 않다.

받아들이기 어려운 충격적인 일이 너무 많아, 아직도 채 정리가 되지 않았다.

당시의 일은 기억조차 불분명하다. 어쩌면 평생토록 그 전체를 되돌아볼 수 없지 않을까 한다. 어차피 납득할 수 없는 일들만 늘어 가는 것이 인생이라지만, 그 일에 얽힌 불가해함의 크기와 깊이는 평생치였다.

요즘 들어 유난히 지방 공연도 많고 외박도 잦네. 좋은 사람이라도 생긴 건가. 하지만 아빠에게 가족을 버릴 용기가 있을까. 만약 그런 일이 생기면 어쩔 건데? 그래도 변함없이 살아갈 수밖에 없나. 심각하게 생각해 봐야 별도리 없고, 기다리다 보면 돌아오겠지. 그린 대평한 대화나 주고받았던 나와 엄마는 갑작스러운 경찰의 연락에 그저 경악했을 따름이다.

울부짖고, 고함을 지르고, 몸부림치고. 한동안은 뭐든 다 해 보았다. 뭐가 되었든 엄마와 함께, 때로는 따로따로, 때로는 서로를 위로하면서.

음악을 하는 사람이 어쩌다 잠깐 바람을 피우는 것은 당연한 일인데, 너무 집착하고 감시하면 오히려 가정이 망가질 것이라고, 그렇게 공연한 신경을 쓰면서 아빠의 분방한 생활 태도를 어느 정도는 포기하고 방치한 우리 자신을 책망하기도 했다.

아빠는 지방 공연 때가 아니면 새벽에 들어오는 한이 있어도 외박은 절대 하지 않는다는 자신의 규칙이 있었고, 우리와 한 약속은 아무리 사소한 것이라도 수첩에 적든 손등에 적든 해서 반드시 지켰다. 지금도 아빠 손을 생각하면 메모가 적혀 있는 모습이 떠오를 정도다.

"우유 좀 사 와요."에서 "다음 주에 같이 만두 먹으러 가자."까지 기본적으로 전부 지켜 주었던 아빠는 음악을 하는 사람이기에 앞서 아빠로서 정말 좋은 사람이었다. 그래서 안이해지고 말았던 것이다.

아빠가 그렇게 죽어 장례를 치른 후에도 우리의 놀람은 가시지 않았고, 아빠가 이제는 없다는 사실을 실감하는 데에 긴 시간이 걸렸다.

상대까지 죽고 없으니 법에 호소할 길도 없었다. 현실을 받아들이지도 무수한 감정을 미처 수습하지도 못한 채, 모든 것이 순식간에 끝나고 말았다. 가깝지는 않아도 혈연 관계인 듯한 그녀의 일가친척을 찾아내 돈을 청구해 봐야 소용없는 일이었고, 만나고 싶지도 않았다.

그녀는 원래 태어나자마자 남의 집에 양녀로 보내졌는데, 죽기 전에는 그 집에서도 이미 떠난 지 오래라서 의지할 데라고는 거의 없는 신세였다. 그런 정보조차 본의 아니게 들었을 뿐, 솔직히 아무것도 알고 싶지 않았던 엄마와 나는 아무런 행동도 취하지 않았다.

그녀의 시신은 보지 않았지만, 사진으로 본 그녀의 생전 모습은 오싹할 만큼 하얗고 예뻐서 마치 아름다운 여우나 뱀 같은 인상이었다. 그 점도 충격이었다. 아빠가 이런 요염함에 속아 넘어가다니. 물론 엄마의 충격은 더 컸을 것이다.

일상이란 그런 때에도 유지되어야 하고, 또 어떻게든 유지된다. 나는 길을 걷고 있다는 점에서는 다른 사람과 아무 차이 없는 것처럼 태연해 보이는 자신이 신기했다. 속은 이렇게 엉망진창인데, 쇼윈도에 비친 내 겉모습은 예전과 조금도 다르지 않았다.

아빠가 죽은 지 일 년쯤 지나 엄마가 조금은 기운을 차렸다 싶을 때, 나도 내 인생을 시작해야겠다고 생각했다.

단기 대학을 졸업하자마자 전문학교에서 새로 요리 공부를 시작한 나는 학교를 막 졸업한 뒤 친구 가게를 거들며 느긋하게 일자리를 찾고 있었다. 그런데 그 일이 터지는 바람에 모든 것이 중단되고 말았다. 전문학교 시절 친구와 가게를 하나 차리려는 계획도 있었지만, 그런 여유를 부릴 처지가 아니어서 백지화되었다.

나는 친구의 엄마가 운영하는 하숙집의 2층 방을 빌리기로 하고, 그때까지 살던 집을 나왔다. 그 방을 쓰던 친구가 결혼해 영국에서 살림을 차리게 되었다는 소식을 듣고는 주저 없이 그곳으로 결정한 것이다. 시모키타자와 역에서 칠 분 거리였다.

그리고 나는 자자와 거리에 있고, 집에서 마주 보이는 가게 '레 리앙(Les Liens)'에서 일하기 시작했다. 조그만 가게라 주방 일은 물론 홀 서빙까지 도와야 해서 하루하루가 갑자기 분주해졌다.

무겁고 답답했던 집안 분위기가 조금은 누그러졌다 싶은 때에 시작한 자취 생활은 각별했다. 이제야 아빠 일을 털어 내고 내 인생을 시작하게 되었다고 생각했다.

차를 마시는 것도, 아침에 일어나는 것도 즐겁다고 여길 수 있었다. 환경이 바뀐다는 것은 참 대단한 일이다. 이제는 아침에 일어나 없는 아빠를 생각하지 않아도 되었다. 메구로 집에 있을 때는 매일 아침 그 일이 마치 샘물처럼 여기저기서 절로 솟아올라 기분이 뒤숭숭해졌다.

낡은 단독 주택의 2층 전체를 빌렸기 때문에 공간은 충분했지만 그렇게 넓은 것은 아니었다. 구조도 단순했다. 서향이라 저무는 햇살이 마구 쏟아지는 다다미방 두 개와 한 평짜리 부엌뿐. 여름이면 에어컨을 아무리 세게 틀어도 시원해지지 않을 만큼 강렬한 햇살이었다.

욕실도 구식이라 조그만 욕조는 타일을 붙인 것이었다. 샤워기만 이사 때 바꿔 달아 반짝거렸다. 언제나 낡은 집 특유의 냄새가 풍겼다. 다다미는 누렇게 색이 변했고, 가스레인지도 오래된 것이었다. 내가 가져온 오븐 토스터를

사용하면 누전 차단기가 작동했고, 헤어 드라이어 역시 불을 다 끈 상태가 아니면 쓸 수 없었다. "요즘 세상에 이런 집이 있다니." 놀러 오는 사람마다 그런 말을 할 정도로 세월이 느껴지는 곳이었다.

하지만 조금이나마 저금을 하고 싶었던 내게는 그 넓이에 그렇게 싼 집세, 그리고 일터에서 가깝다는 점이 더없이 고마웠다. 1층 역시 친구의 엄마가 살지 않고 임대를 준 상태였다. 그래서 내 방 아래에는 조그만 빈티지 옷 가게와 아기자기한 인테리어에 카운터 자리뿐인 카페가 있었다. 커피도 맛없고 쿠키도 덜 구워진 것처럼 바삭하지 않아 나는 좀처럼 가지 않았지만, 귀여운 여자애들이 조잘거리며 찾아오는 카페였다. 낮에는 그곳에 사람이 있어 덜 불안했고 밤에도 쿵쾅거리며 걷든 음악을 틀어 놓든 빨래를 하든 밑에서 뭐라 하는 사람이 없어 그런 점도 매력적이었다.

하지만 즐거운 기간은 오래가지 않았다. 어느 날 갑자기, 거의 맨몸으로 엄마가 덜렁 내 방에 굴러든 것이다.

쨍쨍하던 한여름 햇살이 한풀 꺾인 것처럼 갑자기 하늘이 높아지고 바람이 시원해져, 이제 가을이 되려나 싶은 계절의 어느 날, 비가 추적추적 내리는 저녁나절이었다.

나는 런치 타임 일을 끝내고 일단 집으로 돌아와 잠시

쉬고 있었다. 내 휴대전화로 전화를 건 엄마가 "지금 시모 키타자와에 있는데." 하고 말했다.

엄마가 찾아오는 것이 드문 일도 아니어서 대수롭지 않게 "나 지금 집에 있는데, 차라도 마시고 갈래?"라고 했더니, 쇼핑백 몇 개와 빵빵한 대형 에르메스 버킨백을 든 엄마가 들이닥쳐 아무 일 아닌 것처럼 말했다.

"엄마, 그 집에 혼자 있기 싫어. 한동안 좀 재워 줄래?"

아, 짜증 나. 마음속 생각을 얼굴에 드러내지 않는 게 고작이었다.

하기야, 엄마도 큰일을 겪었는데. 그렇게 생각하면서 참았다. 엄마와 나는 지금도 여전히 말로는 다할 수 없는 답답함을 부둥켜안고 살고 있으니까.

그래도 도저히 믿을 수 없었다.

나는 아르바이트 때문에 바빠서 거의 자러만 들어올 뿐이고, 이 집은 메구로에 있는 방 세 개에 거실, 식당, 부엌이 따로인 널찍한 새 아파트와는 차원이 다르다.

하지만 엄마는 그런 것 따위는 전혀 안중에 없는 듯했다.

나는 새로 이사한 곳에서 심기일전해 열심히 살아 보려 했다. 일에도 대충 적응이 되었으니까 연애도 하고 친구도 불러 수다도 떨며, 비록 늦었지만 혼자 살기에 가능한 슬거움을 누려 보려 했다. 말도 안 되는 소리라고 생각했다.

나도 당분간 메구로 집에 있을 테니까 같이 돌아가자고 했더니, 엄마는 "지유가오카를 원망하는 건 아니지만, 그 집도 그렇고 거리도 그렇고, 아빠 생각이 나서 못 살겠어."라고 말했다.

"엄마는 시모키타자와가 좋아. 여기 있고 싶어. 그 집은 숨이 막힐 것 같아. 모든 게 살아 있는 것 같지 않아. 네 명랑함이 엄마에게 얼마나 큰 위안이었는지, 겨우 알겠더라."

지유가오카에 가까운 메구로의 아파트는 할머니가 아들 부부에게 자식(그러니까 나)이 생겼을 때 물려준 것이었다. 그러니 집을 비워도 집세 걱정은 필요 없다. 관리비만 내면 되고, 반상회도 무슨 직책을 맡은 해가 아니면 한 달에 한 번 참석하면 그만이라 단기간 집을 비운다고 곤란한 일은 없었다.

"반년 정도 기다려 보고, 그래도 이 마음이 변하지 않으면, 그때는 그 아파트 팔 거야."

엄마는 그렇게 말했다.

"그럼, 우리 둘이 살 만한 조금 더 넓은 집이라도 알아볼까? 엄마가 돈 보태면 빌릴 수 있잖아."

"그러면 온갖 일들이 모두 정해지고 더 커지잖아. 그러기에는 아직 일러. 지금은 먼지 하나 일지 않게 조심조심 움직일 수밖에 없는 때야. 조심, 조심, 숨죽이고. 크게 움직이면 목숨이 축나."

이런 때, 묘하게 설득력 있는 말을 하는 것이 엄마의 특징이었다.

"여기가 좋아. 이 창문으로 자자와 거리를 내려다보면, 이런저런 것들이 조금씩 백지가 되는 걸 느낄 수 있어. 너, 정말, 엄마를 친구라 여겨 주면 안 되겠니? 실연한 친구가 잠시 얹혀 산다고 생각해."

엄마가 말했다. 나는 엄마가 입고 있는 뭐라 표현하기 어려운 화려한 티셔츠의 무늬를 보고 있었다. 저 옷, 보나 마나 아래층 옷 가게에서 한 번 입어 보고는 그대로 나온 거겠지. 엄마는 벌써 시모키타자와에 물들어, 메구로의 우아한 전업주부라 여겨지지 않는 차림이었다.

"엄마가 그렇게 말한다고, 그렇게 받아들일 수 있는 건 아니잖아. 게다가 사태가 실연보다 훨씬 심각하니까, 가볍게 여길 수도 없고."

나는 말했다.

"자식에게서 떨어지지 못한다고 생각해도 난 상관없어. 아빠도 없는데 네 웃는 얼굴마저 없는 메구로에서 어떻게 살아, 아무튼 모든 걸 백지로 돌려놓지 않고는 아무 생각도 할 수 없어, 지금은."

내 머릿속은 어지럽게 돌아가고 있었다. 꿈꾸었던 모든

것을 짧은 시간에 수정하자니 힘들었다.

훨씬 더 번듯한 장소가 있는데, 왜 여행지의 싸구려 여관처럼 낡은 이 집에서 둘이 살아야 하는 거지? 집세를 절약해서 저금하려고 일부러 이런 집을 선택했는데. 일하는 가게가 가깝다는 이유만으로.

돈을 보태겠다고 하니까 엄마가 집세도 절반 이상은 내줄 테고, 아마 빨래나 청소도 해 줄 것이다. 이래서야 독립의 의미가 전혀 없잖아!

애써 부드러운 말투로 그렇게 말해 보았다.

하지만 엄마는 멍한 표정으로 흘려듣고는, 강경하게 말했다.

"네가 하는 말은 전부 의미 있는 말이잖아. 이유가 있고, 앞뒤가 맞아떨어지고."

"그야 그렇지. 당연하잖아."

엄마는 고개를 저었다.

"지금 엄마는, 의미가 없는 일을 하고 싶어. 엄마가 다 큰 어른이란 걸 잊고 싶다고. 결혼이다 생활이다, 의미가 있는 것처럼 보이는 일들에다 예측의 연속이잖아. 그러니까 아빠도 의미 없는 일을 하고 싶어서 이것저것 하다 보니까 깊이 휘말려서 그렇게 죽어 버린 거잖아? 엄마도 의미가 없는 일을 하고 싶어. 젊은 시절로 돌아갈 수는 없겠지만, 지금은 너를 키워야 하는 의무도 없으니까, 친구 집에 얹혀 사는 셈치고 머리를 텅 비워서 백지로 돌아가고 싶다고."

일단 마음을 열고 들어 보니, 엄마가 하는 말이 반드시 억지는 아니라는 생각이 들어 신기했다. 그 말 전부가 내 마음으로 쏙 파고들었다.

우리 아빠는 그런대로 인기 있는 키보드 주자였다. 스튜디오에서 지인의 녹음을 도운 일도 있고, 다른 밴드의 라이브 투어에 참가해 수시로 각지를 돌아다니기도 했다. 그래서 늘 바빴고, 나름대로 수입도 있었다.

음악 학교에서 강사로 나와 달라는 의뢰가 있었지만 한 번은 가능해도 직업적으로 강사 노릇을 할 마음은 없다, 공연을 하는 게 좋다며 말 그대로 살았다. 그래서 다른 밴드의 공연을 돕느라 출타가 잦은 탓에 최근에는 가끔 집에 들러 우리 얼굴이나 보는, 가족 해산에 가까운 상태였다.

가족에게는 여러 가지 시기가 있다. 마침 각자가 자기 시간을 갖게 되면서 마음도 좀 멀어졌고, 이렇게 좀 지내다 보면 제자리로 돌아갈 날이 올 것이라고 생각하던 때였는데, 터무니없게 아빠를 가로채이고 말았다. 그런 느낌이었다. 원래 곱게 자란 엄마나 그 엄마 손에 자란 나나 세속적으로 약삭빠른 성품은 아니었기 때문에 대적할 수 없었다.

애당초 아빠는 활기찬 타입이 아니었다. 예민한 성격인데다 몸도 그렇게 건장한 편은 아니어서, 실제로 아픈 것은 아닌데도 간신히 살아 있다 싶게 보이는 사람이었다.

세상 물정 모르는 채 평생 경제적인 어려움 없이 살았지만, 행복하지는 않았던 할머니의 피를 이어 그런 것인지도 모른다. 할아버지는 아빠가 젊었을 때 이미 돌아가셨지만, 다른 여자가 있어서 집에는 거의 없었다고 한다. 그런 사실도 할머니가 돌아가신 후에야 비로소 알았다.

문득문득 내 몸 안에도 그런 서글픈 피가 흐르고 있다 생각하면 등줄기가 오싹해진다. 아빠는 겉으로는 과묵하고 어른스러워 보였지만, 내면은 언제까지나 학생 기분으로 살고 싶어 하는 사람이었다. 딸과 외출할 때면 꼭 팔짱을 껴야 성이 차는, 태생이 응석받이에 명랑한 거드름쟁이였다. 조금 잘생기고 인상이 섬세한 데다 과묵해서 그렇게 보이지 않았을 뿐, 감성적이고 한곳에 정착하지 않고 떠다니며 살고 싶어 한 사람이었고, 무슨 일이든 어떻게 되겠지, 하고 안이하게 생각하는 구석도 있었다고 생각한다. 그런 어린애 같은 면이 아빠의 좋은 점이기도 했다.

"엄마, 그럼 차라리 진짜 친구 집에 가서 살면 되잖아? 난 혼자가 되기 위해서 일부러 자취를 시작했단 말이야. 언제까지 부모 신세만 질 수는 없으니까, 자립하려고."

"얘는, 다른 사람은 아빠를 공유하고 있지 않잖아. 그럴 수 있는 사람은 이 세상에 너 하나밖에 없어. 어쩌면 아빠랑 같이 죽은 그 여자와는 공유했는지도 모르지. 하지만 아무리 생각해도 그 여자와 친해질 수는 없고, 게다가 이미 죽었잖아. 그리고 진짜 친구는, 다른 의미에서 신경을 쓸 테고. 정말 의지할 수 있는 친구는 남편이 해외로 발령 나서 샌프란시스코로 가 버렸고."

엄마가 말을 이었다.

"하기야 그 친구 집에는 널찍한 손님방도 있다니까 물론 갈 수 없는 건 아니지만, 그렇게까지 폐를 끼칠 수는 없지. 너랑 같이 지내다 안 되겠다 싶으면 한 달 정도 가 있을 수는 있겠지만 그건 그저 기분 전환에 지나지 않잖아. 거기서 몇 년을 있든. 그런데 이 나라에 있으면, 뭘 하든 암암리에 앞으로의 생활과 연결될 거야. 앞으로 어떻게 될지 모르니까 돈도 아껴 써야겠지만, 이 방 월세 정도는 부담스럽지 않아. 그리고 네 집이니까 언제든 쉽사리 나갈 수도 있고. 됐어, 그만하자. 이런저런 생각, 깊이 해 봐야 소용없잖아. 우리 둘밖에 없고, 호사를 부릴 만한 돈도 없고. 그래도 지금은 전전긍긍하고 싶지 않아. 다 헛되다 싶고, 뭔가에 지는 것 같은 기분도 들고. 내일 일은 내일 생각하자."

우리 엄마, 언제부터 이런 식으로 생각할 수 있게 된 걸까, 하고 나는 감탄했다.

아빠가 생활에는 무심한 사람이었던 만큼 엄마는 언제나 빈틈이 없었다. 계획을 세울 수 없는 일은 절대 하지 않았고, 목적이 불분명한 행동도 하지 않았다.

외동딸인 엄마의 부모님은 내가 어렸을 때 돌아가셨다.

드넓은 농원과 목장이 있었던 외갓집은 먼 옛날에 팔아넘겼다. 홋카이도에 있는 허허벌판 같은 곳이라 그리 큰 돈은 되지 않았을 테지만, 전업주부였던 엄마는 유산으로 받은 목돈을 고스란히 저금했다. 그러니 엄마가 한동안 여기서 지낸다고 해야 경제적으로 무모한 행동은 아니었다. 덕분에 나는 저금을 더 할 수 있을지도 몰랐다.

하지만 나는 나야말로 아직 엄마로부터 독립하지 않았다는 것을 알고 있었다.

돌아갈 곳이 필요했고, 그러기 위해서 엄마가 메구로 집에 있어 주기를 바랐다.

그런 치졸한 틀 안에서 완전히 혼자가 될 수 있다고 한껏 설렜다. 각오도 그 정도밖에 하지 않았다. 내 편리대로 혼자 사는 생활을 꿈꾸고 있었다.

소소한 내 물건만 있는 나 혼자만의 공간을 하필이면 부모와 공유해야 하다니, 너무 짜증 났다. 지금은 요리 공부를 하는 중이니까 애인이 생겨도 동거는 하지 말자, 서로의 집을 오가며 지내자. 내 멋대로 그런 환상을 품고 결정했는데.

자립을 관철하기 위해서는 어쩌면 화를 내든 고함을 지르든 해서 엄마를 쫓아냈어야 마땅했다. 내가 만약 남자였다면, 그렇게 했으리라.

하지만 그때 엄마는 소녀처럼 턱을 괴고 비에 가려 부연 자자와 거리를 멍하게 내다보고 있었다.

그 이상으로 내 마음을 움직이는 풍경은 없었다.

내 머릿속에서 빙글빙글 어지럽게 맴돌던 구실들이 돌연 잠잠해졌다.

그 모습에서, 엄마는 그저 정말 여기 있고 싶을 뿐이란 느낌이 전해졌다. 엄마의 모습에 성숙한 여자로서의 분명한 형태는 없고 환영 같은 안개가 어려 있었다. 가능성과 미래와 고독으로 점철된, 젊은 사람 같은 불안정한 안개가.

"엄마 아까 뭔가에 지는 것 같다고 했는데, 그게 뭐야? 아빠?"

"아니. 인생은 반듯하게 제대로 살아야 한다는 거짓 가르침에 질 것 같아. 제대로 살지 않으면 큰일이라도 생길 것 같아서 열심히 기를 쓰고 살아왔는데, 생각할 수 있는 가혹한 일 중에서도 정도가 아주 심한 일이 벌어졌잖니.

아빠가 빚을 지기 전에 죽어 준 게, 그나마 고마운 일이라니 너무 슬픈 일이야. 자기 저금까지 털어서 갖다 바쳤으니 우리에게는 남긴 것도 거의 없고. 하지만 네 아빠는 좋은 사람이라서 엄마나 네게 폐를 끼치느니 차라리 죽자고 생각할 만한 인물이었잖아. 어떻게 보면 마냥 순수하기만 했던 거지. 오래전 네가 생기기 전에, 엄마 아빠 사이가 좀 안 좋았던 시기가 있었어. 그때 아빠가 자기는 가정을 꾸릴 성격이 아닌 것 같으니까 이혼하자고 했는데, 그럴 걸 그랬나. 그때 둘이 의논해서 아기를 갖기로 했고, 그 후에는 단 한 번도 이혼 얘기가 나오지 않았어. 그리고 네가 태어나고 나서는, 결혼이란 참 좋은 거란 말만 했지. 그 사람이 죽은 게 엄마 탓이라고는 생각지 않아. 하지만, '어른이 되어 반듯하게 제대로 살다 보면 어떻게든 된다.'라는 가르침으로 나를 세뇌한 이 세상 모든 것에, 지금은 그저 반항하고 싶은 기분이야."

나는 뭐라 반론도 못하고 기분도 풀지 못한 채로 중얼거렸다.

"좋아, 지금은 지금이니까. 전부 반대로 생각해 보자. 나는 지금 여행지에 있고, 엄마는 내게 놀러 왔을 뿐이야. 신경 쓸 거 없어, 신경 쓸 거 없어."

그랬더니 마음이 환하게 맑아졌다.

엄마에게 상처를 주려는 의도는 애당초 없었고, 지금 당장 다른 선택의 여지가 있는 것도 아니라고 단순하게 정리할 수 있었다. 언젠가 서로가 귀찮아지는 날이 동시에 올 것이다. 그때가 오면 생각해도 된다.

이때 내 몸에서 빠져나간 힘, 그것은 '앞일에 대해 과도하게 계획하는 힘'이었으리라. 지금 눈앞에서 엄마가 여기 있고 싶단다, 아는 건 그것뿐, 모레가 되면 돌아가겠다고 할지도 모른다. 그런데 나는 성질을 부리며 자신이 결정한 일을 밀고 나가려 했다. 그러느라 이상한 힘이 들어가고 말았다.

"아, 뭐, 좋아. 알겠어."

"그래, 고맙다."

하지만 엄마 목소리는 그리 기쁘지 않다는 투였다.

아마도 나를 꿰뚫어 보고 있어서, 거절하지 못하리란 것을 알았으리라. '이런 대화, 시간만 아깝지.'란 생각이나 했겠지. 마음속을 들킨 것 같아 조금 약이 올랐지만, 나는 포기했다. 거절하는 재주가 없는 내가 나쁘다.

나는 창가로 가서 엄마 옆에 앉았다.

우리 엄마, 이 나이에 인생이 갑자기 백지가 되다니. 공들여 키워야 할 나이의 자식도 없고, 죽어라 일해야 하는 것도 아닌데. 그렇게 생각했다. 게다가 우리에게는 무겁고 어두운 후회의 그림자가 늘 들러붙어 있었다.

뭘 어떻게 해 본다 한들, 당분간 여기서 살아 본다 한들, 어떤 의미에서 우리는 두 번 다시 원래 자리로 돌아갈 수 없다. 앞으로 내내 이 문제를 부둥켜안고 살 수밖에 없다는 걸 알고 있었다. 가끔 모든 것을 잊은 것처럼 밝은 시간이 있다 해도, 그 밑바닥에는 언제나 그 그림자가 너울거렸다. 그것까지 모두 껴안고 걸어가야 하는 것이 인생이란 걸 우리는 이미 뼈저리게 느끼고 있었다. 피가 나오도록 몇 번이나 목 놓아 울며 괴로워한 후에도, 편해지는 것은 없었다. 부둥켜안은 채, 그저 태연한 척 있을 뿐이다.

집 안 구조도 그렇지만, 너무도 반듯하게 가정적인 우리 집에서는 서로의 역할이 명확해서, 그다지 자유롭게 얘기할 수 없었다.

"우리 집 좀 답답했니?"

엄마가 물었다.

"아니. 아빠가 음악을 해서 그랬는지 모르겠지만, 다른 평범한 가정에 비하면 답답하지 않았어."

아빠는 한밤중에 돌아왔고, 집 안에는 늘 음악이 흘렀다. 아빠 친구가 놀러 오면 밤새 떠들썩했고, 작은 소리로 세션을 하기도 했다. 아빠가 연주를 부탁받아 해외 공연을 떠날 때마다, 아빠 공연을 도우러 간다는 명분으로 학교를 빠지고 엄마와 함께 따라가기도 했다. 태국과 상하이, 보스턴, 뉴욕, 그리고 파리. 한국과 대만에도 갔다. 궁핍한 여행이었지만 여행길에도 언제나 음악이 있었다. 때로는 이동하는 밴을 얻어 타기도 하고, 다른 멤버의 또래 아이들과 친해지기도 하고 풋풋한 연애를 하기도 했다. 히피처럼 즐거운 어린 시절이었다.

"그럼, 엄마가 답답했던 건가?"

"조금은 그랬을지도 모르지. 하지만 집안에 한 사람쯤은 답답한 사람이 있어야 뭐가 돌아가잖아. 그리고, 아마."

나는 침을 꿀꺽 삼키고, 말하고 싶지 않았지만 어렸을 때부터 줄곧 지녀 왔던 생각을 말했다.

"아빠는, 우리가 없었으면 아마, 무슨 일이 생겨서 훨씬 더 일찍 죽었을 거야."

엄마가 놀란 눈으로 나를 보았다. 말로는 하지 않아도 거기에는 '역시?'라는 단어가 분명하게 그려져 있었다.

"고맙다."

'역시' 대신에 엄마는 그렇게 말했다.

자자와 거리는 평소에도 오가는 자동차가 많지 않다. 차들은 마치 사람이 걸어가는 것처럼 자연스럽게 흘러가고 있었다. 길 건너에 내가 일하는 비스트로 '레 리앙'이 보인다. 그 2층의 찻집 '얼룩 고양이네' 낡은 유리창에 붙

빛이 은은하게 어려 있었다. 내리는 보슬비에 부옇게, 모든 것이 저녁을 향해 엷게 녹아든 것처럼 보였다.

엄마는 내 일터에 날마다 런치를 먹으러 올 것인가. 이런 생활을 하게 될 줄은 꿈에도 몰랐다. 아무것도 바꾸지 말자, 엄마를 위해 수건을 준비하지도 컵을 새로 사지도 말고. 그렇게 더부살이 신세 기분을 맛보게 하자고 생각했다.

여기 자러 올 때마다 그랬던 것처럼 손님용 이불을 덮고 자라고 하자. 지금의 엄마에게는 자기 집 값비싼 템퍼 매트리스보다 내 방의 납작한 이부자리(단 이불은 조금 무리해서 오리털 이불을 새로 샀다.)가 더 아늑하게 느껴지리라.

오늘 밤, 지친 몸을 이끌고 돌아왔는데 엄마가 있으면 보나마나 성가시다 여길 것이다. 그것은 당연한 일이고, 그래도 괜찮다. 나 역시 마음껏 성가시게 여기자고 생각한다.

"게다가 집에 있으면 아빠 유령이 나타나니까."

그때 불쑥, 엄마가 헛소리를 하듯 슬며시 중얼거렸다.

"거짓말!"

"정말이라니까. 새벽에 눈을 뜨면 엄마 옆에 누워 있기도 하고, 문득 돌아보면 소파에 앉아 있기도 하는걸."

엄마는 별일 아니라는 듯 말을 계속했다.

"엄마, 너무 슬퍼서 어떻게 된 거 아냐?

내가 물었다.

"엄마는 그런 거 절대 안 믿는 사람이잖아. 내가 학교 괴담 같은 프로그램 보면서 무섭다고 하면, 바보 같다면서 거들떠보지도 않던 사람이잖아."

"그랬던 엄마가 하는 말이니 오히려 설득력이 있지 않을까? 나도 믿지 않아. 그러니까 점점 미칠 것 같아서 이리로 온 거야. 누가 좋아서 딸내미네 궁상스런 하숙집에 기어 들어오겠니."

엄마는 담담하게 말했다.

"잠깐 차라도 마시지 않을래? 요시에, 차 좀 끓여 다오."

"어떤 차가 좋아?"

"홍차. 이 창가에서 차를 마시면 카페에 있는 기분이거든. 엄마가 테이블 사 와도 되겠니? 왜 앤티크 가구를 잘 손질해서 파는 가게 있잖아. 거기에서. 그 가게, 어제 이노카시라 길을 산책하다가 우연히 발견했는데, 마음에 쏙 들더라. 한참이나 바라보았어. 반소매 입은 젊은 청년이 우람한 팔로 열심히 사포질도 하고 니스도 바르면서 가구를 손질하는 모습, 참 좋더라. 꽂힌 것 같아."

"아, 그 가게, 좋지. 값도 싸고. 그리고 이 방에는 아마 골동품 비슷한 게 어울릴 거야. 엄마가 사 주면 나야 좋지. 테이블에서 밥 먹는 것도 좋고. 일하는 내 모습도 훔쳐볼 수 있겠네…… 이런 소리 할 때가 아니지만, 아무튼 차

끓일게."

아니, 엄마 "꽂힌 것 같아."라니, 그런 말을 어디서. 속으로는 그렇게 생각하면서도 아무렇지 않은 듯 나는 말했다. 막 외국에 간 사람이 영어에 익숙해지려 애쓰듯, 엄마는 지금 젊은이들의 거리에 익숙해지려 애쓰는 것이리라.

"엄마, 집에서 가져온 새 다즐링 어디다 넣어 뒀어?"

"냉장고."

"알았어."

냉장고 문을 열면서 나는 생각했다. 이런 대화, 메구로의 우리 집에 있는 거나 다름없잖아! 이래서 어떻게 자립을 해.

하지만 어쩔 수 없지 뭐, 지금은 지금이고 여기는 여기. 오늘은 오늘밖에 없으니.

어쩌면 엄마와 함께 지낼 수 있는 기간도 이게 마지막일지 모르고, 그렇지 않을지도 모른다. 그리고 엄마 역시, 어쩌면……이라고 생각했더니 가슴이 죄어들었다. 엄마 내면이 눈에 보이는 것 이상으로 절박하다면, 아빠처럼 어느 날 홀연히 사라져 버릴지도 모른다. 그러면 순식간에, 두 번 다시 같이 살 수 없게 된다. 아빠가 죽음으로 우리 곁을 홀연히 떠난 때처럼.

그 집에서 유령을 봤다느니 하면서 신경 쇠약에 걸려

죽는 것보다, 백보 양보해서 아빠 유령이 실제로 있다 쳐도 유령과 같이 지내는 것보다 여기서, 살아 있는 나와 함께 지내는 편이 훨씬 낫다.

창가에 쿠션을 놓고 기대어 무릎을 껴안고 있는 엄마가 불안해 보였다.

내게도 이곳은 새로운 동네다. 마치 엄마와 오순도순 살듯 시간을 보내다 보니, 인생을 새로 시작한 느낌이 들었다.

나는 찻잔을 담은 쟁반을 들고 와서 엄마 옆에 앉았다.

"자, 이제 해 봐."

그러고는 하던 얘기를 다시 꺼냈다.

"뭘?"

깜짝 놀라는 얼굴로 엄마가 물었다.

"아빠 유령 얘기, 해 봐. 궁금하니까."

"아까 한 게 전부야. 집 안에 가끔, 아빠가 살아 있을 때처럼 그냥 있어. 그럼 엄마는, 뭐가 어떻게 된 건지 몰라 머릿속이 엉켜 버려. 말은 할 수 없고, 딱히 눈길이 마주치는 일도 없는데, 그냥 어슬렁거리는 거야. 정말 살아 있을 때처럼. 서로가 공기처럼 당연히 있는, 옛날 느낌 그대로야. 그 느낌이 살아 있을 때랑 너무 똑같아서, 뭐가 뭔지 모르겠어."

엄마 목소리가 평소와 다르지 않아 '아, 그래, 그렇구나.'

하고 나 역시 별일 아닌 것처럼 생각할 것만 같았다.

"그런데, 혹시 아빠, 지금 엄마가 없어서, 그 집에서 쓸쓸히 떠도는 거 아닐까? 혼자 놔두면 안 되는 거 아닐까? 이승을 못 떠난 것일 수도 있는데, 누가 있어 줘야지. 안 그럼 불쌍하잖아."

내가 말했다.

엄마는 눈을 내리깔고, 더는 못 참겠다는 듯이 푸훗 웃었다. 그리고 이렇게 말했다.

"그래서, 옆에 아무도 없어서, 자살이라도 한다는 거니? 아니면 누구 손에 죽기라도?"

하긴 그러네, 하고 생각했다. 더는 겁낼 일도 없다.

엄마가 말을 계속했다.

"요시에, 왜 다른 여자랑 죽은 아빠가 외로울지 어떨지 걱정해야 하는데? 그리고, 그렇게 죽었는데 어떻게 맘 편히 저세상으로 가겠어. 그냥 내버려 둬도, 어차피 저세상 가기는 어려울 거야."

"그도 그러네."

나는 수긍했다.

"그럼, 제라도 올려서 편히 갈 수 있게 해야 하나?"

"글쎄, 그런 마음도 없지는 않다만."

엄마가 말했다.

"지금은 그저 얄밉고 야속해서. 그리고 잘은 모르지만, 그런 건 진심으로 용서하는 마음이 없으면 해도 소용없잖아."

나는 아빠와 부녀 간이라서 얄밉다는 느낌은 없었다. 다만 새벽녘 같은 쓸쓸한 길을 혼자서 성큼성큼 가 버렸다고 안타까워했을 뿐이다.

아무리 집이 따뜻했다 해도, 당시에 이미 집에 잘 붙어 있지 않았던 나, 그리고 아빠를 디는 그리 좋아하지 않았던 엄마에게는 아빠를 그 집으로 되부를 만한 흡인력이 없었던 것이리라. 어린아이는 풀처럼 가족의 연대를 단단히 한다. 하지만 나는 이미 성장했다. 그렇게 압도적으로 유혹적인 여자가 잡아당기는 힘을 물리칠 만한 힘이, 우리에게는 없었다.

그럼에도 아빠를 만날 수 없다는 사실이 무척 슬프다. 마지막에는 얼굴을 마주하는 일조차 많지 않았지만, 그래도 함께 있는 동안은 아빠가 나를 정말 좋아한다는 걸 언제든 느낄 수 있는 관계였다.

하지만 남녀 사이였던 엄마에게는 그렇게 단순한 일이 아니었으리라. 당연하다. 가족인데 입장이 전혀 다르다. 그 점은 어떤 식으로도 융화될 수 없다. 엄마와 나에게 아빠는 애당초 보이는 모습이 서로 다른 홀로그램 같은 존재였는데, 죽어서(엄마 말로는 유령이 되어서) 더욱 확실해졌다 내가 어렸을 때나 겨우 셋이 함께 외출했고, 어른이 되고서는 아빠나 엄마 중 한쪽과 외출하는 일은 있어도 셋이 다 모이는 경우는 라이브가 끝난 후 정도였다. 그것도 아빠가 몇 번 바람을 피웠다는 사실이 발각되고 나서 달라졌다. 아마 육체관계는 없었겠지만 그래도 아빠의 음악 생활과 인간관계를 꼼꼼히 살피고 싶지 않았던 엄마는 공연 후의 뒤풀이에는 참석하지 않았다. 일찌감치 라이브 하우스에서 나와 나하고만 저녁을 먹고 돌아가곤 했다.

만약 술을 즐겨 마셨다면 아빠는 훨씬 더 빨리 죽었을까, 아니면 균형을 잡기 쉬웠을까? 늘 그런 생각을 하지만 대답은 없다. 외로움을 잘 탔던 아빠는 술은 거의 마시지 않았지만 술자리는 좋아했고, 뒤풀이에 가면 새벽에나 돌아왔다. 세상 사람들이 보기에는 수많은 밴드 맨 중의 한 명, 언제 바꿔 치워도 상관없을 깡마른 키보드 주자에 지나지 않았지만 내게는 오직 한 사람뿐인 아빠였다.

아빠가 몸담고 있는 밴드는 평범한 5인조였다. 하지만 여러 가지 음악을 다루고 싶어 해서 다양한 장르의 게스트를 초청했다. 칼림바나 마림바 등 재즈 계통의 갖가지 악기를 연주하는 사람이나 케나* 주자, 댄서를 부르는 일

---

* quena. 가는 피리 모양의 남미 전통 악기.

도 있었다. 그러면 사람 수가 늘어나 보수가 점점 줄어든다. 그 때문에 다른 일을 하게 되어도 고생스럽다고 투덜거리지 않을 만큼 아빠는 진지하게 음악을 좋아했다. 연주는 잘하는데 너무 성실해서 심심하다는 소리를 듣는 적도 있었지만, 음악을 함부로 대하지 않는 사람이었다. 나는 아빠의 그런 면도 좋아했다.

연주를 끝내고 늦은 밤에 돌아온 아빠의 아빠가 돌아오기를 무던하게 기다리던 엄마가 얘기하는 소리를 들으면, 다 커서도 나는 어린애처럼 안심했다.

아빠가 현관에 들어서면 엄마는 침실에서 훌쩍 거실로 나와, 오늘 공연을 보고 돌아오는 길에 나랑 뭘 먹었는지, 라이브는 어땠는지, 공연에는 누가 왔는지를 소근소근 얘기했다. 엄마 말에 일일이 대꾸하는 아빠가 그제야 한숨 돌리는 듯 보였다.

하루를 마무리하는 아빠에게는 '긴 하루의 끝에 별거 아닌 일이라도 엄마에게 잠시 얘기하는 것'이 가장 중요한 일이었다. 아빠가 직접 그렇게 말했으니까 틀림없다. 결혼해서 가장 좋았던 점이 바로 그것이라고 입버릇처럼 늘 말했다. "세상에는 별거 아닌 일을 얘기할 수 있는 상대가 의외로 많지 않거든."이라며.

그렇게 죽어 가면서, 아빠는 엄마와 얘기할 수 없어 아쉬워하지 않았을까. 남기고 싶은 무슨 말이 있는 것 같아 떠나지 못하는 것 아닐까. 하기야, 있었으리라. 그날 자신이 죽는다는 것을 몰랐을 테니까. 아는 사람이 오히려 적겠지만, 설마 옆에 있는 사람 때문에 죽게 되리라고는 꿈에도 생각지 않았을 테니 무서웠을까. 어쩌면 마음 한구석으로 자기는 무사할 거라고 생각지는 않았을까.

유령은 믿지 않지만, 뭐라 말할 수 없이 답답했다.

나는 아직 너무 어려서 충분히 납득할 수 있는 것을 좋아하니까 잘은 모른다. 하지만 사람은 언제나 똑같은 모습으로 살 수 없다. 명확하고 반듯한 이유가 있어야만 살 수 있는 것도 아니다. 그럴 수 있도록 노력하지 않으면 자신이 산산이 흩어질 테고 기분도 좋지 않으니까, 납득한 척하면서 자신을 간신히 유지하는 것인지도 모른다.

아빠의 내면에서는, 음악을 접하고 있고, 딸과 함께 있으면 즐겁고, 엄마와의 관계가 더는 발전의 여지가 없을 정도로 안정적이고, 언제나 엷은 안개처럼 떠다니는 엄마의 막연한 기대가 아빠를 치근대며 늘 압박했다는 모든 사실이 그런 죽음과 조금씩 연관이 있었는지도 모른다. 엄마는 아주 강한 사람이라서 같이 있기만 해도 힘겨울 때가 있었다.

아빠의 진심을 아는 사람은 아빠 자신뿐이라서 슬프다.

나는 평생 알 수 없고, 그리고 아빠가 자신의 진심을 외면하고 싶어 했으리란 것도 슬프다.

비스트로 '레 리앙'에서는 매일 정신없이 바빴다.

나는 우선 가게 문을 연다. 그리고 밀가루 반죽을 빚어 발효시킨다. 그다음에는 의자를 테이블에 올려놓고 씩씩거리며 청소를 시작한다. 그 사이사이에 물을 끓여 채소를 삶고 샐러드에 쓸 채소를 씻는다. 부족한 식품이 없는지 점검하고, 있으면 주문을 한다. 그 후에는 빵을 대충 마흔 개 정도 굽는다.

그때쯤 세프인 미치요 씨가 나온다. 그러면 나는 주방 보조 역할로 돌아가고, 손님이 있으면 서빙을 시작한다. 그 다음은 2시 30분까지 시간이 회오리바람처럼 지나간다.

3시 조금 넘어 먹는 점심은 정말 맛있다. 그때그때 만드는 법을 배우기도 한다. 그런 뒤에는 휴식 시간이다. 할 일이 없을 때는 거리를 잠시 걷거나 집에 돌아와 잠깐 눈을 붙이기도 한다.

밤에는 술을 마시며 느긋하게 지내다 가는 손님이 많아, 순식간에 문 닫을 시간이 된다.

주말에는 손님이 워낙 많다 보니 또 한 명의 듬직한 스태프, 술에 대해 박식한 모리야마 씨가 와서 도와준다. 하지만 나 혼자밖에 없는 평일에도 한가한 시간은 좀처럼 없다. 거의 늘 만석인 데다 손님들 모두가 천천히 즐기다 가기 때문에 회전율이 별로 좋지 않은 가게였다. 런치 때도 맥주나 와인을 한잔 마시는 손님이 많아 별도로 안줏거리를 준비해 놓아야 한다.

안주와 전채는 내가 틈틈이 재료를 다듬거나 채소를 씻어 준비해야 한다. 실내 청소와 잔을 닦는 것도 내 몫이다.

프랑스 요리 하면 떠오르는 긴자나 아오야마, 아자부가 아니다. 세련된 지유가오카나 히로오는 더욱이 아니다. 하지만 시모키타자와에 있는 이 비스트로에서 어떻게든 일도 하고 요리도 배우고 싶었다. 이 가게를 특별히 염두에 둔 데에는 사연이 있었다.

아빠가 죽은 후, 당연한 일이지만 엄마는 아무것도 마시지도 먹지도 못했다. 언제나 누워 있었고, 어쩌다 일어나 말없이 있다 싶을 때에도 입으로는 조그맣게 "거짓말, 말도 안 돼."라고 중얼거렸다.

믿을 수 없어서 제단도 만들지 않았다. 아빠의 보물인 스피커와 진공관 앰프 그리고 피아노가 있는 방에 사진 액자만 세워 놓고 그 앞에 꽃이 떨어지지 않도록 했으니까 현실을 모르는 것은 아니었겠지만, 그래도 엄마는 믿지 못

하고 있었다.

어느 날 불쑥 돌아올 것만 같다고 항상 말했다.

하지만 나는 시신을 보았고, 뼈를 모시는 준비를 하고 장례식을 치르느라 분망한 시간을 보냈고, 함께 죽었다는 사람의 사진도 보았기 때문에 얼마 전의 현실로 분명하게 인식하고 있었다. 그래서 믿을 수 없다는 느낌이 엄마만큼은 없었다.

그런데도 앉으나 서나, 어쩌다 일이 이렇게 되었을까, 왜 얘기해 주지 않았을까, 하는 말을 수도 없이 되풀이했다. 내가 아빠를 너무 매정하게 대했던 것은 아닐까? 아빠가 무슨 말을 하고 싶어 하는데, 눈치를 채지 못한 채 무시하고 쿨쿨 자 버린 일은 없지 않았을까? 똑같은 일을 몇 번이나 떠올리고, 생각하고, 후회하고, 또 생각하고, 잠시 잊었다 또다시 생각의 소용돌이에 빠져들었다.

"아빠, 공연 끝나고 다음 주쯤, 아오야마에서 비싼 프랑스 요리 사 줘요."

마지막 아침, 나는 현관에 있는 아빠에게 말했다.

"비싼 게 얼마 정도를 말하는 건데?"

아빠는 구두를 신으면서 물었다.

"음, 15000엔 정도. 와인은 따로 계산하고. 레스토랑에서 아주 비싼 와인이란 걸 한번 마셔 보고 싶었어."

"야, 정말 비싼데!"

늘 들고 다니는 너덜너덜한 여행 가방을 충견처럼 옆에다 딱 놓고서 아빠는 웃었다.

그날 아빠는 밤 공연을 도우러 긴자에 있는 친구 가게에 간다고 했다. 라이브에는 분명 출연했다고 한다.

그런데 뒤풀이 장소에 잠시 얼굴을 보이고는 그 여자가 운전하는 차를 타고 도쿄를 떠났다. 이바라키 현의 어느 온천 여관에 여장을 풀고, 여관 주인에게 식사하고 오겠노라며 차를 타고 나가서는 근처에 있는 선술집에서 밥을 먹은 후에 그대로 죽었다.

나와 엄마는 "아빠, 휴대전화 두고 갔네. 연락되면 곤란할 것 같으니까 일부러 두고 간 거 아냐. 윽, 얄미워, 돌아오면 어디 집에 들여놓나 봐라." 하면서 아빠의 거의 첫 무단 외박을 대수롭지 않게 여겼다.

나는 여행 가방을 들어 집을 나서는 아빠에게 건넸다. 아빠는 가방을 어깨에 멨다.

"맛에 대해 공부하려면 맛있는 것도 많이 먹어 봐야 하잖아."

"그래, 네 말이 맞다. 돌아와서 날짜 정하자."

그렇게 말하는 아빠 얼굴이 조금 슬퍼 보였다.

그 '돌아와서'에 거짓은 없었다. 아빠는 죽을 마음 따위 전혀 없었다.

"좋겠다. 나도 라이브 보러 가고 싶은데. 오늘은 저녁때 친구네 카페에 가기로 약속했거든. 갑자기 못 나온다는 사람이 생겼다고, 일 좀 거들어 달라고 해서."

"늦더라도 오면 좋을 텐데, 긴자로. 게스트라서 연주곡은 많지 않지만."

"보나마나 늦을 텐데 뭐. 시간 맞추기 어려울 거야. 데이트는, 아오야마의 프랑스 레스토랑 가는 날까지 기다려요."

나는 웃으며 말했다.

"알겠다. 그럼 다녀오마."

아빠는 그렇게 말하고 휙 나갔다. 내 눈가에서 아빠의 낯익은 파란색 반소매 셔츠가 팔락거렸다. 아빠가 그 문을 살아서 나간 것은 그때가 마지막이었다.

몇 번이나 그 장면을 되감아 재연한다. 응, 갈게, 아빠. 아니, 그런 말로는 모자란다. 지금 당장 이대로 따라갈게. 그렇게 말할 걸 그랬다고 수도 없이 후회했다. 다리를 붙들고 매달려, 가지 말라고 엉엉 울면서 집에 가둬 둘 걸 그랬다고. 아빠가 보는 앞에서 픽 쓰러져, 갈 수 없게 할 걸 그랬다고.

돌이킬 수 없다는 것을 알면서도, 머릿속으로 몇 번이

나 되풀이하는 자신을 깨닫곤 했다.

그렇게 되풀이하다 보니, 거짓 영상은 점점 선명해지는 대신 아빠의 진짜 모습은 점차 흐릿해졌다.

아빠가 사라진 후 한동안, 물론 입맛이 당기는 일은 없었다.

어느 일요일 오후, 나와 엄마는 정말 답답하고 괴로운 심정으로 각자의 방에 있었다. 배는 고픈데 먹을 마음은 없었다.

뭘 좀 만들까 싶어도, 죽이나 수프조차 무겁게 느껴졌다. 샐러드를 만들려고 채소를 사 왔는데, 초록색이 너무 눈부셔 먹을 마음이 싹 가시고 말았다.

"엄마. 먹을 수 있는 게 뭐야? 우리 조금이라도 마시든 먹든 해야지. 안 그러면 힘이 더 빠지잖아."

나는 침대에서 마냥 훌쩍거리고 있는 엄마의 따뜻한 등을 쓸어 주며 말했다.

"빙수."

엄마가 불쑥 그렇게 말했다.

엄청나게 무더운 여름이었다. 밖으로 한 걸음만 나서도 아스팔트의 열기에 쪄 죽을 듯하고, 한밤이 되어도 조금도 시원해지지 않아 숨이 턱턱 마힐 듯했다

이렇게 날이 더우니까 아빠의 시신도 냉동을 한 거였구나, 하고 나는 문득 아주 차분하게 생각했다.

그런 기분에 창밖의 새파란 하늘이 찡하게 저며 들었다. 이제 정말 없구나, 우리 아빠.

엄마를 억지로 일으켜, 거의 잠옷에 가까운 차림으로 둘이 택시를 타고 시모키타자와로 향했다. 친구와 몇 번 간 적이 있고, 내가 아는 한 가장 맛있는 빙수를 파는 가게 '레 리앙'을 떠올리면서.

가게 문을 여는 순간 바깥 열기와 에어컨의 시원한 바람이 섞이고, 뭐라 말할 수 없이 여유로운 느낌이 온몸을 두루 감쌌다. 우리는 제일 안쪽에 있는 창가의 2인석에 앉아 동시에 한숨을 내쉬었다.

창문으로 비치는 여름 햇살에 오른팔이 바작바작 타들어 갔다. 엄마는 말없이 바깥만 내다보았다. 어디를 가든 비참하고 처량하게 버려진 우리 둘이었다.

지금은 '미치요 씨'라고 제대로 부르지만 그때는 이름을 몰랐던 미치요 씨, 아름답고 자세가 반듯한 셰프가 방긋거리며 다가와 "시간 걱정은 아직 안 하셔도 돼요."라고 말해 주었다. 우리는 안심하고 망고와 백도를 곁들인 카시스 빙수를 주문했다.

얼음은 보슬보슬하고 과일은 정말 맛있었다. 달콤함이

마치 천국의 음식처럼 마음과 배 속에 젖어 들었다. 자문 자답과 후회를 거듭하며 쉬지 않고 돌아가느라 뜨거웠던 머릿속이 시원하고 기분 좋게 쉬는 것을 느낄 수 있었다.

활짝 열린 문으로 뜨거운 바람이 들어오는 것도 상쾌했다.

"왠지 배가 좀 고픈 것 같다."

엄마가 중얼거렸다.

해묵은 건물을 그대로 활용한 인테리어가 파리의 어느 뒷골목에 있는 비스트로 같았다. 마치 여행이라도 하는 듯한 기분에 우리 마음이 편안하게 누그러졌다. 거의 아무것도 넘어가지 않아 카페오레와 비스킷과 인스턴트 수프로 허기만 달랬던 우리는 정말 오랜만에 뭔가를 먹자고 생각했고, 볼륨 있는 보리 샐러드를 주문해 둘이 나눠 먹었다. 바삭하게 구운 바게트와 보리와 햄이 듬뿍 얹혀 있었다. 싱싱한 양상추에 영콘과 방울토마토, 오쿠라와 오이도 넉넉하게 들어 있었다.

"대단하네, 이거. 맛있다. 오랜만에 맛이란 걸 느껴 보네. 몸은 살아 있나 봐, 마음은 죽었어도."

엄마는 퀭한 모습으로 중얼거리듯 그렇게 말했다.

우리는 빙수에 이어 그 샐러드를 허겁지겁 먹고 커피까지 마시고서야 겨우 식욕을 잠재웠다. 몇 달 만에 맛보는 포만감일까, 하고 나는 생각했다.

그러고는 멍하니 창밖을 바라보았다. 가게 안에 흐르는 시간은 자연스러운 시간, 무엇에도 방해받지 않는 나만의 시간이라고 생각할 수 있었다.

그런 시간이 있다는 것조차 잊고 있었던 것이다.

누군가가 그리운데, 어디에 가면 만날 수 있을까. 만나면 후련해지지 않을까. 그런 생각을 늘 마음속에 쌓아 두고 있었다.

우리는 그 자리에서 울지는 않았다. 갑자기 영양분이 들어와 몸속 세포가 기뻐하는 느낌은 쌩쌩 달리는 차에서 창문을 활짝 열어 놓고 눈물을 날려 버린 것만큼이나 개운했다. 여행의 막바지에 지친 몸으로 목적지에 도착해서 겨우 앉을 자리를 찾은 것만큼이나.

미치요 씨는 그런 우리 사정을 알 리 없으니 위로해 줄 수도 없었지만, 그녀가 지닌 것을 그저 성실하게 접시에 담아내 주었다. 가게 전체에 그런 분위기가 흐르고 있었다. 그곳에는 그 무엇보다 확실한 뭔가가 존재했다.

그러고서 한동안 나와 엄마는 마음이 울적해질 때마다 서로를 부추겨 그곳에 다녔다. 샐러드를 나눠 먹고, 빙수로 시원해진 마음으로 최악의 여름을 근근이 이겨 냈다. 둘 다 살이 빠져 휘청거렸지만, 그곳에서는 언제나 행복한 모녀처럼 그 메뉴를 즐겼다.

여름의 오후나 하늘이 분홍빛으로 물드는 저녁, 그 가게의 바닥과 창문을 물끄러미 바라보았던 무수한 장면이 지금은 둘도 없이 소중한 기억이 되어 마음속에 살아 있다.

여름이 끝나면서 빙수의 계절도 끝났지만, 가을이 지나고 겨울이 되어서도 우리는 '레 리앙'에 갔다.

'레 리앙'이 속한 건물 쓰유자키 빌딩 모퉁이에 서 있는 아름드리 벚나무에 꽃이 활짝 필 무렵, 엄마와 나는 자연스럽게 먹고 마실 수 있게 되었다. 그런데도 식욕이 없을 때나 집에 있기가 견디기 어려울 때면, 마치 캐치프레이즈라도 되듯 "그 보리 샐러드라면 넘길 수 있을지도 모르지, 갈까!" 하고서 서로의 등을 떠밀며 택시나 버스에 올랐다.

그래서 혼자 생활을 시작하는 동시에 주저 없이 '레 리앙'에서 일하기 시작했다. 그러니 내가 '레 리앙'을 중심으로 살기 위해 바로 옆에다 집을 빌린 것은 당연한 일이었다.

월급도 그리 많지 않고, 시모키타자와는 관광지 비슷한 곳이라서 늘 바쁘다는 것도 잘 알고 있었다.

그래도 이렇게 마음을 달랠 수 있는 곳이 달리 있을까 하고 나는 생각했다. 그렇다, 내게는 그때, 마음을 달래는 것이 가장 중요했다.

어떤 손님이 들어올지 알 수 없다는 스릴. 머리와 몸을 동시에 움직이는 쾌감. 가게가 살아 있어서, 자신이 어떻게 하는지에 따라 어떤 모습으로든 변화하는 아메바 같은 것이라는 긴장감. 모든 것이 내게 맞았다. 훗날, 이곳에서 배운 것들이 어떤 의미를 지닐지 확실하게 보였다.

그러자 귀찮은데 꽃병의 물쯤 갈지 않아도 되겠지 뭐, 슈크림 반죽 조금 실수했는데 그냥 사용하지 뭐, 그런 생각은 하지 않게 되었다.

사소한 실수라도 내 안에 남은 앙금을 그냥 내버려 두면 오래 지나지 않아 자신에게 틀림없이 되돌아온다는 것을 나는 배워 가고 있었다. 먹는다는 행위는 사람의 본능에 관련된 것이라서 더욱 많은 것들이 노골적으로 드러난다. 자기 가슴에만 묻어 두었던 것이 반드시 다른 형태로 튀어나오고 만다. 성실하게, 무던하게, 개성이나 사념을 떨치고 정성을 들이는 것 말고는 달리 할 수 있는 일이 없다.

가끔 나는, 아빠가 만약 좀 더 먹보였다면 즐거움이 하나 늘어서, 이 세상에 붙들어 둘 수 있었을지도 모르는데, 하고 생각한다.

먹는 것에는 그리 관심 없는 아빠였지만, 내가 만든 음식은 열심히 남기지 않고 먹어 주었다. 그래서 엄마가 샘을 낸 적이 있을 정도였다. 아빠는 "언젠가 네가 하는 가게에 가서 혼자 풀코스를 먹어야지. 힘내서 와인도 마시고."라고 말했다. "그때까지는 살아야 하는데."라고. 그런데…….

몇 년 전에는 지금보다 요리 솜씨가 없었기 때문에, 몹시 분하다.

아빠에게 내 요리 솜씨는 영원히 그때에 머물러 있으리라.

반면 아빠처럼 입이 짧은 사람이 즐길 수 있는 먹을거리를 만들고 싶다는 건전한 희망도 샘솟는다. 그 가게에만 있어도 조금은 활기가 솟고, 먹는 것도 그리 나쁘지는 않다고 생각하게 되듯이.

아빠가 몇 년 전, 내가 만든 조그만 오므라이스를 먹으면서 이렇게 말했다.

"지금까지 별 관심이 없어서 배만 부르면 그만이라고 생각했는데, 딸이 어른이 되어 만들어 준 걸 먹으니, 영 기분이 달라지는데. 먹는 것도 그리 나쁘지는 않아."

시모키타자와에서의 내 생활은 오직 가게를 중심으로 돌아갔다.

아침에 눈을 떴는데 엄마가 아직 자고 있으면 혹시 우울증이 온 것은 아닐까 싶어 섬뜩했다. 하지만 그런 것은 아니고 내가 일어나 움직이기 시작하면 엄마도 일어나 스스로 커피를 끓여 주었다.

엄마가 마음에서 우러나 끓여 주는 커피가 얼마나 진하고 뜨겁고 향기롭고 맛있는지를 알고, 나는 충격을 받았다.

지금까지 엄마는 의무에 따라 습관적으로 나를 대하고 돌보았는데, 지금은 다르다. 함께 마시고 싶어서 맛있게 끓인다. 그 차이가 얼마나 큰지!

엄마가 아침을 준비해 주는 일은 없다. 그 점도 좋았다.

대신 먹고 남은 빵을 차려 주거나 어제 남은 밥으로 주먹밥을 만들어 주는 일은 있다. 나도 가게에서 얻어 온 채소로 만든 차가운 라타투이*를 냉장고에서 꺼내 놓곤 한다. 텔레비전을 보면서 그런 것들을 먹고 잠시 대화를 나눈다. 좀 짜네. 안주 삼으면 딱 좋겠다. 엄마와 딸 사이란 것과는 전혀 무관한 그런 얘기. 그래도 내 앞에 있는 사람이 엄마라서, 나는 필요 이상 안심한다. 마음껏 집을 비울 수도 있다. 의외로 짜증이 폭발하는 일은 없었다. 나는 거의 집에 없었지만 내가 있어야 할 곳은 지나칠 만큼 분명하게 알고 있어, 순조롭게 돌아갔다.

엄마는 청소도 비교적 꼼꼼하게 해 주지만, 예전처럼 완벽하지는 않다. 아빠가 깔끔한 것을 좋아해서 틈만 나면 정리 정돈을 한 탓에 메구로 집은 언제나 반짝거렸다.

---

* 프랑스 남부의 전통 요리. 채소로 만든 스튜.

엄마는 내 휴대전화를 재미 삼아 슬쩍 훔쳐보는 일도 이제는 하지 않는다. 자기 휴대전화만 만지작거릴 뿐, 내 생활을 염탐하려 들지 않는다. 쉬는 날 오랜만에 친구를 만나 한잔 하고 늦게 돌아와도 딱히 궁금해하지 않는 눈치고, 시시콜콜 묻지도 않는다.

학생 시절에는 통금에 엄격하고 내 생활에도 훨씬 관심을 보이더니, 그건 그저 역할에서 비롯된 속성 때문이었나 하고 나는 생각했다.

아침, 시간이 빠듯해서 허둥지둥 옷을 갈아입는 내게 엄마는 "다녀와." 하고 말한다.

그것은 엄마로서의 "다녀와."가 아니다.

뭐가 다른지는 설명할 길이 없다.

무언가를 내버려 둔 채 앞으로 있을 자신의 시간에 대해서만 생각하고 있다.

살집이 좀 있는 엄마가 뱃살이 튀어나오는데도 청바지를 입고, 티셔츠나 트레이너 몇 장을 돌아가며 번갈아 입는 것도 신선했다. 집 안에서는 두툼한 남성용 운동복 한 벌로 버티고 있다. 상점가 한가운데쯤에 있는 젊은이들의 옷 가게에서 산 운동복이다. 방에서만 뒹구는 날도 있고 적극적으로 외출하는 날도 있는 것 같은데, 나는 낮에 엄마가 뭘 하는지 전혀 몰랐다.

그런 나날이 계속되었다.

엄마는 젊은이들 취향의 발랄한 옷 몇 벌을 사고, 집 근처에서 '파이어킹'의 스누피 머그컵을 산 것 말고는 쇼핑도 거의 하지 않는 듯했다.

엄마가 남아도는 시간을 견디다 못해 우리 가게에 뻔질나게 드나들지 않을까 걱정했기 때문에 김이 새고 말았다.

그렇게 엄마라 틀에서 벗어난 엄마를, 나는 처음 보았다.

그 스누피 컵도, 엄마는 딱 하나만 사 왔다. 예전 같으면 절대 없을 일이다. 식구 수대로 세 개를 사든지, 적어도 두 개는 샀을 것이다.

가끔, 우리 엄마, 젊었을 때는 이랬을까, 생각했다. 학생 시절, 연애를 하고, 아르바이트를 하고, 친구 하숙집에서 이렇게 소박하게 지내며 창가에서 하늘을 올려다보았을까?

야마다 잡화점에서 사 온 조그만 테이블에 원래 있었던 동그란 의자를 세트로 맞춰 놓았다. 그런데 엄마는 강아지처럼 동그마니 창가에 앉아 그 의자에 팔과 턱을 올려놓고만 있었다.

"엄마, 매일 대체 뭐하고 지내?"

"비밀."

씩 웃으며 엄마가 대답했다.

“치, 엄마는 내가 어디 있는지 다 알잖아.”

“저기.”

엄마가 창밖을 가리켰다.

내가 일하는 곳의 낡은 나무 문과 세모난 창문이 보인다.

“거봐. 궁금하단 말이야. 어째 부모와 딸이 반대가 된 기분도 들고.”

그렇게 보아서 그런지, 엄마는 살이 좀 빠지고 한동안 창백하고 거칠어 보이던 피부도 한결 싱그러워진 느낌이었다. 오늘 엄마는 엷은 분홍색 ‘아이 러브 기타자와’ 티셔츠를 입고 있다. 시모키타자와에 살면서 자기 가게도 운영하는 소카베 게이치*라는 멋진 록 뮤지션의 그림이 찍혀 있는 티셔츠다. 몸에 딱 달라붙는 작은 사이즈를 입고 있어서, “엄마, 그 색깔 입으니까 쪄 보인다.” 라고 말하고 싶었지만 참았다.

저런 티셔츠를 과연 어디서 구했을까. 밑에는 늘 입는 청바지. 날씨가 꽤 추워졌는데 맨발. 믿기지 않는다. 한여름에도 반드시 스타킹을 신던 엄마가.

“여러 가지 패턴이 있어.”

엄마가 말했다.

---

* 일본 록 밴드 ‘Sunny Day Service’의 보컬.

"아침에 일어나면 너랑 간단히 아침을 먹고 느긋하게 커피를 마시잖아. 그다음 네가 나가고 나면, 엄마는 네가 가게 안으로 들어가는 모습을 지켜봐. 네가 "안녕하세요." 라고 인사하는 소리가 여기까지 다 들려. 그게 기본이야."

"부끄럽게 엄마는. 수업 참관하는 것 같다."

"그래도 커다란 목소리로 인사할 수 있는 동안은 크게 잘못되지 않는 법이야. 정말이야. 그래서 늘 안심해. 아, 우리 요시에는 참 착한 애네, 하느님 감사합니다. 그런 생각도 들고."

엄마가 진지하게 말해, 나는 쑥스러워졌다.

"그러고 나서는 잠시 멍하게 있다가 이것저것 하기 시작해. 식기세척기가 없으니까 설거지도 손으로 해야 되잖아. 저기 있는 바구니에다 그릇을 엎어 놔. 물기를 닦아 내지 않고, 자연 건조시키는 거지."

"그릇이 몇 개나 돼야지 뭐."

"그런 후에는 휙 청소를 하고. 빗자루하고 총채랑 쓰레받기랑 걸레만 있으면 충분해. 그냥 쓱 하면 되니까. 화장실 청소도 하고. 좌변기라서 좀 괴롭기는 하지만, 더부살이 신세가 어쩌겠니."

"그렇지."

"그다음에는 휴대전화 체크하고. 소식을 궁금해하는 사

람이 있으면, 딸과 함께 지내고 있다고 전하고. 집에 택배가 와 있으면, 경비 아저씨에게 연락해서 챙겨 달라고 부탁도 하고. 간혹 집에 다녀오기도 해. 냉장해야 될 게 오는 일도 있으니까. 지금은 아빠 유령이 보이지 않아. 엄마가 즐거운 기분으로 지내면 안 보이나 봐. 아니, 어쩌면 그 집에서 암울한 기분으로 지내다 나도 모르게 그쪽 세계로 들어가 버리는 건지도 모르지."

"가끔 같이 가 보자. 유령이라도 좋으니까 나도 아빠 보고 싶어."

"그래, 다음에 냉장 식품이 배달되거나 반상회가 있는 날이나 꼭 가야 할 일이 생기면 같이 가자. 아직은 왠지, 가서 자고 싶은 마음이 없지만. 만약 네가 남자 친구랑 사용하고 싶으면, 그 집에서 묵어도 좋아. 걱정되니까 연락은 하고. 하긴, 조금은 신경이 쓰이지만, 너 정도면 요리 솜씨로 남자 하나 꼼짝 못하게 할 수 있잖아. 그리고 비싼 와인 따도 돼. 와인용 냉장고는 전원을 뽑지 않았으니까. 지난번에는 한 병 가져와서 다 마셔 버렸다. 미안, 말을 안 했네."

"엄마 혼자 좋은 와인 다 마셨다는 거, 병 보고 알았어. 쓰레기, 내가 버렸으니까. 아무튼 지금은 너무 바빠서 외박할 여유 없어."

나는 대답했다.

"옛날에 엄마가 재즈 찻집에서 아르바이트할 때는 날마다 엄마 보러 오는 손님들이 줄을 이었는데. 엄마 인기 짱이었다."

엄마는 대수롭지 않다는 듯이 말했다.

"그리고 점심때쯤 되면 지갑이랑 열쇠랑 휴대전화만 들고 밖으로 나가. 우선은 퓨어로드에 있는 '원 러브'*에 가서, 파는 책인지 아니면 핫짱의 개인 소장품인지 모를 헌책을 좀 보다가 핫짱이랑 잠시 얘기를 나눠. 대충, 앞으로 뭘 하고 싶은지, 우리는 이제 한물갔다, 세상의 속도를 따라갈 수가 없다, 뭐 그런 얘기지만. 그리고 화분 키우는 얘기도 하고. 연꽃을 어떻게 키우는지. 내년 초에 분갈이할 때 조금 나눠 준다니까, 이 창가에서도 연꽃을 키울 수 있을 거야. 이 부근에 니와 씨라고 연꽃에 대해서 잘 아는 멋진 정원사가 있대. 그 사람이 집에 찾아와서 비료를 배합한 흙으로 화분에 심어 준대. 아, 기대된다. 여름에 창가에 커다란 연꽃이 피어 있으면 얼마나 시원스러울까. 그렇게 이 동네에서 오가는 얘기도 하고, 엄마가 가면 핫짱이 늘 홍차를 진하게 끓여 주니까 그 보답으로 가게 정리를

---

* 시모키타자와에 위치한 고서점.

조금 도와주기도 해."

"언제 그렇게 친해졌어. 그 아저씨랑?"

내년이라니. 그렇게 오래 있을 작정인가 싶어 깜짝 놀라면서 나는 물었다.

"동네 사람이잖아, 세대도 비슷하고. 어슬렁거리고 다니다 보니까 자연스레 알게 된 거지 뭐. 그다음에는 전통찻집에 가서 주인인 에리코 씨와 가게에서 키우는 조그만 거북이에게 인사를 하고 매일 다른 종류의 차를 천천히 음미하면서 쌀 과자나 만주를 먹든지, 아니면 커피숍에 가서 진한 커피와 함께 크림을 듬뿍 바른 시나몬 토스트를 먹든지, 태국 음식점에 런치 타임이 있는 날이면 거기 가서 파파야 샐러드와 찹쌀밥을 먹어. 거기 주인 미유키 씨의 태국 요리는 정말 일품이더라. 향신료를 손님 보는 앞에서 갈아서 만들어 줘. 엄마, 난생 처음 태국 요리가 맛있다고 느꼈어. 이 동네에서는 미유키 씨랑 너희 가게 미치요 씨가 단연 최고의 요리사야. 엄마는 낮 시간을 대충 이렇게 보내. '로쿠산'에서 피자 런치를 먹는 것도 아주 좋아해. 피자는 '라 베르데'도 맛있어. 혼자서도 한 판 날름 먹을 수 있어. 가끔은 돈 쓸 각오하고 '아스카'에 가서 일본식 런치를 먹는 일도 있어. 그리고 틈틈이 오래도록 읽지 못했던 『잃어버린 시간을 찾아서』를 조금씩 읽고 있어.

아, 물론 핫짱네 책방에서 2000엔에 전부 빌려 온 거야. 대여점도 아닌데 빌려 주겠다고 해서 2000엔 슬쩍 놓아두고 온 거지만. 그리고 이건, 좀 광팬이나 하는 일이라는 건 아는데, 후지타니 오사무*의 신간이 나왔다는 소식이 들리면 당장에 햄버거 가게 근처 2층에 있는 '픽셔네스'로 달려가서 일단 책을 사. 그리고 본인이 하는 가게니까 그 자리에서 후지타니 씨에게 사인을 받아. 그러고는 신이 나서 '얼룩 고양이네'에 가서 단숨에 읽지. 편지지에 감상을 써서 '픽셔네스' 우편함에 살짝 넣기도 해. 그게 얼마나 호사스런 즐거움인지. 후지타니 씨, 소설만 재미있는 게 아니고 얼마나 멋지다고. 목소리도 낭랑하고, 하는 얘기도 정말 재미있어. 기품도 있고, 무엇보다 머리가 진짜 좋아. 손도 크고 우람하고. 소설의 주인공을 그대로 베껴 놓은 것처럼 지성미 넘치고 재미나고. 엄마 그 사람 팬이야. 진짜 소름이 쫙쫙 끼쳐. 그런 남자와 결혼하고 싶었는데, 엄마. 후지타니 씨의 책방 안쪽에 있는 건물에는 건실한 젊은이 히로타 씨가 하는 태국 마사지 살롱이 있어. 거기는 전단지 보고 용기 내서 가 봤는데, 젊은 사람이 몸을 꾹꾹 눌러 주니까 회춘하는 기분이더라. 그런 사치는 거의 부리지 않지만, 머리가 아플 때는 단

---

* 시모키타자와에서 서점 겸 아틀리에 '픽셔네스'를 운영 중인 작가.

번에 나으니까 가끔 가. 요시에 너도 허리 아프다면서. 한번
가 보면 좋을 거야. 언제든 소개할게. 그리고 대마당(大麻堂)
에 가서 얼토당토않은 티셔츠나 화장수를 살 때도 있어. 그
가게 직원들, 겉보기는 험악해도 다 친절해. 같이 하고 있는
레스토랑에 대마 요리를 먹으러 간 적도 있어. 대마 요리는
소화가 잘 돼서 속이 참 편해. 이 코스 중 어느 하나를 더듬
다 보면 하루가 눈 깜짝할 사이에 휙 지나가. 돈은 얼마 쓰
지 않는데도. 그다음에는 산겐자야까지 걸어가서 대형 '쓰
타야'*에 가든지, 제일 유명한 천연 효모 빵 가게에서 빵을
사. 아침에 가끔 먹는 그 빵 있잖아? 그 촉촉한 건포도 빵.
그리고 '캐롯 타워' 뒤에 있는 세련된 카페에서 커피를 마시
고 콩으로 만든 디저트를 먹어 보기도 하고. 그렇게 여행을
하는 것처럼 이리저리 오가다 보면, 하루 일과가 다 끝났다
는 기분이 들어. 아무튼 언제나 일부러 천천히 천천히 걸어.
학생 때처럼, 아주 천천히. 지금 엄마에게 있는 건 시간뿐이
니까."

"재미있겠다, 게다가 우아하네."

나는 감동했다.

"하루 시간의 흐름이, 저녁때가 되기 전에 갑자기 길어

---

* DVD, CD 등을 취급하는 대여점 체인.

졌다가 해가 저물면 또 갑자기 빨라지잖니. 그 감각을 요즘 겨우 되찾았어. 이제는 매일 느낄 수 있어. 시간이 점점 늘어나 찹쌀떡처럼 주욱 늘어졌다가 확 빨라지는 경계를 알겠어. 그게 얼마나 재미있는지, 날마다 되풀이되는데도 싫증 나지 않아. 어렸을 때는 집 안에 있어도 느낄 수 있었는데, 까맣게 잊고 있었어. 지금, 그런 시기야. 오랜만에 아무 생각도 하지 않고 그 전부를 천천히 보고 싶어. 그 집에 있으면 혼자서도 평소에 하던 대로 아빠가 있는 생활을 할 것 같아서, 유령이랑 함께 사는 것처럼. 신발을 가지런히 놓아두고, 청소를 하고, 밥을 지어 남으면 냉동하고, 그러다 한 달이 지나면 냉동한 걸 다시 처리하고. 기계 같은 기분. 물론 그쪽에도 잘 아는 단골 가게가 있고 친구도 있지만, 그 사람들은 그럭저럭 유명한 가수들 뒤에서 키보드를 연주하는 남자와 결혼해서 딸을 하나 둔, 그런 엄마를 아는 사람들이잖아. 하지만 이곳에서의 엄마는 그 어떤 사람도 아니야. 그저 초라한 중년 여자일 뿐. 그리고 여기는 그런 게 허용되는 곳이지. 하지만 기분이 늘 좋은 것은 아니야. 가끔은 내가 지금 뭘 하고 있는 건지 몰라서 머리를 쥐어뜯고 싶을 때도 있어. 뭘 해도 마땅치 않고 짜증이 나고 다리가 무거워 움직일 수도 없고 모든 게 어떻게 되든 상관없다는 심정으로 종일 잠만 자는 날도 아직 많아. 그래도 그나마 기분이 좋은 날은 그걸 느낄 수 있어. 시간이 늘었다 줄었다 하는구나, 하고 말이야. 하기야 이런 말을 할 수 있다는 것도 꽤 괜찮아졌다는 뜻이니까. 엄마, 거의 실연 한 번 안 해 보고 좋아하는 사람과 결혼했고, 시어머니 때문에 고생한 적도 별로 없고, 이렇게 헤어날 수 없을 정도로 상심했던 일 자체가 부모님 돌아가셨을 때 말고는 없었으니까. 하지만 부모님 돌아가실 때는 이미 같이 살지도 않았기 때문에 지금처럼 일상이 엉망이 되지는 않았어. 상심했을 때의 시스템을 몸이 다 잊고 있었던 것 같아."

엄마가 말을 계속했다.

"그런데 엄마는 진짜로 여기 사는 사람도 아니고 딱히 개발을 반대하고 싶은 것도 아니지만, 만약 역 앞에 커다란 빌딩이 들어서면 거기서 일하는 사람들, 지금처럼 얼굴 마주할 때마다 인사 정도는 한다 해도 보나마나 금방 떠나 버릴 것 같지 않니? 다른 가게로 자리를 옮길 수도 있고, 아르바이트다 보니 금방 그만둘 수도 있고. 그러지 않을까? 식자재도 본점에서 냉동된 상태로 배달될 거고, 제일 화젯거리가 풍성한 시장 보는 얘기나 새로운 메뉴에 도전했다가 실패한 얘기 같은 거 듣기 어려울 것 같지 않니? 어디까지나 상상해 본 거지만. 사람과 서로 알고 지내려면 시간이 걸리는데, 하물며 호감 가는 사람인지 아닌지 알려면 더 많은 시간이 필요한데, 그렇게 회전이 빨라져서 누가 누군지도 알 수 없게 되면 어떻게 하나 싶은 생각이 들어. 이 동네에는 어영부영 오래 살고 있는 사람들이 많고 또 그런 사람들이 엄마랑 그렇게 다른 세대도 아니라서, 뭐랄까, 편해. 괜히 목에 힘주지 않아도 되고, 집에서 입고 있던 차림 그대로 외출할 수도 있고. 물론 이런 거 다 가짜고, 일시적이라는 거 알아. 돈 버느라 고생하면서 여기 사는 게 아니니까."

"가짜 아니야. 이러고 있는 동안에도 우리는 땅에 발을 붙이고 살고 있잖아. 한편으로는 떠다니는 면도 있겠지만. 엄마는 아빠 뒷바라지를 충실히 했고, 나를 키웠고, 집안일에, 관리에, 열심히 자기 역할을 해 왔으니까, 앞으로는 이렇게 지내도 좋지 않을까. 지금도 나, 엄마랑 친구처럼 사는 것 같아도, 엄마 도움 많이 받고 있잖아."

"우리 요시에, 어쩜 이렇게 착하니. 구구절절한 엄마 푸념 들어주는 것만 해도 고마운데. 메구로 집에 있을 때는, 혼자 후회하고 푸념하느라 머리가 폭발할 것 같았어."

엄마가 말했다.

"그래도, 엄마가 정말 그렇게 충분히 길에 왔다면 너희 아빠, 그런 꼴로 죽었을까."

"아니라니까. 다시 한 번 말할게. 아니, 몇 번이든 말할 수 있어. 아빠는 좋은 사람이었고, 돈도 나름대로 벌어 왔어. 나도 아빠를 좋아했고. 하지만 그렇게 죽은 거, 절대 엄마 탓 아니야. 난, 아빠가 정말 어떤 심정이었는지는 잘 모르겠지만, 밤늦게까지 술 마시면서 놀지도 않고, 도박도, 여자 꽁무니 쫓아다니는 것도 잘 못하는 데다 명성을 좇지도 않았잖아. 아빠가 너무 건실한 거였어. 너무 건실하니까 그렇게 빼도 박도 못하게 된 걸 거야."

"아빠 친구들도 누구 하나, 그렇게 심각한 사이의 애인이 있다는 거 몰랐대."

엄마가 말했다.

"처음에는 다들 엄마나 아빠를 감싸느라 모르는 척하는 줄 알았는데, 다들 진짜로 말하는 것 같더라고. 그런 여자는 본 적도 없다고. 공연 때도 그렇고 뒤풀이 자리에서도 그렇고. 대체 그 여자 누구였을까? 오래전부터 사귀어 왔던 걸까?"

"친척이라니까, 아는 사이였는지도 모르지. 그러다 최근에 다시 불이 붙었는데, 서로가 그 기세로 죽어 버린 거 아닐까? 우리, 그 부분에 대해서는 알고 싶지 않아서 아빠 수첩이랑 노트, 편지 같은 건 보지도 않고 상자에 집어넣어 버렸잖아."

"아빠가 우리에게 전화 한 통 걸지 않고 죽는다는 거,

있을 수 있는 일일까. 아, 휴대전화 두고 간 것도, 운이 없었던 걸까. 아니면 일부러 두고 간 건지도 모르지. 생각해 봐야 소용없는 일이지만, 자꾸 생각하게 돼."

엄마가 말했다.

"그 사람, 왠지 끝에 가서는 운도 없고 요령도 못 피우는 면이 있는 것 같았지만. 그래도, 아무리 바람을 피웠다고 해도, 그런 일로 미련 없이 죽어 버릴 만큼 우리가 가벼웠던 걸까."

나는 고개를 끄덕였다. 엄마가 다시 말을 이었다.

"그 생각을 하면, 이렇게 살지 않을 수가 없어. 하지만 자학적인 기분은 아니야. 재활이야. 게다가 엄마에게는 요시에 네가 있잖아. 네가 없거나, 독립했으니 엄마 일에 상관하지 않겠다고 했다면, 엄마 더 막막했을지도 몰라. 여기 살게 해 줘서 고맙다."

물론 나는 거절하고 싶었지만, 엄마가 자살이라도 하면 어쩌나 싶어서. 그런 말은 할 수 없었다. 엄마 눈에 비친 나는 아직도 어린애다. 부모를 무조건 수용하며 살고, 부모가 좋아해 주길 바라는 어린애다. 그렇지 않다는 것을 엄마는 말로는 받아들여도 속으로는 절대 받아들이지 못하리라. 나 역시 표면적으로는 독립해 사는 것처럼 보여도 안쪽의 광맥이 엄마와 얼마나 넓고 깊게 이어져 있는지, 생각만 해도 겁난다. 생각하지 않아도 되는 삶의 방식이 제일이다.

"엄마, 메구로 집, 어떻게 할 거야?"

"지금은 생각할 여유가 없어."

메구로에 살았을 때는 늘 미용실에 가서 손질했던 긴 속눈썹이, 지금은 마스카라도 바르지 않아 약간 퍼석거린다. 하지만 지금의 엄마가 오히려 젊고 윤곽도 또렷해 보인다.

"물론 여기서 계속 살 마음은 없어. 하지만 그곳에 돌아가 사는 엄마 모습도 상상이 안 되는구나."

"아빠에게 물어볼 수 있으면 좋을 텐데."

절실하게 그런 생각을 했다.

아빠만 좋다면 후다닥 팔아 버리고 새로운 생각을 할 수 있을 텐데. 뒷맛이 씁쓸한 그 죽음 때문에 그 집은 관처럼 숨 막히는 곳이 되고 말았다.

"그러게. 그럴 수만 있다면, 좀 더 여유롭게 생각할 수 있을 텐데. 하지만 이렇게 답답한 시기가 있다는 거, 중요한 일인지도 몰라."

엄마가 말했다. 과연 어른이라고 나는 생각했다.

"우아한 전업주부 생활, 쇼핑이든 미용실이든 결국은 주체할 수 없는 성욕의 대체물이랄까, 발산에 지나지 않으니까."

"엄마, 무슨 소리를 그렇게 해. 진짜 같아서 무섭잖아."

"사실인걸 뭐. 아빠도 어쩌면 마지막으로 인생을 불태우고 싶었는지도 모르지. 성실하게 살아왔으니까. 화려한 직업인 거에 비해서는. 그 사람은 공무원이 되는 게 차라리 나았을지도 몰라. 그리고 우아한 전업주부의 삶이라는 것도 허망해. 맛있는 코스 요리를 먹는 것만 해도, 남편의 돈을 그냥 까먹는 것에 불과하잖아. 하긴 엄마는 남편 돈을 그런 데 쓰지는 않았지만, 그래도 친정 돈이었으니까 어차피 마찬가지지. 맛있는 와인도 끝이 없잖아. 아무 의미 없어. 가끔 먹고 마시면 멋진 일일 수도 있지만. 허망해. 근원적인 것은 정신의 굶주림인데, 그 순간에만 다른 것으로 배를 채우는 셈이니까. 게다가 이 나이가 되면 진정한 친구와 가까이 살 수 있는 것도 아니니까, 만나는 일도 점점 줄어들고."

"난 엄마가 비교적 여유 있는 생활을 기꺼이 즐기는 줄로만 알았는데. 아빠와의 관계가 시들해져서 다른 시대로 넘어간 줄 알았어."

엄마는 그런 의미에서는 정말 나무랄 데 없이 완벽했다.

"블라우스도 언제나 세탁소에서 막 돌아온 하늘하늘한 것만 입었고, 치마 길이도 그렇고, 집에서 조금 떨어진 곳에 갈 때 꼭 들고 다녔던 에르메스 백도 거의 매뉴얼대로

였잖아. 만약 전업 주부에게 교과서가 있다면 '40대 후반, 그런대로 유복하게 살고 있어요. 남편이 부끄러워하지 않도록 그런대로 멋도 부리면서 차림새에 신경을 쓰고 있죠. 일주일에 한 번은 프랑스 레스토랑이나 이탈리안 레스토랑에서 외식을 해요. 친구나 지인의 개인전 오프닝 파티에 가는 일도 많습니다.' 겉만 봐서는 그런 느낌이었는걸."

"그런 소리까지 들으니까 왠지 울컥 화가 치미네. 하지만, 네 말대로 그런 걸 지향했는지도 모르지."

엄마는 어쩌면 전에는 티셔츠 같은 건 한 장도 없지 않았을까. 근처에 뭘 사러 나갈 때도 엷게나마 반드시 화장을 하고, 맨발로는 거의 나가지 않고, 머리도 늘 깔끔하게 묶거나 세팅을 하거나 롤로 말아 손질하던 엄마였다.

"언제 어쩌다 그렇게 되었을까. 메구로라는 동네가 그래서도 아니고, 네가 사립 여고에 진학했기 때문에 다른 엄마들에게 영향을 받아서도 아닌데. 엄마가 나빴어. 차림새부터 갖추지 않으면 도저히 헤쳐 나가기가 어렵겠다고 생각하다 보니, 나도 모르게 내면까지 해치고만 걸까. 아니, 해쳤다는 말은 너무 과했나, 일상에 쫓긴 탓에 정신적으로는 편하려고 했다고 해야 하나."

엄마가 말했다.

"인간은 처음 생각이 아주 오래도록 어딘가에 각인되어

있기 때문에, 처음 생각대로 되어 간다고 생각하는데, 엄마, 어디서 그걸 놓쳐 버린 건지. 너무 오랜 옛날이라 모르겠어. 참, 네 가게에, 다케나카 나오토* 씨 자주 오잖아."

"내 가게는 아니지만, 자주 오시지. 수줍음 많이 타고 예의 바른 분이야."

나는 엄마의 뜬금없는 말에 깜짝 놀라면서 말했다.

"지난번에 카운터 자리에 앉아 있는 걸 밖에서 보고, 기억이 떠올랐어. 엄마 어렸을 때, 그 사람 부인인 기노우치 미도리** 씨를 동경하면서, 커서 저런 여자가 되고 싶다고 간절히 바랐는데."

엄마는 아주 진지하게 그렇게 말했다.

"타입이 전혀 다른 것 같은데. 정말 멀어졌네, 여러 가지 의미에서."

나는 또 놀라고 말았다. 그런 이야기는 처음 듣는다.

"그래. 저렇게 귀엽고 아름다운 여자는 없을 거라고 생각하면서 레코드 전부 사들이고 방에는 포스터까지 붙였을 정도야. 다케나카 씨를 꼭 껴안고 엄마가 옛날에 그랬다는 말을 하고 싶었는데, 못했네. 미도리 씨가 그 멋진 고토

---

* 일본의 성격파 배우.
** 하이틴 스타 출신 중견 여배우. 다케나카 나오토의 부인.

쓰구토시* 씨에게 속았을 때는 텔레비전 앞에서 '안 되지, 그럼 안 되지! 하지만 그 기분은 알겠네.' 하고 생각했어."

"엄마, 그러면 정말 안 되지!"

나는 정말 무서웠다. 다 떨쳐 버린 엄마는 무슨 일이든 할 수 있을 것 같았다.

"그렇게 내게 힘을 주었던 사람이며 어떤 것들을, 엄마는, 하나둘 잊어버린 거야."

"엄마, 이렇게 말해서 미안하지만, 그거 역시 남자의 성향에 물이 들었다고 할까, 아빠 영향을 너무 받아서 그랬던 거 아닐까. 메구로의 우아한 주부 생활이나 어른스럽고 섹시한 여자, 반듯한 몸가짐 모두 할머니가 그러셨잖아."

"마더 콤플렉스에 휘둘렸다는 거니?"

"아니, 영향을 받은 엄마에게도 책임은 있지. 하지만 우리 엄마, 원래는 귀엽고 내추럴한 타입의 여자가 아니었을까 싶어. 그런데 아빠는 주위에 록 스타일 여자가 많았지만 사실은 할머니 같은 타입을 줄곧 동경했고, 엄마에게도 그래 주기를 바랐을 테고, 나도 고이고이 키우고 싶었는데, 어쩌다 그런 아빠 속마음과 아빠에게 목돈이 들어온 시기가 맞아떨어져서, 엄마까지 알게 모르게 아빠 바

---

* 일본의 대중음악 작곡가. 기노우치 미도리의 전남편.

람에 지나치게 맞췄는지도 모르지.”

얼른 인터넷으로 기노우치 미도리를 검색하고 유튜브에서 동영상을 찾아 그 특이한 귀여움에 두근거려 하며 나는 말했다. 엄마도 엄마의 원점인 듯한 기노우치 미도리를 지그시 쳐다보았다.

“이렇게 될 가능성도 있었을 텐데, 어디서부터 잘못되었을까. 그렇다고 지금에 와서 뭘 어쩌겠니. 역시 다케나카 씨에게 따져 보는 게 좋을까? 엄마와 그녀는 왜 이렇게 다르냐고.”

“에이, 그건 절대 아니지.”

“알아. 그렇게 당황할 거 없어.”

엄마는 그렇게 말하고는 애써 웃었다.

“뭐가 되었든 손님에게 이상한 짓 하지 마. 수줍음을 많이 타는 사람이라서 두 번 다시 안 올 수도 있다고.”

“그런데 너희 가게 미치요 씨, 정말 멋지더라. 딸이 일하는 곳에 엄마가 찾아오는 거, 내심으로는 별로 반갑지 않을 거야. 그런데 조금도 그런 내색을 하지 않아. 그렇다고 과도하게 대접하는 것도 아니라서, 가끔은 네가 그곳에서 일한다는 걸 잊어버려. 하기야 네가 쉴 때를 봐서, 모리야마 씨가 있을 때 주로 가니까 그렇겠지만.”

“내가 가끔 쉴 때, 내가 일하는 가게에 엄마가 왔단 말이야?"

미치요 씨가 그런 말은 한 번도 한 적이 없어서, 놀랐다.

"그래. 꼬박꼬박 인사해 가며 카운터 자리에 앉아서 차랑 프로마주 블랑*만 주문해. 너희 가게 프로마주 블랑, 최고야. 그 위에 얹혀 있는 탱글탱글한 오렌지, 네가 만드는 거니?"

"응. 아침저녁으로 시간 있을 때마다 조금씩 만들어. 그런데, 난 엄마가 온다는 거 전혀 몰랐네."

"네가 있을 때는 가기가 좀 민망하잖니."

"손님이니까 언제 오든 상관은 없지만."

요즘 들어 엄마에 관해 금방 포기할 수 있게 되었다.

"우리 파리에 갔을 때, 아빠랑 셋이서 먹었잖아. 그립다. 프로마주 블랑. 가족으로서는 좋은 시절이었지. 그런 때가 있어서 정말 다행이야. 다 같이 걸어서 관광객답게 카페 '뒤 마고'에도 갔고. 벽에 진짜 중국인 둘의 조각상이 있었지. 그리고 아빠를 따라 'HMV'에도 가고, 그다음에는 개선문에도 올랐고."

엄마는 눈을 가늘게 뜨고 말했다.

"응, 다리가 아팠지, 그때. 계단을 너무 많이 올라서."

---

* 프랑스산 비숙성 디저트 치즈.

"그 방사상이라고 하나? 위에서 저 멀리까지 뻗어 있는 길을 보니까 얼마나 멋지던지. 나폴레옹이 된 기분이었어."

"엄마, 그 말, 역사적으로나 느낌상으로나, 미묘하게 엉터리야."

나는 웃었다.

"그러니? 그럼 어때. 내 느낌이 그랬다는 건데. 그리고 아빠랑 레바논 샌드위치 파는 가게에 가서 서서 먹기도 했고. 아빠가 마늘이 들어 있어서 맛있다고 했지."

"좋은 일도 많았네, 우리 가족."

나는 중얼거렸다. 엄마와 나 사이에서, 그 여행의 추억 하나하나가 파리의 회색 하늘과 함께 피어올랐다. 우리 세 사람의 발이 이국땅에 그 발자국을 분명하게 남겼는데.

"그래, 나쁜 면만 보려고 들면, 마지막 사건이 정말 최악이었을 뿐이야. 그렇게 나쁘지만은 않았어. 무언가가 잘못되었고, 그게 시간과 함께 어긋나면서 지금 있는 곳에 덩그러니 내던져졌을 뿐."

엄마가 웃으면서 말했다.

이런 대화, 거의 제의 같다, 거의 제문이다.

추억을 하나 끄집어내어, 거기에 잠긴다.

맛있는 사탕을 핥는 것처럼, 그날의 파리와 거리를 걷는 서로의 모습, 그날 밤 우리가 나눈 대화와 호텔 방 얘기를 하고는 공기를 한껏 들이쉰다. 그리고 다시 현실로 돌아와 잠시 고통스러워한다.

앞으로 몇 번이나 이런 대화를 나눠야 우리는 앞으로 나아갈 수 있을까. 그런 생각을 하지 않을 수 없었다.

아빠와 엄마는 멀지도 가깝지도 않은 관계를 유지하면서 멋들어진 할아버지와 할머니가 되고, 나는 결혼해서 일하면서 아이를 낳아 메구로 집에 놀러 가곤 했을 텐데.

오늘도 메구로의 그 휑한 집에서 아빠는 피아노를 치고 있을까. 혼자 컵라면을 끓이고 있는 것은 아닐까. 평소처럼 아무 생각 없이 양말을 짝짝이로 신고 있지는 않을까. 그런 생각을 하면 가슴이 메었다. 이상하네, 이미 죽은 사람인데.

만약 정말 그 여자를 사랑했다면, 유령이 되어 그 집으로 돌아올 리 없지 않을까. 하지만 그 여자 얘기만 꺼내면, 조금은 기운을 차려 추억담도 할 수 있게 된 엄마의 표정이 금세 딱딱하게 굳을 것을 알기에 말할 수 없었다.

과연 어떤 기분일까, 줄곧 함께였던 남자가 다른 여자와 동반 자살을 하다니.

나는 아빠 잃은 슬픔밖에 모른다. 그리고 엄마는 아빠 잃은 내 기분을 모른다. 엄마의 진짜 마음은 엄마밖에 알지 못한다.

그 고독을 껴안고 시모키타자와의 가게를 순례하면서 얘기를 나누고, 서툴게나마 마치 새 지도를 그려 나가듯 한 걸음 한 걸음 살아가고 있는 엄마가 대단하다고 생각했다. 이상한 방식이지만, 이해할 수 있었다. 앞만 바라보는 것도 뒤만 바라보는 것도 아닌 그 태도를 보고서, 참 멋진 여사라고 생각했다.

아빠가 꿈에 나타난 것은 그날 밤이었다.

아빠가 집 안에서 무언가를 찾는 꿈이었다. 마침 뭘 가지러 간 내가 현관문을 열고 안으로 들어간다. 무거운 문을 꾹 밀었더니 안에 불이 켜져 있어, 나는 언제나처럼 "엄마?" 하고 부른다.

현관에는 엄마의 페라가모다 구찌다 하는 구두들이 가지런히 놓여 있다. 내 크럭스 신발도 아빠의 커다란 컨버스 운동화도. 현관에 가지런히 놓인 신발은 가족의 역사를 보여 준다고 생각한다. 신발이 있다는 것은 그 사람이 오늘도 이곳에서 생활하고 있다는 뜻이다.

나는 현관 옆 조명이 유난히 눈부시다고 느낀다.

엄마가 어딘가에 갔다가 마음에 들어 비싼 값에 사 온 조그만 베네치안 글라스 샹들리에다. 그 알록달록한 빛이 눈을 찌르는 느낌이었다.

안에서 부스럭거리는 소리가 나서 들여다보니, 아빠가 방에서 쓱 나온다.

"아, 요시에로구나. 엄마인 줄 알았다."

"엄마 없어?"

"응, 없구나."

"시모키타자와에 있는 건가?"

"시모키타자와?"

아빠의 안색이 갑자기 어두워지더니 표정까지 약간 슬퍼졌다.

"아빠야말로 어떻게 된 거야? 오늘 스튜디오에서 자는 거 아니었어?"

"응, 어디에 뒀는지 영 안 보여서, 돌아왔어."

"뭐가?"

"아빠 휴대전화. 엄마에게 전화 한 통 걸어야겠는데."

"휴대전화라고?"

'나도 같이 찾아봐 줄게.'라고 말하고 싶은데 도무지 말이 나오지 않는다. 왜 이러지, 하고 나는 생각한다.

어, 아빠 휴대전화…… 이제 없지 않나, 그런데 왜 없지. 그렇게 생각하자 슬픔이 목을 타고 밀려 올라왔다. 왜 없는지는 모르겠지만, 아무튼 같이 찾아 주고 싶은데.

발치를 쳐다보다가 분한 마음에 갑자기 짜증이 나면서

눈물이 나왔다. 같이, 찾아, 줄게, 세 마디뿐인데, 입에서 나오지 않는다. 누가 내 목을 짓누르고 있는 것처럼.

아빠, 혼자서만 찾지 말고, 이쪽 좀 봐. 나는 그렇게 생각하는데, 아빠는 여전히 나를 등지고 전화기만 찾고 있다.

나는 아빠의 등을 보며, 지금 저 등을 껴안으면 모든 게 원래 자리로 돌아갈까 하고 멍하니 생각한다.

눈을 뜬 나는 울고 있지는 않았지만, 이불 속에서 주먹을 꽉 쥐고 있었다.

옆에서는 엄마가 새근새근 자고 있었다. 둥그런 등, 그 위에 떠 있는 등뼈의 선. 그것을 보고서 안심한 나는 다시 잠들었다.

신야 씨를 알게 된 것은 그 무렵이었다.

엄마와 함께하는 생활과 일에 익숙해진 나는 가게 문을 닫은 후에 술 한잔 마시면서 뒷정리를 할 수 있을 만큼 마음의 여유가 생겼다. 메모를 보지 않아도 내일을 위해 뭘 준비해야 하는지도 알게 되었다.

"저, 혼자인데 아직 시간 괜찮습니까? 카운터 자리에 앉으면 될까요?"

안경을 쓰고 더리는 신파한 근육질에, 음악을 무척이나 좋아하게 생겼는데 펑크나 하드록 계통이 아닐 것 같고,

하얀 피부에 턱이 각지고, 차림새가 깔끔해서 상큼해 보이지만 왠지 인상은 약간 우울한 그가 가게로 들어왔을 때, 나는 순간적으로 생각했다.

'어머, 아빠?'

하지만 자세히 보니 조금도 닮지 않았다.

의식적으로 애를 써서 닮은 점을 찾는다면, 등이 좀 굽었다는 것 정도?

"앞으로 십 분 후에는 주문을 받을 수 없는데 괜찮으시겠어요? 그리고 테이블 자리에 앉으셔도 돼요."

"그럼, 테이블로 가죠."

그가 말했다. 아, 목소리가 닮았구나. 부드럽게 울리는 약간 쉰 목소리. 한마디 더 해 주지 않으려나, 하고 나는 생각했다.

그는 샴페인 한 잔과 돼지고기 리에트*와 빵을 주문하고, 반할 정도로 기운차게 먹었다. 기계적이 아니라 씩씩하게, 우적거리지 않고. 이렇게 탐스럽게 먹는 사람은 흔치 않다. 굳이 꼽자면 이렇게 흘러가듯 품위 있게 먹는 사람은 미식왕이라 불리는 구루스 게이** 정도가 아닐까. 그러

---

* 고기와 향신료를 갈아 페이스트처럼 만든 뒤 빵 위에 얹어 먹는 프랑스 요리의 일종.
** 일본의 유명 요리 평론가.

고 보니 모습이 조금은 그 사람을 닮았다.

그는 정확하게 삼십 분 있다가 주저 없이 돌아갔다.

"잘 먹었습니다." 하는 목소리의 여운을 눈을 감고서 음미했다. 목소리가 참 좋네. 푸근한 목소리야.

유난히 인상에 남는 손님이었던 것은 분명하다.

이런 가게에 혼자 오다니, 애인과 데이트할 때 오려고 미리 와 봤나 보네, 하고 생각했다.

하지만 그다음에 왔을 때도 그는 혼자였다. 지난번처럼 거의 문 닫을 시간에 와서 쿠스쿠스*를 먹고 레드 와인 한 잔을 마시고 돌아갔다.

음식을 먹는 그의 모습이 얼마나 멋진지, 뭐라 표현하면 좋을까. 마치 다도에서 차를 끓이는 수순을 보고 있는 듯한 느낌이었다. 하나의 동작이 다음 동작으로 미끄러지듯 이어지고, 군더더기가 없다. 너무 빠르지도 너무 늦지도 않다. 하지만 박력이 있다.

그 점에 관해서 미치요 씨도 같은 의견이었다.

"저 사람 먹는 걸 보면, 기분이 좋다고 할까, 음식을 만든 보람이 느껴져."

그녀는 그가 네 번째쯤 왔을 때 그렇게 말했다.

---

* 으깬 밀에 고운 밀가루를 입혀 고기, 채소 등과 함께 찐 요리.

과연 미치요 씨, 거의 주방에 있는데도 가게 안을 속속들이 보고 있었다. 그는 대개 샴페인이나 레드 또는 화이트 와인을 한 잔 마시고, 메인 디시를 주문하고, 빵을 먹는다. 차 종류나, 커피와 디저트는 좀처럼 주문하지 않는다.

음식점에 있다는 것은 참 묘해서, 사람의 먹는 모습을 마냥 보게 된다.

날마다 지켜보다 보니 사람들이 얼마나 배고픈지, 성격은 어떠한지 점차 알게 되었다. 그 사람의 성격 역시. 언제쯤 어떤 식으로 말을 걸어 주면 좋을지도 조금씩 알게 되었다. 처음에는 긴장하고 항목을 일일이 체크했지만, 점차 각 손님의 마음 상태를 읽을 수 있게 된 것이다. 저 손님은 물을 더 마시고 싶은가 보네. 찻잔을 벌써 치우면 안 되겠어. 음료나 술을 더 마실 건지 물어보는 게 좋을까. 그렇게.

알아 가는 과정이 가장 흥미로웠다.

같은 일을 그저 무덤덤하게 되풀이할 뿐인데, 어느 날 갑자기 눈에 들어온다. 어느 순간 영어가 귀에 들리는 것과 똑같은 감각이었다.

이 세상에는 그렇게 늘려 가는 힘과 줄여 가는 힘이 같은 분량으로 존재한다는 것을 어렴풋이 알고 있었다. 분량은 같은데, 줄여 가는 힘 쪽이 크게 느껴진다는 것도.

그래도 나는 여자(애라기에는 너무 컸다, 아무리 풋내기라도.)라서, 줄여 가는 힘을 무시할 수 있다. 마치 없는 것처럼, 감자를 씻듯이, 마당에 돋은 잡초를 뽑아 내듯이, 몸을 사용해서 다른 힘을 지속적으로 얻을 수 있다.

나는 그가 올 때마다 그의 먹는 모습 어디가 그렇게 멋진지를 관찰하면서 넋을 잃었다. 그 황홀함을 하나의 낙으로 살머시 품고 있었다.

물론 그런 감정을 절대 내비치지는 않았다. 혼자 오는 손님에게 '정말 멋지게 드시네요!'라고 했다가는 손님 쪽이 부끄러워 더는 오지 못하리라. 그는 책을 들고 와 음식이 나오기를 기다리는 동안 읽는 적도 많았지만, 음식이 나오면 이내 탁 덮는다. 그 점도 좋았다. 그리고 조그만 소리로 "잘 먹겠습니다." 하는 점도.

어쩌면 나는 그를 이미 사랑하고 있었는지도 모른다.

어느 날 저녁, 잠시 쉬려고 집에 돌아왔는데 엄마가 없었다. 나는 원두도 살 겸 카페오레나 마실까 하고 남쪽 출구 앞 쇼핑가에 있는 '몰디브'로 향했다. 가게 앞에서는 커피콩을 볶고 안에서는 볶은 콩을 파는 오래된 커피숍이다. 남쪽 출구 쇼핑가를 걸을 때면 몰디브 아저씨가 우람한 팔로 콩을 볶는 구수한 커피향이 풍긴다. 그때의 느낌도 오래도록 변하지 않았다. 오늘도 커피 한잔 맛나게 마시고 열심히 분발해야지, 하는 의욕이 샘솟는다.

싸늘한 공기로 가득한 가을날이었다.

우리 가게 바로 옆에 있는 벚나무를 살짝 만져 보고서 쇼핑가로 들어섰다.

봄에 벚꽃이 활짝 피면 우리 가게 갈색 벽에 분홍색 그림자가 어른거리고, 주변 일대가 평소와는 다른 달콤한 분위기에 젖던 풍경이 떠오른다. 지나가는 사람들은 벚꽃을 올려다보며 미소 짓는다. 마치 신나는 영화를 보는 행복한 관객처럼.

떨어진 꽃잎을 치우기가 힘들었지만, 예뻐서 괴롭지 않았다. 활짝 핀 벚꽃을 보고 한 번 감격한 후로는, 꽃이 다 지고 난 후에나 한겨울에도 그 앞을 지날 때면 살며시 만져 본다. 그런 습관도 완전히 자리를 잡아, 이 거리에 살고 있다고 실감할 수 있는 순간의 하나가 되었다.

나는 그곳을 지나, 남쪽 출구 쇼핑가로 걸어갔다.

'몰디브'에 들어가 엄마가 가장 좋아하는 에콰도르산 유기농 원두를 사고 카페오레를 주문하고서 기다리고 있는데, 신야 씨가 불쑥 들어왔다.

"안녕하세요."

그가 나를 보고 말했다.

"안녕하세요."

나 역시 가게에 있을 때와 똑같은 얼굴로 생긋 웃으며 말했다. 여기서 마주치는 게, 전혀 뜻밖은 아니라고 생각했다.

원두를 주문하는 그의 목소리를 들으면서 나는 속으로, 페이퍼를 쓰는구나, 드리퍼는 구멍 한 개짜리, 커피는 산미가 있는 코나 키피를 좋아하네, 하고 생각했다.

"저."

그가 내 쪽으로 몸을 돌리고는 정중한 태도로 말했다.

"저, 제가 잘못 봤다면 죄송합니다. 혹시 이모토 씨의 따님이 아닌지요? '스프라우트'의 이모토 씨."

"넷?"

나는 깜짝 놀란 나머지 소리를 지르고 말았다. 몰디브 아저씨가 커다란 기계 앞에서 콩을 볶다가 어리둥절 고개를 들 정도로 큰 소리였다.

"네, 맞아요. 아버지를 아시나요?"

"삼가 조의를 표합니다."

그는 그렇게 말했다.

"저는 신야라고 해요. 아버님 밴드가 정기적으로 공연했던 라이브 하우스 사람이쇼."

"아, 그러시군요. 정기저이라면, 신주쿠에 있는 라이브 하우스 말씀인가 보네요."

“네, 그렇습니다.”

“음악을 좋아하시나 봐요.”

“이모토 씨의 밴드가 주로 연주했던 어른스럽고 영국적인 록은 잘 모릅니다만, 일본의 인디 밴드를 좋아해요. 우리 라이브 하우스에서는 그런 음악도 많이 연주하니까요. 우연이지만, 일하시는 가게에 처음 갔을 때는 공연을 보러 ‘레이디 제인’*에 갔다 오는 길이었습니다. 이분, 어디선가 본 적이 있다 싶었는데, 어머님과 함께 이모토 씨를 찾느라 분장실 입구를 물었을 때 일이 퍼뜩 떠오르더군요.”

“예, 그런 일이 있었군요. 줄곧 무대에 서면서 좋은 만남을 계속했는데 아버지가 그렇게 갑작스레 세상을 뜨는 바람에 밴드도 없어지고 말았네요. 심려 끼쳐 드려 죄송합니다.”

“그 일로, 좀.”

“무슨 일인가요?”

“많이 망설였는데, 저는 사람 얼굴을 잘 기억하는 체질이라 한 번 본 사람은 거의 헷갈리지 않아요. 그래서 그쪽도 금방 기억이 난 겁니다.”

“부럽네요. 신야 씨야말로 가게를 하셔야 하는데.”

'레 리앙'에서 일하기 시작했을 무렵, 단골 손님의 이름을 기억하기 위해 얼굴 그림까지 그리며 고생했던 나는 말했다.

"하고 있습니다. 실은 그 라이브 하우스, 저의 아버지가 시작한 것이었는데 지금은 제가 꾸려 나가고 있죠."

그가 웃으며 말했다. 비교적 고른 치열이 묘하게 귀여웠다.

"어머, 몰라 봬서 미안해요. 아직 젊은데 대단하시네요."

"그저 자식이라 물려받았을 뿐이죠. 시장통의 생선 가게처럼."

테이블 삼아 술통이 놓여 있는 좁은 코너 자리에서 커피를 마시며 그런 얘기를 나누고 있는데, 원두를 사거나 커피를 테이크 아웃하려는 손님들이 잇달아 들어와 점점 복잡해졌다.

자연스레, 여기는 어수선하니까 다른 곳에 가서 얘기하자는 말이 나왔다. 우리는 몰디브 아저씨에게 인사하고 가게를 나왔다.

"어디로 갈까요?"

"커피는 마셨으니까, '차카네카'에 가서 차이를 마시는 건 어때요?"

왜 이 사람에게는 이렇게 말이 쉬이 나오는 것일까, 아빠를 닮아서일까. 얘기하면서 무턱대고 웃지는 않지만, 언제나 말미가 분명한 점 때문에 아빠가 떠올라 다가가기 쉬웠다.

"저, 거기는 가 본 적이 없는데. 가 보고 싶군요."

그 조그만 가게는 역 너머에 있는 건널목을 지나 쌀 과자 가게 옆길로 들어서서 사람들 사이를 헤치고 똑바로 나아가다가 다시 골목으로 들어간 곳에 있다. 주인인 다나카 씨가 에스닉한 음식을 손맛으로 차려 내는 가게였다. 아무리 먹어도 위에 부담이 없는 이 가게의 음식을, 되직한 것을 먹지 못했던 때의 엄마가 즐겨 먹었다. 내가 쉬는 날 외식을 하자 싶으면 둘이 타박타박 걸어 여기까지 오곤 했다.

오후의 차 시간에는 아주 맛있는 차이와 바나나 케이크를 먹을 수 있다.

막 이사 왔을 때, 엄마는 한 번 먹어 보고는 정말 맛있어 그렇다면서 다나카 씨에게 케이크를 새로 구워 달라 부탁했다. 그러고는 이사 축하라며 한껏 먹었다.

맥주를 마시면서, 휘핑크림만 거품을 내어, 밥 대신으로.

다나카 씨는 내성적인 사람이라서 언뜻 무서워 보이지만, 그 내면에는 뜨거운 인정의 세계가 가로놓여 있다. 엄마가 이곳으로 옮겨 온 사정을 설명하자, 절반이면 충분하다고 했는데도 새로 구운 한 판을 그대로 선물해 주었다.

그 무렵의 나는 여전히 의기소침해서, 엄마랑 둘이 배가 아플 정도로 케이크를 먹어 대다니, 그렇듯 즐겁게 시간을 보낼 수 있는 날이 오리라고는 생각도 못 했기 때문에 이상했다. 그 가게에서는 시끌벅적 떠들어 대는 것도 아니고 침울하게 가라앉는 것도 아니면서 자연스럽게 그런 생각을 하고 같이 즐거워할 수 있었다. 메구로 집에서는 왠지 조심스러워 꺼리던 일이었다.

다나카 씨가 없어서 아르바이트하는 언니에게 바깥에 가까운 흡연석에 앉게 해 달라고 부탁했다. 아 참, 데이트하는 거 아니었지, 하고 나는 풀이 죽었다. 이 몇 시간의 휴식 시간 동안, 살아 있을 당시 아빠의 암울한 이야기를 들어야 한다.

"만약 듣고 싶지 않은 얘기인데 하는 거라면, 미안해요."

신야 씨가 말했다.

"아뇨, 괜찮아요. 아버지에 대해서라면 무엇이든 알고 싶어요."

"그럼, 단도직입적으로 말하죠. 신문 기사에, 이모토 씨와 같이 죽은 여자의 사진이 실렸는데. 좀 음산하면서 예쁘게 생긴."

“네, 보기조차 끔찍해서 찬찬히 보지 않았는데, 그래서 오히려 생생하게 기억해요.”

“저, 그 사람을 우리 라이브 하우스에서 딱 한 번 본 적이 있어요.”

“네?”

그런 일은 없었다고 들었던 터라, 놀랐다.

“눈에 잘 띄지도 않고, 그런 사람이 있는지조차 모를 만큼 존재감도 빈약한데, 그런데도 유독 인상에 남는 사람이었어요. 그래서 참다못해 이모토 씨와 같은 밴드에 있던 드러머 야마자키 씨에게 물어보았죠. 그랬더니, 그 사람 역시 기억이 날 것 같다고 하더군요. 다른 사람에게도 넌지시 물어보았는데, 아무도 못 봤다고 했으니까 결국 우리만 그녀를 기억하고 있는 거죠. 왠지 모르지만 소름이 좍 끼치는 그런 여자였어요. 그 후에도 ‘스프라우트’는 매달 우리 가게에서 공연을 했는데, 그 여자는 두 번 다시 오지 않았어요. 아마 그럴 거예요. 그때 이모토 씨가 그녀와 얘기라도 나눴는지는 잘 모르겠어요. 이모토 씨와 그 여자가 같이 죽기 한 일 년 전일 겁니다. 저 말고도 그녀가 공연에 왔다는 사실을, 혹시 아시는 분 있나요?”

“아뇨. 엄마도 모르고, 경찰에서도 모를 거예요.”

“그 후 언제부터인가, 그녀가 이모토 씨와 사귀게 되었

을 테죠. 두 사람 모두 이 세상 사람이 아니니 형사 사건
으로 재판에 회부되는 일도 없을 테지만. 그래도 이 사실
을 알고 모르고에 따라 사건에 대한 가족의 인상은 전혀
달라지지 않을까요. 그래서 알려 드리고 싶었습니다."

신야 씨는 말했다.

"이미 다 지나간 일을 괜히 들쑤시는 건 아닌지, 공연한
참견이라는 건 알지만."

"저희 아버지, 야마자키 아저씨와는 친하게 지냈는데,
왜 의논을 하거나 그 여자를 소개하지 않았을까요."

"이모토 씨가 무슨 의논을 한 적은 있었던 것 같아요.
그런데 그 인상 깊은 여자가 바로 같이 죽은 여자일 줄은
전혀 몰랐다더군요. 게다가 그 일을 까맣게 잊고 있었는
데, 제 얘기를 듣고서야 비로소 떠올랐다고 했어요. 이모
토 씨가, 사귀는 여자가 있다는 말을 가족에게는 하지 말
라고 했다고요. 그건 확실합니다. 야마자키 씨, 그러니 자
기 입으로 유족에게 말할 수는 없지만, 기회를 봐서 이미
알고 있는 제가 말하는 것이 좋겠다고 하더군요. 야마자키
씨는 다른 밴드에서도 드럼을 치는 터라 우리 라이브 하우
스에 자주 오기 때문에 잘 알아요. 지금 와서 무슨 말을
해 본들 죽은 사람이 돌아오는 것도 아니니까 말하지 않
아도 되지 않겠느냐, 그런 말도 했어요. 그러니까 지금은

제 독단으로 얘기하는 겁니다."

그 얘기 마디마디에 그리운 아빠의 생활이 남긴 기척이 짙게 배어 있었다.

나는 가게 바로 앞길을 멍하니 바라보고 있었다. 길 저 만치에 젊은이들이 쉴 새 없이 오가고 있었다. 쇼핑가의 알록달록한 깃발이 바람에 어지러이 흩날려 태국이나 네 팔의 축제 때 같았다.

"아버지는 이미 없으니까, 어떻든 상관없지만."

나는 다소 자포자기한 기분으로 말했다.

"하지만 조금이라도 들을 수 있어서 다행이에요. 신야 씨, 감사합니다."

"아니, 제가 말한다고 해서 뭐가 어떻게 되는 것은 아니지만. 만약 저라면 알고 싶을 것 같아서."

신야 씨는 죄스러운 듯 말했다.

"경찰이 그러던데, 아버지와 그 여자, 먼 친척 사이였대요. 이바라키로 시집 간 아버지의 여동생이 있는데, 그 여자가 남편의 조카라던가. 친척이라고 해 봐야 우리는 그 고모를 어쩌다 한 번 만나는 게 고작이었고, 고모도 그 여자는 만난 적이 없대요. 아버지는 죽었을 때, 마시지도 못하는 술을 꽤 많이 마신 상태였다나 봐요. 긴박한 얘기가 오간 걸까요. 그게 뭔지는 모르지만. 돈 얘기였으려나.

그 여자, 임신은 하지 않았다는 것도 경찰에서 알려 주었어요."

차이 잔을 감싸 쥔 손을 물끄러미 내려다보면서 나는 말했다.

"전 제가 그때, 뭐라도 했다면 좋았을 텐데 싶어 좀 후회스러워요. 굉장히 마음에 걸리는 여자였으니까, 어디가 어떻다고 딱 꼬집어 말할 수는 없지만, 아무튼 몹시 마음에 걸리고 인상에 남고, 사람에게 어떤 해를 끼칠 것 같아 보였어요. 그럴 만큼 어두운 사람이었죠."

신야 씨는 말했다.

"어쩌면 그날 밤이 그 여자가 이모토 씨에게 처음으로 말을 건 날인지도 모르죠. 제가 좀 더 빨리 요시에 씨나 야마자키 씨와 의논했어야 했는데. 물론 절대 그러지 못했으리라는 거 잘 알지만, 그런 생각이 자꾸 들어서 견딜 수가 없었어요. 그래서 요시에 씨가 일하는 가게를 드나들었던 겁니다. 그런데 정작 말은 꺼내지 못하고, 이미 끝난 일이 뒤바뀌는 것도 아니니까 괜한 짓이라는 생각도 들었어요. 그러다, 요즘에는 밥도 맛있고 요시에 씨도 즐겁게 일하고 있으니까, 이제 말 안 해도 되지 않을까 싶었어요. 그러니까 아까 우연히 마주치지 않았더라면, 영영 말하지 않았을지도 모릅니다. 정말 즐거워 보이더군요. 일할 때 말이에요. 전 항상 반하곤 해요. 굉장히 기분 좋게 일하시니까. 남이 하기 싫어하는 일부터 먼저 쓱쓱. 우리 가게에서 일해 줬으면 하는 생각까지 들었습니다. 그렇다고 빼 가려고 온 것은 아니에요."

신야 씨는 웃는데, 나는 부끄러워 얼굴이 달아올랐다.

다 보고 있었나 보네, 하고 생각했다. 하지만 '저 역시 당신의 먹는 모습을 좋아해요.'라고는 도저히 말할 수 없었다.

섬약해 보이는 겉모습과 달리 그 말투에서는 의지가 강한 사람이라는 것이 느껴졌다. 그저 젊고 모든 게 순조롭기만 하고 미식을 즐기는 남자가 아니라는 것을 알고는 나는 점점 더 그에게 호감을 품었다.

가슴은 한없이 두근거렸다. 동시에 엄마 앞에서는 의젓하게 굴었던 내 안의 또 다른 나, 어린애 같은 내가 슬프고 혼란스러워 발버둥치기 시작했다.

다시 한 번 아빠를 만나 대체 뭐가 어떻게 된 것인지 그걸 물어보고 싶을 뿐인데, 이제는 그럴 수 없다. 영원히 확인할 수 없다. 그 분함과 답답함이 되살아났다.

뜻하지 않은 타이밍에 내 눈물이 바나나 케이크 위에 똑 떨어졌다. 나는 얼른 옷소매로 눈물을 닦았다.

그가 내 손을 꼭 잡고서 말했다.

그의 심장이 뛰는 소리가 내 귀에 들려오는 듯했다.

"정말 미안. 공연한 소리를 해서. 일하는 요시에 씨 모습밖에 몰랐으니까요. 같이 지내는 사람은 있는지, 누구와 살고 있는지, 아무것도 모르니까. 마음이 쓰여서 도무지 견딜 수가 없었어요. 요시에 씨를 왜 만나러 가는지, 뭐가 히고 싶어서 가는지 점점 더 알 수 없어져서. 말이라도 걸 빌미로 이모토 씨를 이용한 건 아니라는 점만은 알아줬으면 해요. 그 가게에서 밥을 먹고 돌아가는 게 점점 더 좋아져서, 본말이 전도되었다고는 생각하지만, 더더욱 말을 할 수 없었어요. 동기가 불순하다는 느낌에."

엄마예요, 같이 사는 사람. 순간적으로 그렇게 생각했지만, 어쩌다 일이 이렇게 전개되고 말았는지 전혀 알 수 없었다.

"아뇨, 괜찮아요."

나는 코맹맹이 소리로 말했다. 부끄러워 내 발치와 그 옆에 나란한 그의 커다란 스니커즈를 보는 게 고작이었다. 도저히 얼굴을 들 수 없었다.

"다 괜찮아요. 그리고, 얘기해 줘서 정말 고마웠어요."

"다행이다."

그렇게 말하는 그의 얼굴이 새빨개서, 나는 그를 좀 더 알고 싶다고 생각했다. 다음에, 콧물도 안 흘리고, 짧은 휴식 시간도 아닌 때에.

미치요 씨에게 그 애기를 슬쩍 했더니, 싱글싱글 웃으면서 신선한 오렌지 주스를 한 잔 만들어 주었다. "그 사람, 요시에 씨에게 마음이 있는 거 아닌가 하는 생각은 했어."라고 말하면서. 일을 끝내고 집에 돌아갔더니, 엄마가 없었다.

누워서 뒹굴거리며 천장의 나뭇결을 올려다보며 나는 생각했다.

기회를 봐서 엄마 몰래 야마자키 아저씨를 만나 봐야겠어. 아, 바쁘다. 갑자기 많은 게 변해서 바빠.

그리고 그대로 꾸벅꾸벅 잠이 들고 말았다.

누가, 나를 부르는 꿈을 꾸었다.

꿈속에서 나는 전에 살던 메구로 집에 있었다. 간접 조명이 복도를 비추고 있다. 어라? 내가 혼자였나? 내가 여기 살았나? 분명하게 그렇게 생각하고는, 이상하네 싶었다. 마음속 어딘가에 엄마만 어디다 두고 온 듯한 느낌이 들었다.

"아빠?"

그렇게 부르면서 나는 두리번두리번 집 안을 찾았다. 아빠는 없었다. 영정도 없었다.

고요한 방 안에 내가 내는 소리만 울렸다. 긴 복도에 울리는 발소리처럼 아주 크고 또렷하게.

이상하네. 불단은 아니지만 아빠를 기리기 위해서 분명히 여기다 세워 놓았는데, 없네. 이 꿈속에서는 아빠가 아직도 살아 있는 건가? 나는 꿈속에서 생각했다. 여기서 기다리면 아빠가 돌아올까. 나는 걸어서 거실로 갔다. 엄마가 늘 깔끔하게 정리해 놓는 테이블은 부엌 카운터와 단차를 두고 이어져 있다. 그곳에도 늘 꽃병이 놓여 있었는데, 꿈속에서는 아무것도 없었다. 엄마의 흔적조차 아예 없네. 나는 생각했다.

테이블 위에는 신문이 펼쳐져 있었다.

그리고 신문에는 그 기사가 실려 있었다. 실제로 보았을 때보다 커다랗게. 꿈속이라 그런 것이리라. 전면 광고만 한 크기로 대문짝만큼 크게 실려 있었다.

아빠와 그 여자의 얼굴 사진이 나란히.

다양한 장르의 음악을 도입해 젊은이들은 물론 많은 이들에게 인기를 모았던 이색적인 록밴드 '스프라우트'에서 키보드를 담당했던 이모토 고지 씨가 여성과 동반 자살, 지금까지 누구누구와 어디어디서 함께 공연……. 그런 기시 위에 그 여자의 얼굴이 커다랗게 실려 있었다. 눈과 코, 입, 전체가 가냘프고 작고, 선이 가는 그 여자. 살짝 구불

대는 머리는 옆으로 가르마가 나 있다. 엄마와 조금도 닮지 않은 아지랑이 같은 여자.

그 얼굴을 보았을 때, 정체 모를 공포가 밀려왔다. 이 여자, 다른 남자와도 죽으려고 했을 거야, 틀림없어. 눈빛이 그렇잖아. 아빠를 죽이고 이제 정말 만족했는지, 좀 더 조사해 봐야겠어. 그렇게 생각하고 말았다. 무서워서 머릿속이 뒤죽박죽되었다. 어두운 곳으로 나를 끌어들이려는 어떤 힘이 방 안 가득 차오르는 것을 느꼈다.

이 여자는 내가 믿는 어떤 것도 갖고 있지 않아. 그래서 강한 거야. 금방이라도 질 것 같아, 하고 생각했다. 내가 믿는 것의 힘 따위 이런 일 앞에서는 너무도 미미하고 하잘것없다. 그래서 아빠도 죽은 거야. 그런 것들이 이 세상에는 정말 많아. 섬뜩하리만큼 광활하고 하나에서 열까지 모든 게 다 있는 이 세상에서, 이렇게 조그만 내가 이러쿵저러쿵 말해 봐야 아무 소용없지. 설사 그 모든 것과 이 초라한 내가 깊은 곳에서는 이어져 있다 해도, 머리로 생각할 수 있는 범위 정도 가지고는 아무 의미가 없어.

전화, 누구에게든 전화를 걸어야 하는데, 엄마에게 말해야 하는데. 꿈속에서 나는 당황하고 초조해서 거의 몸부림치고 있었다. 신문을 밀쳐 내자, 거기에 아빠의 휴대전화가 있었다. 아, 맞아. 아빠가 이걸 찾고 있었지. 그 생각이 떠올라 나는 전화를 집으려고 했다.

"이런 데서 자면 어떻게 해. 감기 걸리겠다."
엄마가 담요를 덮어 주어, 잠에서 깨어났다.
"어? 여기가 어디야? 메구로 아니야?"
나는 혼란스러워하며 그렇게 물었다.
"전화는? 아빠 전화는? 겨우 찾았는데, 어디 갔지? 아빠가 부탁했어."
"얘는 무슨 잠꼬대 같은 소리니, 벌써 1시야. 잘 거면 제대로 자."

엄마가 말했다. 술을 조금 마셨는지, 볼이 발그레했다. 눈 아래 처진 살이 중년답고 사랑스럽다. 꼭 껴안고 고양이처럼 날름날름 핥아 주고 싶은 묘하고 애틋한 기분이 들었다. 엄마, 이렇게 나이를 먹어 가는구나. 하지만 아빠는 이제 이런 모습을 볼 수 없네.
"누구랑 마셨어?"
"지즈루 씨네 술집 카운터에서, 지즈루 씨랑 두런두런 얘기하면서 한잔 했어. 왜 지하에 있고, 천장에 커다란 도마뱀이 붙어 있는 세련된 술집. 지즈루 씨는 그 나이에도 섹시한 목소리에 분위기도 차분하고, 친절하고, 눈치도 빠르고, 정말 부럽더라. 엄마도 그런 사람이 되고 싶어."

엄마가 말했다.

"물론 로맨틱한 얘기는 없었어. 연애를 어떻게 하는지도 다 잊어버렸다. 마음이 좀 들뜬다 싶을 때마다 왠지 벌을 받는 기분이야. 절약하면서 살고는 있는데, 밖에서 술 마시면 불안하고, 돈이 바닥나지는 않을까 걱정되고."

"알아." 하고 나는 말했다. 엄마는 "그렇지." 하고는 세수를 하러 싱크대로 갔다.

나는 학생 시절에 딱 한 번 남자 친구를 오래 사귄 적이 있는데, 엄마는 의외로 둔해서 지유가오카에서 데이트를 하다 우연히 마주칠 때까지 전혀 눈치채지 못했다. 그렇게 마주친 후에도 꼬치꼬치 캐묻지도 아빠에게 보고하지도 않고, 그저 싱글싱글 웃기만 했다.

그 여자 얘기를 해야 하나 말아야 하나 망설였다.

내 안에 있는 또 다른 나는 '엄마 어떡해.' 하고 매달려 울면서 전부 털어놓고 한바탕 법석을 떤 후에 잠으로 도피하고 싶어 했다.

하지만 지금의 나, 이상한 꿈을 계속 꾸는 나, 일단은 어른이 되어 일하고 있는 내 안의 번뜩임 같은 것이 '아직 안 돼, 말하지 마. 말 안 한다고 배신은 아니야.'라고 경고하고 있었다. '조금 더 기다렸다가, 좀 더 많은 것을 안 후에 해도 괜찮아. 지금은 1초라도 더 오래, 엄마를 가만 내

버려 둬.'라고.

　다음 날 아침, 눈을 떴더니 웬일로 엄마가 좁은 부엌에서 오믈렛을 만들고 있었다.

　아침 햇살이 다다미를 비추고, 그 빛이 버터 냄새와 뒤엉켜 쇠락한 듯 차분한 향을 풍겼다.

　어린 시절이 떠올랐다. 내 방이 아직 없었던 때. 아빠는 밤늦게 돌아오기 때문에 다른 방에서 잤고, 나는 엄마랑 같이 잤던가. 그 무렵의 엄마 아빠는 섹스도 하지 않았나. 나는 생각했다. 그 무렵은 물론, 내 방이 생긴 후에도 그랬으려나. 엄마에게 애인이 있는 시기가 있었을까. 지금은 겁이 나서 물을 수 없지만, 언젠가는 물어보고 싶었다.

　옛날에 내 방은 부엌 바로 옆에 있었다. 자다가 눈을 뜬 내가 무서워하지 않도록 문을 늘 빠끔 열어 놓아, 아침밥을 짓는 엄마의 뒷모습이 금방 눈에 들어왔다.

　딱히 마음 씀씀이가 애틋했던 것도 따뜻했던 것도 아니었다. 엄마는 그저 날마다 하는 일을 했을 뿐인데, 어떻게 그렇게 안심할 수 있었을까. 어떻게 이 세상에는 전쟁도 살인도 사기도 상노노 강간도 없는 것처럼 생각할 수 있었을까. 어떻게 좋은 사람만 있겠거니 하고 살 수 있었을까. 지금껏 나는 나쁜 사람을 직접 대해 본 적이 없다. 하지만

이 세상에는 믿을 수 없을 정도로 나쁜 일도 있다는 것을 생생하게 알고 있다.

그리고 친아빠가, 내가 모르는 여자와 같이 죽었다는 가혹한 사실 역시 언젠가는 익숙해지고, 또 받아들이게 될 자신이 서글프다. 어린 시절의 내게는 그런 생각이 조금도 없었는데. 아빠와 엄마가 날 위해 영원히 살면서 보호해 줄 것이라고 믿었는데.

"엄마, 잘 잤어?"

"일어났니?"

엄마가 돌아보았다.

"배가 왜 이렇게 고픈지 모르겠구나. 너도 먹을 거지?"

"고마워, 금방 일어날 거야."

나는 그렇게 말하고, 이부자리에서 벌떡 일어났다.

왜 그런지 메구로 집 침대에서 일어날 때보다 마음이 편했다. 이 집이 좁은 탓인지도 모르겠다. 잠시 후면 창밖에서 자동차 소리가 들려오고 커튼 사이로 밝은 햇살이 스며, 차광 커튼에 빛이 가려 숙면할 수 있었던 메구로 집에서만큼 오래 잘 수도 없는데. 보안 장치도 없고 오토록도 없고, 아빠까지 없어 여자 둘이 살고 있는데도.

이 생활은 캠프처럼, 텐트에서 자는 것처럼 개방적이고 행복하다.

"안 그래도 좁은데 더 좁아질 것 같아서 미안하지만, 창가에 화분 놓아도 되겠니?"

엄마가 물었다.

"응, 괜찮은데. 왜?"

나는 말했다.

"바질이나 향채, 로즈마리 같은, 오믈렛이나 요리에 쓸 수 있는 식물을 좀 키워 볼까 해서."

"와, 그거 잘 자라면 가게에도 가져갈 수 있겠네."

"잘 자라만 주면야. 네가 좋다니까, 오늘 당장 사 와야겠다. 모종이든 뭐든."

엄마는 의욕에 불타올랐다.

"모종은 봄이 되어야 파는 거 아닌가?"

"하긴 그러네. 그래도 몇 가지는 있을지도 모르잖아. 씨앗이나, 민트는. 햇볕이 이렇게 좋으니까 잘 자라 줄지도 모르지."

계절이 이르다는 것 정도에 엄마의 의욕은 꺾이지 않았다.

"그래."

나는 말했다. 무엇이든 좋았다. 의욕에 들뜬 엄마가 반가웠다.

"그럼 봄까지 여기서 지내야겠네. 메구로 집에서는 음식도 많이 만들었는데, 왜 이런 생각을 못 했는지 몰라."

엄마가 중얼거리듯 그렇게 말했다.

"지금이 재미있으니까 그렇겠지."

"아빠가 없는데?"

"없으니까 자포자기한 거 아냐?"

나는 웃었다.

"그래. 하지만 그 무렵의 엄마, 절반은 죽어 있었는지도 모르지. 어떤 의미에서는 아빠도 그래. 딱히 장소가 나빴던 건 아니야. 그 부근에서 재미나게 사는 사람들도 많은 걸 뭐. 지유가오카의 여신 축제 때 마리끌레르 거리를 보면 알 수 있잖아. 어떻게 된 거 아닐까 싶을 정도로 신나하는 사람들로 거리가 꽉 메워지잖아. 한 손에 와인을 들고, 포장마차 순례를 하고, 가족끼리 자리를 잡고서는."

"맞아. 여기라서 특별히 좋은 것은 없는지도 모르지."

과연 그 동네에는 그 동네 특유의 즐거움이 있었다.

어른이 되어 여유가 생긴 후에 인생을 어떻게 즐길지 배워 가는 사람들이 모여 같이 생각하는, 그런 지적인 분위기가 있었다. 그리고 뒷골목에는 옛날부터 있어 온 중국집과 선술집도 있고, 다양한 계층의 사람들이 다양한 것을 찾아 걸어다녔다. 여기처럼 젊은이들이 많은 것도 아니고, 관광객도 여기에 비하면 많지 않다. 주부와 아기들만 많았던 것 같다.

"그래도 엄마 참 이상하지. 그때는 마리끌레르 거리의 벤치에 앉아 지나가는 사람들의 흐름을 느긋하게 바라보면서 와인 한잔 한다는 생각, 꿈에도 못 했어. 언제나 뭘 해야 한다는 생각에 조급하게 굴었고, 마음의 여유도 없었어. 이곳은 엄마 신혼 시절에, 네가 갓난아기였을 때 잠시 살았던 야나카와 분위기가 비슷해. 다이토 구는, 신혼부부에게 지원금 비슷한 것을 주거든. 조금이라도 돈을 모으려고 작은 방 하나 빌려서 살았어. 그래서 그런지, 그립다. 그 시절에는 엄마나 아빠나, 젊어서 그랬는지 시대가 그래서 그랬는지 몰라도, 별 의미도 없이 즐거웠거든. 날마다 야나카 긴자에 시장을 보러 갔어. 반찬거리도 사고, 조림도 사고, 쌀 과자도 사고, 커피도 마시고. 시간이 남을 때에는 떡 카페에 가서 맥주도 마시고, 김 말이 떡도 먹고."

"그런데 언제 어쩌다 반쯤 죽은 꼴이 되고, 정말 죽고, 그렇게 되었을까?"

결혼해 아이를 낳고, 언젠가 체력이 다해 일할 수 없게 되면 나 역시 그렇게 되는 것일까 하고 생각하면 조금 무서웠다. 그런 일은 알게 모르게 쌓이고 고정되는 것이어서, 알았을 때는 이미 꼼짝달싹할 수 없게 되어 있으리라.

"점점, 점점 세상의 때 같은 것이, 안개 같은 것이 무거워져서였을까. 그게 다가 아니라는 건 알고 있지만. 점차 자기 자신을 잃어 가다 보니까, 하고 싶은 게 뭔지 모르는 상태였던 걸까."

아련한 눈빛으로 엄마는 오믈렛을 접시에 담았다. 그리고 딱 부러지게 말했다.

"하지만 그런 게 다 핑계라는 거 알아. 엄마는 다시 시작했어. 그것만이 복수고, 추모니까."

그 말을 듣고서 나는 불쑥 '엄마!' 하고 외치고 싶었다. 그런데 그만 두 손으로 얼굴을 가린 채 울음을 터뜨리고 말았다.

"애는 왜 울어, 바보 같이. 자, 오믈렛 다 됐다."

엄마는 어린 시절과 똑같이 매정하게 나를 외면한 채 말했다. 엄마는 감동적인 장면에서는 쑥스러움을 넘어 매몰차게 구는 이상한 습관이 있다. 이해하기 어려운 그 성격에 관해, 아빠랑 종종 얘기하곤 했다.

나는 눈물을 닦고서 오믈렛을 먹었다. 뜨겁고 치즈 맛이 나고, 파슬리가 듬뿍 들어 있었다. 어렸을 때부터 먹어온 정겨운 맛이었다. 눈이 퉁퉁 부었어도 손님은 맞아야 하잖아, 손님들이 눈치챌 정도로 부으면 안 되지, 정신 차려, 정신. 그렇게 속으로 중얼거리면서 눈물을 삼켰다.

며칠이 지난 어느 밤, 신야 씨가 약간 부끄러워하는 표정을 하고서 가게에 나타났다.

우리는 서로의 휴대전화 번호조차 몰랐다.

그날, 너무 바빠서 땀을 뻘뻘 흘리며 일하고 있던 나는 그의 모습을 보고서 자신의 후줄근한 꼴이 순간적으로 창피해졌지만, 무엇보다 그런 감정이 반가웠다.

누군가가 이렇게 찾아올 때의 느낌, 사랑을 할 때만 떠올릴 수 있고, 나쁜 일이 벌어지리란 생각은 할 수 없는, 평화라는 말로밖에 표현할 수 없는 감각이.

신야 씨는 늘 그러듯 카운터 자리에 앉아 아이팟의 이어폰을 귀에서 빼고는, 오리고기 콩피*와 화이트 와인 한 잔을 주문했다.

새삼스럽게 잘 모르는 사람이라고 생각했다. 지금까지 무슨 일을 해 왔는지, 앞으로 뭘 하고 싶어 하는지, 아무것도. 감정이 싸하게 식으면서 일터에서의 마음가짐이 되살아났다. 그렇다, 나는 단골 손님만 카운터 자리에 앉아 가게 사람과 얘기할 수 있는 가게를 싫어한다. 단골 손님이 있어도, 다른 손님 역시 푸근하게 시간을 보낼 수 있는 가게여야 한다. 그러니까 신야 씨와 너무 친숙하게 굴이서

---

* 저온의 기름에서 익히는 프랑스 요리.

는 안 된다고 생각하고 애써 평소대로 처신했다. 여러모로 눈치를 채고 있는 미치요 씨만, 준비된 음식을 가지러 내가 주방으로 갈 때마다 싱글싱글 웃었다.

"괜찮으면 같이 돌아갈까? 내가 바래다주지."

마지막으로 커피를 들고 갔을 때 신야 씨가 넌지시 말했다.

"괜찮기는 하지만, 잘 모르죠? 우리 집, 여기서 일 분 거리예요. 난, 역에도 안 가는데."

나는 창밖을 가리켰다. 엄마가 벌써 돌아와 있는지 환하게 불 켜진 우리 집이 보였다. 무드라고는 하나도 없는 우리 집.

"그럼, 한잔 하고 갈까?"

신야 씨가 말했다.

"삼십 분만, 기다려 줄래요? 정리할 게 있어서."

"알았어. 그럼 아즈마 거리에 있는, 서서 마시는 와인 가게 '에노테카'에서 기다리지."

"네."

오래전부터 사귀고 있는 것처럼 친근한 대화, 하지만 그렇지 않다. 앞으로 신야 씨와 어떤 사이가 되든 아빠를 빌미로 좀 더 오래 같이하려는 짓은 하지 말자고 나는 다짐했다.

아빠로 비롯된 사랑이지만, 아빠에 대해서는 앞으로 나 혼자 처리하자고.

결국 뒷정리를 하는데 시간이 걸려, 미치요 씨가 싱글거리며 나를 배웅해 준 것은 사십오 분이나 지나서였다. 나는 데이트가 있다고 해서 뒷마무리나 내일 준비를 적당히 하는 사람이 아니다. 신야 씨는 높은 의자에 살짝 걸터앉아 치즈를 안주 삼아 레드 와인을 마시면서 책을 읽고 있었다.

"많이 기다렸죠. 늦어서 미안해요."

"일이 남았는데, 당연하지. 바래다주겠다는 말도 불쑥 꺼냈고."

아빠 일이 아니면 딱히 할 말이 없어 음악 얘기를 했다. 하지만 신야 씨가 좋아하는 일본의 인디 밴드, 그것도 록 뮤직을 하는 밴드가 아니라 주로 클럽에서 활동하는 밴드에 대해서 나는 아는 게 거의 없었다. 수박 겉핥기식으로 재즈를 듣고 미국과 영국의 고전적인 록 뮤직을 귀동냥한 정도가 내 음악 지식의 전부였다. 게다가 집에서는 언제나 끊임없이 음악 소리가 났기 때문에 제목을 생각하고 들은 적이 없었다.

"요시에 씨의 마음속 아이돌은 누구야?"

신야 씨기 물었다.

"굳이 꼽자면 패디 맥아룬*?"

그렇게 대답했지만, 전혀 통하지 않아 사위가 잠잠해졌다.

그렇다고 나는 그 자리에서 바로 알아듣게 설명하는 성격이 아니었다. 그런 점을 남자들이 오해하고 오히려 달가워한다는 것도 알고는 있었지만, 지금에 와서 고치기는 어렵다. 하루 일이 끝난 후인 데다 갑자기 청해 온 자리인 만큼 그다지 신경 쓰고 싶지 않았다. 안 그래도 신경이 무척 쓰이는 일을 하고 있으니까. 아무튼 술이나 즐겁게 마시자! 그렇게 생각한 나는 신야 씨에게 제안해, 맛있는 화이트 와인을 카라페**에 담아 달라고 주문했다.

"시모키타자와에서 술을 마시면 맛있어요."

나는 말했다.

"여기 사는 것도 아닌데 길거리를 오가는 사람들의 표정이 아주 여유롭잖아요. 이런 동네, 도쿄에 별로 없어요."

"그렇지, 정말 그래. 모두들 언제까지라도 젊을 수 있다는 표정이야. 신주쿠는 좀 찌든 사람들이 많은데. 그 나름 좋기는 하지만."

신야 씨는 싱긋 웃고는 말했다. 갑작스레 웃음 지은 얼굴을 보니, 마치 기지개 켜는 고양이를 본 것만 같은 기분

---

* 영국의 가수이자 작곡가. 밴드 '프리펩 스프라우트(Prefeb Sprout)'의 프런트맨.

** 디캔팅용 유리병.

이 들었다.

그 말투가 내 마음을 또 조금 움직였다.

음식을 탐스럽게 먹는 모습 말고도 좋아할 수 있는 점을 하나 더 발견했네, 이렇게 천천히 시간을 투자해 보자 싶었다.

내가 용기를 내어 야마자키 아저씨를 불러낸 것은 신야 씨와 몇 번 만난 후의 일이었다.

좀처럼 계기가 없었고 시간도 없어서 줄곧 미루고 있다가, 어느 쉬는 날 과감하게 전화를 건 것이다.

가장 큰 이유는 신야 씨에게서 오랜만에 그 이름을 듣고서, 참 그러고 보니 아빠 장례식 후로 야마자키 아저씨 못 만났는데 보고 싶네, 하고 생각했기 때문이다. 아빠가 리더였던 밴드는 이미 해체되었고, 물론 라이브 공연도 하지 않는다. 언제든 가까이에 있었는데 나도 모르는 새 멀어진 야마자키 아저씨가 그리웠다.

야마자키 아저씨는 아빠와 가장 절친했던 사람이라고 생각한다. 아빠는 음악적인 활동 범위만큼이나 발이 넓었지만, 정말 마음을 허락한 상대는 아저씨뿐이 아니었을까.

야마자키 아저씨는 아빠보다 한참 젊을 텐데도 무지막지하게 나이 들어 보였다. 겉모습이 한마디로 형사 콜롬보 같았다. 엄마와 나는 내가 어렸을 때부터 그를 '형사 콜롬보'라고 불렀다. 때로 정말 콜롬보처럼 트렌치코트를 입고 있어, 그런 때 엄마와 나는 서로에게 눈짓을 보내며 히죽 웃었다.

단단한 체구에 큰 키, 강아지처럼 투명하고 큼직한 눈은 엷은 갈색이고 역시 엷은 갈색인 곱슬머리는 겹겹이 구불구불 말려 있었다. 그리고 언제나 평소 입는 차림 그대로 무대에 섰다. 아빠 말로 그는 나름의 주관이 있어서 색깔이나 디자인이 마음에 드는 옷이 아니면 안 입는다고 했다. 그래서 늘 똑같은 옷을 입고 있는 듯한 인상이 강했던 것이리라.

또 하나, 그에게는 믿기지 않을 정도로 아름다운 부인이 있었다. 가끔 라이브 하우스에 나타나면, 밴드 멤버나 손님이나 웅성웅성할 정도로 아름다운 여자였다.

"그 여자 앞에서는 엄마의 매력도 빛이 바래."

엄마도 그런 말을 자주 했다. 나는 내심 '비교를 하는 것 자체가 무리지.' 하고 생각했다. 이시다 아유미*나 아사오카 루리코**라 할 정도로 아무튼 가녀리고 몸짓 하나하나가 성숙한 미인이었다. 옛날에는 모델을 했다는 얘기도

---

* 일본의 청순파 중견 여배우.
** 일본 영화 전성기를 풍미한 여배우.

들은 적이 있다. 야마자키 아저씨가 한눈에 반해 오랜 시간 공들이고 설득해 결혼했다는 것도.

시부야 '도큐 핸즈' 뒤에 있는 '3.4'라는 고풍스럽고 멋진 찻집으로 들어오는 그의 모습을 보았을 때, 나는 고등학생 때 아빠와 여기서 곧잘 그를 만났던 기억이 떠올라 가슴이 찡했다.

나이 차가 너무 많아 딱히 화젯거리도 없는데 일부러 만나자니 귀찮기는 하지만, 얼굴을 보면 반가워 역시 약속하기를 잘했다고 생각하는 식이다.

안 되겠어, 누구랑 뭘 하든 아직은 안 되겠어. 바로 얼마 전에 실연한 사람같이. 결국은 아빠 그림자 속에 있다. 아빠를 찾고 있고, 아빠하고만 지내고 있다. 그런 생각이 들었다. 자칫 잘못하면 평생, 엷어지기는 해도 이런 상태가 계속될지도 모른다. 말도 안 돼. 어쩌다 이렇게 되었을까. 이 상황이 호전될지 안 될지 아무도 모르잖아.

하지만 그런 깨우침에 젖어 있을 때가 아니었다. 불러냈으니 긴장은 되지만 나는 아무튼 질문을 해야 했다.

"요시에, 무슨 일이야. 뭘 의논하고 싶은데?"

야마자키 아저씨가 물었다. 진한 커피를 갑자기 꿀꺽 마시면서.

나는 생강즙이 듬뿍 들어 있는 진저 티를 마시고 있었

다. 실내에서는 낡았지만 깔끔하게 반짝거리는 테이블과 의자의 멋들어진 나무 냄새, 마른 먼지와 헌책 냄새가 났다. 동그란 어항에서 금붕어가 한들한들 헤엄치고 있었다. 아빠와 야마자키 아저씨 세대의 '찻집'이었다. 카페가 아니다. 내게는 어린 시절 기억이 떠오르는 정겹고 푸근한 곳이다.

"아빠랑 같이 죽은 여자에 대해서예요. 만약 아는 게 있으면 가르쳐 주세요."

나는 말했다.

"말하지 말라는 아빠의 유언이 있었다는 것은 알고 있어요. 그러니까, 가능한 범위 안에서 가르쳐 주세요."

곰곰이 들여다보니 구겨진 재킷하며 약간 살이 늘어진 뒷덜미가, 오랜만에 중년 남자를 만나는 내게 그립게 다가왔다. 그 느낌을 가슴 깊이 들이쉬고 싶었다.

내가 어렸을 때는 두 사람 다 한가했던 것이리라. 야마자키 아저씨는 우리 집에 놀러 와 아빠와 함께 밥을 먹는 일이 잦았다. 아름답고 말이 없는 부인도 같이 와서 어른들끼리 조촐한 파티를 즐겼다. 그 흥겨운 소리를 들으면서 잠드는 시간이 외동인 내게는 무척이나 행복했다. 그 모든 것이 애틋하고 선명하게 떠올랐다.

"이것 참."

야마자키 아저씨가 말했다.

"그래. 네 아빠가 가족들에게 걱정 끼치고 싶지 않으니까, 아무 말 하지 말라는 소리를 했지."

"걱정은 넘치도록 했어요. 그리고 이제 다 지나간 일이에요."

"그렇다면 그냥 이대로 내버려 두는 게 좋지 않겠어? 일상이 여러 가지로 다시 움직이고 있잖아. 각자 가슴속에, 네 아빠를 묻을 시기가 아닐까 싶은데."

야마자키 아저씨는 그렇게 중얼거렸다.

지금껏 본 적 없는 그 표정을 보고서, 나는 깨달았다.

이 사람도 오랜 세월 즐거운 마음으로 임해 왔던 밴드와 친구를 잃었다는 것을.

"그래요. 하지만 이미 움직이고 있기 때문에, 뒤에 남겨진 거라고 생각해요. 엄마도 지금 우리 집에 와 있어서, 메구로 집에는 아무도 없어요. 그래서 제가 뭔가를 해야 한다고 생각하면 마음이 초조해져요. 엄마가 조급하게 굴지 않아서 왠지 불안하기도 하고. 그런데 무슨 생각을 하려 들면 아는 게 하나도 없다는 것을 알게 되니까, 늘 제자리만 맴돌아서. 그래서 아저씨를 만나고 싶었어요."

"엄마 입장은 기본적으로 요시에와 다르잖아. 그러니 생각하는 것도 전혀 다르겠지. 그래서 오히려 서글픈 거겠지."

야마자키 아저씨가 말했다. 과연 형사 콜롬보라고 나는
생각했다.

"엄마가 그 집에서 나와 요시에와 같이 있다는 얘기는
전해 들었어. 하지만 지금은 아무 말 않고 그냥 엄마와 함
께 지내는 것이 효도가 아닐까 하는데."

"그건 그렇죠. 그래도 아직 할 수 있는 일이 있을 것 같
은, 아쉬운 마음이 계속 남아 있어요."

나는 매달렸다. 야마자키 아저씨는 한참을 묵묵히 생각
한 후에 말했다.

"실은 그런 심정도 이해는 해. 내가 만약 네 나이에 그
입장이라면, 나 역시 그렇게 말했을 거야. 아무 일도 없
었던 것처럼 살 수 있는 게 오히려 이상하지. 그러니까 내
가 요시에 너라도 똑같이 생각했을 거야. 뭔가 해야 한다
고, 뭐든 하고 싶다고. 하지만 그런다고 아빠가 돌아오는
건 아니니까 말이지. 그런 마음을 품은 채로, 당장이라도
썩어 문드러질 듯 황폐한 마음을 지그시 견디면서 살아갈
수밖에 없지 않을까. 나 역시 아직은 '어? 이번 달 라이브
리허설을 아직 안 했던가? 이모에게 전화해야겠군.'이라
생각하면서 눈을 뜨고는 침대 속에서 엉엉 우는 일도 있
는걸."

반짝거리는 동그란 눈동자가 나를 똑바로 바라보고 있

었다. '이모'는 야마자키 아저씨가 아빠를 부르던 애칭으로, 그걸 듣자 아빠가 바로 옆에 있는 것만 같아 가슴이 죄어들듯 아파 왔다.

"아저씨 말, 이해가 가요. 그러려고 애쓰느라 지쳤을 뿐인지도 모르죠."

고개를 끄덕인 후에 야마자키 아저씨가 말했다.

"그 여자, 네 아빠의, 그러니까 동생 남편이 젊었을 때 만든 아이라고 알고 있겠지?"

"아뇨, 저는 고모부의 조카라고 들었는데요."

"아무튼, 양쪽 다 사실이 아니야. 실은 네 아빠의 여동생이 아주 젊었을 때 낳고는 포기한 아이라더군. 그런데 네 할머니가 양녀로 보냈다는 말을 하지 않은 모양이야. 죽었다고 했는지, 어떻게든 알아서 할 테니까 아이를 내놓으라고 했는지, 자세한 것은 잘 모르지만. 그래서 네 고모는 그 여자의 존재를 몰라. 또는 알면서 잊었거나 모르는 척하기로 했는지, 그것도 잘 모르고."

"뭐라고요?"

어떻게 된 일이지? 그렇다면 그 사람은 생각했던 것보다 아주 가까운 친척이잖아.

"양녀로 간 집이 그리 좋은 환경은 아니라서 일찌감치 그 집에서 나왔고, 그 후에도 그리 바람직한 인생을 살지는 않은 것 같아."

"우리 아빠, 걱정이 되었던 걸까요. 하지만 조카라면 아주 가까운 친척이잖아요."

"그 점도 물론 문제였겠지. 하지만 처음에는 잘 모르고 사귀기 시작한 거 아닐까 해. 깊은 사이가 되고서 알지 않았을까."

야마자키 아저씨는 말했다.

"솔직히 말해서, 아주 으스스한 여자였어. 신야 씨에게 들었는지도 모르겠지만, 나 딱 한 번 그 여자를 본 적이 있는데, 소름이 좍 끼치는 분위기더라고. 공연하는 내내 신경이 쓰였어. 신야 씨와 나만, 그 여자 진짜 유령이 아닐까 하고서 오싹했던 기억이 나는군. 공연 끝나고 뒤풀이에는 참석하지 않고 곧장 사라져 버렸기 때문에, 나는 그 여자가 바로 그 여자란 생각을 미처 못 했어. 신야 씨가 말하기 전까지는 전혀 몰랐지. 그리고 이건 다른 얘기인데, 네아빠가 어떤 문제에 휘말려 있다는 것은 대충 알고 있었어. 아빠가 내게 의논을 한 적도 있고, 잠깐이지만. 사귀는 여자가 있는데, 한때의 불장난으로 끝내긴 어렵고, 돈도 빌려 줬고, 골치 아픈 일도 몇 가지 있다고. 하지만 괜찮다고, 가족을 떠날 마음은 없다고 분명하게 말하더군. 거짓말 아니야."

그 말을 들었을 때, 안도와 후회가 한꺼번에 엄습해 나는 눈앞이 어질어질했다. 그리고 마치 죽은 사람에게 사랑 고백을 받은 것처럼, 허망함이 또 늘었다.

"아빠는 어쩌다 보니 휘말리게 된 게 아닐까 해. 그 친구에게는 그런 일을 거절하지 못하는 구석이 있었던 것 같이. 네 엄마나 네가 아무리 명랑하고 따뜻하게 대해도, 순순히 녹아들지 못하는 그런 면이. 그래도 바보지, 자기가 그런 것에서 벗어나고 싶어 가정을 꾸려 놓고 내던져 버리다니. 난 자식이 없어서 잘은 모르겠지만, 너 같은 아이가 있다면 성장하는 모습을 지켜보고 싶어서라도 살려고 했을 거야."

야마자키 아저씨는 말했다. 커다란 손의 가지런히 자른 손톱을 지그시 쳐다보면서.

"아빠도 그랬을 거라고 믿고 싶네요."

"그건 믿어도 좋을 거야, 절대적으로."

야마자키 아저씨는 주저 없이 강조했다.

"그 친구가 너를 얼마나 애지중지 여겼는지, 난 잘 알아. 네 아빤 너를 늘 자기에게는 과분한 딸이라고 했지. 그런 의미에서는 그냥 평범한 보통 아빠였어. 술이나 여자에 빠져 죽어도 좋다고 생각하는 타입은 절대 아니었어. 그런 사람이 어쩌다 보니 내 주위에 아주 많아서, 정확하게 구별할 수 있어. 그런데 그런 인간은 오히려 죽지 않고, 성실한 이모 같은 사람이 죽는다니까."

내게는 아주 중요한 한마디였다. 다른 누구도 아닌, 아빠와 가장 친한 친구가 한 말이다.

"그런데 뭔지 몰라도 아주 위험한 것에 다가간 거겠지. 질질 끌려가듯이 말이야. 별일 없을 거라고, 괜찮다고 잘못 믿었던 거야. 딱 한 번밖에 못 봤지만, 뭐랄까, 사람의 생각을 뒤틀리게 하는 여자였어. 아무리 보려고 애를 써도 또렷하게 보이지 않는, 그런 여자. 그녀도 죽었으니 법의 심판을 받는 일은 없었지만, 만약 그 여자가 살아남았다면, 징역 몇 년은 받았을 테고, 나도 기꺼이 그때 일을 증언했을 거야. 하지만 그런다고 그 친구가 돌아오는 것은 아니니까. 정말, 이모 자식, 무슨 짓을 한 거냐 싶어."

야마자키 아저씨가 말했다.

"저기, 노골적으로 말해서 미안한데, 같이 밴드 연습을 하고 무대에 서는 거, 몇 번이나 섹스를 하는 거나 마찬가지야. 보이지 않고 들리지도 않는 몸의 언어 같은 것을 공유하게 되니까, 그것도 수도 없이. 그래서 난 지금, 애인을 빼앗긴 것처럼 분하고 또 억울해. 왜 내게 좀 더 솔직하지 못했는지. 정말 일이 잘못되면, 이모가 다른 사람은 몰라도 내게는 털어놓고 의논할 거라고, 그러니 지금은 괜찮을 거라고 안이하게 여긴 나 자신을 얼마나 자책했나 몰라."

야마자키 아저씨의 눈가에서 눈물이 반짝 빛났다.

아빠와 섹스라니……. 정말 굉장한 표현이네, 하고 생각했지만 신기하게도 징그러운 느낌은 들지 않았다.

나도 그와 비슷한 느낌을 갖고 있었던 것이다. 셋이 서로의 몸을 맞대고, 같은 장소에서 살았던 몸의 기억……. 부딪치지 않게 스치고 지나갈 때의 숨결, 컵을 건넬 때 맞닿은 손의 느낌, 걸려 있는 옷의 냄새, 현관을 나서다 밟고서 느끼는 가죽 구두의 감촉, 가까이 있는 기척, 그것이 가족이다. 그런 것들을 편안하게 공유했는데, 왜 아빠는 뿌리치고 만 것일까.

나는 아빠의 죽음을 얘기할 때면 상대가 누구든 의식적으로 아주 가볍게 했다. 친구나 사건을 알고서 연락한 사람들이나 동네 사람들.

물론 야마자키 아저씨에게도. 너무 밝지도 어둡지도 않게, 담담하게 얘기하려 했다. 그러지 않으면 나 역시 죽고 싶을 정도로 나락에 떨어지고 마니까. 내 마음속 깊은 곳에서, 소용돌이치는 진흙 펄처럼 찐득한 것이 때로는 용암이 들끓듯 부글거렸다. 실제로 뜨거워서 배기 아프기도 하고, 무언기기 목구멍을 타고 기어 올라와 숨이 답답해지기도 한다. 그런 때에는 멋지고 새로운 일은 도무지 생각할 수 없다. 그것을 고스란히 타인에게 쏟아 내 봐야(엄마와는 서로가 종종 그러지만) 소용없으니까, 늘 조금씩 명랑하게, 쓰윽 외면하듯 전체를 가볍게 표현하고 있다.

그런데 상대가 유독 말하기 편한 야마자키 아저씨라는 존재이고, 아빠와 또 아빠의 부재를 공유해 온 사람으로서 왠지 입장이 비슷하다는 느낌에, 나는 새 생활을 하면서 의도적으로 숨기고 얼버무려 왔던 것들을 무심결에 우르르 쏟아 내 버리고 말았다.

나는 그 자리에서 책상을 쾅쾅 두드리며 엉엉 울기 시작했다.

울어도 울어도 줄어들지 않는 눈물을 또다시 쥐어짜 낸 것이다.

야마자키 아저씨는 내 어깨를 껴안아 주지도 머리를 쓰다듬어 주지도 않았다. 다만 옆에 있어 주려 했다. 옆에 있어 주려는 그 기척이 전해졌다.

바보 같아, 아빠의 그림자를 드리운 남자 앞에서 울고 있는 나. 이건 거의 매춘이잖아. 그렇게 생각했다. 아빠를 찾아 헤매며 많은 남자와 잠자리를 같이하는 것이나 다름없다. 하지만 그런 이성적인 생각을 뛰어넘어, 나는 울었다. 퉁퉁 부어오른 눈, 콧물로 범벅이 된 얼굴을 들자, 거기에 야마자키 아저씨가 자애로운 눈가에 눈물을 머금고 나를 기다리고 있었다.

그리고 그 예쁜 손으로 내 손등을 톡톡 두드리며 말했다.

"네 아빠는 정말 좋은 사람이었어. 이제는 없으니 서로가 쓸쓸하구나."

나는 고개를 끄덕였다.

비참하다고 생각했다. 지금도 재기하지 못한 채 구질구질 살고 있다. 밤은 밝아 오지 않고, 후회는 돌이킬 수 없고, 하고 싶은 말은 하지 못한다. 벌써 이 년이나 지났는데, 한 걸음도 앞으로 나아가지 못했다. 어쩌면 평생 그럴지도 모른다.

그런데도 나는 내일 아침이면 반죽을 주무르고, 물을 끓이고, 샐러드에 쓸 채소를 썰고, 청소를 하리라. 몸은 자동적으로 움직이고, '어서 오세요.'라고 웃으며 말하리라. 그것만이 할 수 있는 일이다.

엄마가 아무것도 하지 않고 지내는 생활에 적극적인 것처럼, 나도 그럴 수밖에 없다.

각자 싸워 갈 수밖에 없었다. 죽을 수는 없으니까 살아야 한다면 오기를 부리는 길밖에 없다. 내일 가게에 나가면 나는 그 공간에 푸근한 위로를 받으리라. 이제 싫증날 만한 때도 되었고, 실제로 피곤할 때면 갇힌 느낌이 들기도 하지만, 그 가게의 자그마해도 완벽한 주방이, 미치요 씨의 반듯한 모습이, 그 두 손으로 마술을 부리듯 만들어 내는 음식을 보는 것이, 음식을 손님에게 내가면서 보이는 웃는 얼굴이, 날마다 한 방울씩 내 안에서 힘이 되어 간다. 사람을 죽이는 것도 사람이지만, 사람을 살리는 것도 사람의 힘이라고 생각한다.

"그 여자, 다른 남자와도 동반 자살을 시도했나 보더군. 정말 왜 그 친구가 그런 여자와 관계하고 말았는지 모르겠지만, 모든 게 타이밍이 안 좋은 상태에서 진행되지 않았나 싶어."

야마자키 아저씨가 말했다.

"역시 아빠만이 아니었나요?"

나는 말했다. 꿈에서 본 그대로였다.

"이모에게서 그렇게 들었어. 그 여자가 전에도 동반 자살을 했다가 실패하고, 그 후에는 입원과 퇴원을 계속했다, 뭐 그런 얘기. 위험하니까 헤어지라고 했는데……. 아빠는 걱정 마라, 난 그런 짓은 않는다고 했지. 그냥 보고만 있을 수 없었던 게 아닐까."

"아빠가 그렇게 어리석고 머리가 나쁠 줄은 몰랐어요."

나는 말했다. 결벽스러운 심정으로.

그 결벽스러운 심정을 꿰뚫어 보고서 야마자키 아저씨가 이런 말을 했다. 번뜩이는 언어를 구사하는 그 모습이라니, 정말 형사 콜롬보 같았다.

"아니지, 남녀 사이는 머리가 아니니까."

나는 움찔 놀라, 눈물로 가득한 눈으로 야마자키 아저씨를 보았다.

"그럴 거라고 생각은 하지만, 나는 아직 모르겠어요."

"나도 사실은 잘 몰라. 하지만 그래, 논리가 아니야."

야마자키 아저씨가 말했다.

"돈도 꽤 많이 주었을 테고. 그 여자, 빚도 상당하지 않았을까? 그리고 네 아빠는 빚을 지느니 차라리 죽겠다고 할 사람이니까."

그 말은 충분히 수긍할 수 있었다. 나는 그 정도 일로 사람이 어떻게, 하고 슬퍼졌다.

죽었을 때, 아빠의 통장에는 돈이 거의 남아 있지 않았다. 언젠가 자신의 스튜디오를 마련하고 싶다면서 모았던 정기 적금도 해지되어 있었다.

'아빠 바보, 우리가 있는데…….' 몇 번이나 생각했던 그 말을 머릿속으로 또 곱씹었다. 밝은 거만 있으면 안 되는 거야? 일상의 따스함만으로는 살 수 없었어? 쇠락하고 어둡고 더러운 진흙탕 같은 것의 매력이, 자신의 마음이 그 색에 물들어 있으면, 목숨을 걸 정도로 그렇게 대단한 거야?

"이모는 너를 정말 사랑했다. 그것만은 잊지 마라. 내가 할 말은 아니지만."

헤어질 때 야마자키 아저씨는 그렇게 말했다.

"좋은 일만 있는 것도 아니지만, 그렇게 나쁜 일만 있는 것도 아니야."

그 말을 듣고서, 아빠가 무슨 대꾸라도 해 줄 만큼 가까이에 있는 듯한 기분이 들었다. 아빠가 야마자키 아저씨의 입을 빌어 말하고 있는 느낌이었다.

"그렇죠. 내가 무슨 일이든 논리로 매듭지으려 한다는 것은 알아요. 아빠가 나를 무척 좋아했다는 것도 알고요."

"그래……. 시골에 사는 우리 어머니는 아흔 가까운 나이인데도 해마다 봄이 오면 머위와 산초 잎을 따다 데쳐. 그리고 매해 그 익숙한 맛을 느낄 때마다, 아, 어쩌면 이 생선 조림도 올봄으로 마지막인지도 모르지, 하면서 서로를 힐끔 쳐다봐. 하지만 그건 노파심이잖아. 머위와 산초 잎을 하나 가득 따면, 힘들어도 아무튼 데치는 것이 그날의 어머니야. 앞뒤 생각하지 않지. 지금 알맞게 데쳐지면 내년 일은 어떻게 되든 상관없다고 생각하는 것이 평범함의 좋은 점이고. 나 역시 슬퍼하기보다 역시 어머니의 생선 조림은 맛있군. 최고야, 올해도 먹게 돼서 다행이야. 밥맛이 절로 나는군, 하면서 다른 일들은 전부 내던져 버려. 그런 행복을 요시에 너도 좀 더 탐욕스럽게 만끽해도 되지 않을까. 그야 물론 이모는 딱하게 되었고, 안타까워하는 마음도 자연스럽지만, 엄마와 같이 지내는 시간마저 무서워하다니, 너무 소심하게 구는 거 아닌가?”

나는 그 말의 행복함에 사르르 녹아들 것 같았다.

가장 원했던 말에 몸과 마음이 느슨하게 풀어진다.

야마자키 아저씨를 만났다는 말을 엄마에게는 하지 않았다. 무슨 얘기를 했는지도 도저히 말할 수 없었다.

사실, 말해 버릴까 하고 잠시 생각했지만, 그날 밤 ‘빌리지 뱅가드’*에서 만화를 잔뜩 빌려 와 (엄마가 무척 좋아하는 하기오 모토 씨의 『마지널』이란 만화 문고판이었다.) 쿠션을 깔고 드러누워 콧노래를 부르며 읽는 엄마 모습을 보고는, 맥이 풀려 말할 수 없었다.

“음, 역시 암굴에서 살고 싶다.”

배를 내밀고 만화를 읽으면서 엄마는 그렇게 중얼거리고 눈물 흘렸다. 그런 엄마 모습에 이 사람은 아무 잘못도 하지 않았는데, 하고 그저 가슴이 메어 왔다.

그렇다, 이곳은 변경의 암굴 같은 곳. 세상의 흐름을 쫓아가지 못하는 사람들이 나름대로 소용히 이렇게니마 산

---

* 시모키타자와에 위치한 서점. 액세서리와 장난감 등을 함께 취급하는 명소.

수 있다. 아빠를 저세상으로 먼저 보낸 이런 둘이라도.

엄마와 내가 아무리 배짱 좋고 소문에 연연하지 않는 타입이라지만, 한동안은 지유가오카 거리를 걸어다니기만 해도 누가 손가락질을 하는 듯한 기분이었다. 동반 자살한 그 사람의 남은 가족. 그렇게 수군덕거리는 소리가 들리는 것 같았다.

그래서 엄마에게는 아무 말도 하지 않았다.

하지만 과연 우리 엄마, 엄마가 먼저 내게 물었다.

"너, 무슨 일 있었니? 왜 그렇게 기운이 없어. 오늘, 쉬는 날이었지? 뭐하고 지냈어? 다음 쉬는 날에는 우리 오랜만에 이세탄 백화점에 가서 쇼핑도 하고 밥도 먹고 그러지 않을래? 겨울옷, 사 줄게."

"응, 알았어. 그런데, 이렇게 사는 거, 내내 계속할 수는 없겠지?"

"왜?"

엄마는 어리둥절한 표정으로 되물었다.

"임시 생활 같잖아."

"그렇기는 하지. 그런데 너, 네가 엄마니? 왜 그렇게 이성적인데?"

엄마가 웃었다.

"네가 다른 가게로 자리를 옮긴다든지, 외국으로 나간

다든지 하면 여러 가지로 변하겠지. 하지만 그때 가서 일이야. 오늘도 아니고 내일도 아닌 훗날 일. 그리고, 네가 시집을 간다든지. 하지만, 그렇게 돼도 상관없어. 엄마에게는 이제 너밖에 없으니까, 가까이 살면서 손자도 돌봐 주고 그럼 되잖아. 의외로 재미있을지도 모르지."

"누가 가까이 살아도 된대."

"두고 봐. 도와줄 사람이 필요할 거야. 여자가 계속 일하는 거, 쉬운 일 아니야. 엄마 주위에 있는 그런 사람들, 다들 한 번씩은 쓰러졌어. 지원이 필요하다고. 네 성격에, 결혼해서 아이를 낳아도 절대 일은 그만두지 않을 테고."

"하기야. 나, 미치요 씨 밑에서 계속 일하고 싶어. 그리고 가능하면 그 뒤를 잇고 싶을 만큼 존경하고 있고."

나는 말했다.

"나이 차가 별로 없으니까 뒤는 잇지 않아도 좋지만, 무슨 일이 있어도 같이 그 가게를 꾸려 나갈 수 있도록 돕고 싶어. 그 정도로 반했어. 맛에도 사람에게도."

"그래. 일하는 곳에서 그런 사람을 만나는 거 잘 없는 일이니까, 어떻게든 함께 해야지."

"그러기 위해서 가령 몇 년을 나른 곳에 가서 공부를 해야 한다면, 나 갈 거야. 난, 그 가게에 몸담을 수만 있다면, 서비스든 청소든 사무든, 뭐라도 좋아. 손님들에게 내가 만든 음식을 맛보여 주고 싶은 마음보다 그쪽이 더 커."

"네가 네 입으로 그렇게 말하는 걸 보면 진심이로구나. 그래, 그 가게 샐러드는 생명의 샐러드였지. 죽어 버리고 싶을 만큼 비참하고 갈 곳도 없고 가슴이 썩어 문드러질 것 같았는데, 그 샐러드는 엄마를 부정하지 않았어. 그 안에 아직은 귀엽고 조그만 내 생명이 있다는 것을 발견했지."

"최고의 칭찬, 고마워."

"그렇게 말할 수 있다는 건, 요시에 네가 완전히 그 가게 사람이란 뜻이겠지. 엄마도, 이제 슬슬 뭔가를 시작해야겠다. 산책만 하는 것도 이제 지쳤고. 전업주부 노릇도 너무 오래 했고."

엄마가 말했다. 그런데 대체 뭘? '오제키'*에서 파트타임 아르바이트라도? 아니면 카페에서? 설마 밤중에 술집에서? 빈티지 숍?

그렇게 되묻고 싶었지만, 꾹 참았다.

뭘 하고 싶다 하든 두 말 않고 받아들여야 한다고 생각했다. 뭐든 하고 싶다고 말하는 자체가, 얼이 빠져 있던 이 년 전의 엄마에게는 전혀 있을 수 없는 일이었다.

"그보다, 요시에 너, 남자 친구 생겼니?"

---

* 식료품을 중심으로 한 슈퍼마켓 체인.

엄마가 뜬금없이 물었다.

"아니, 왜?"

"여자의 감."

과연 엄마다.

"좀 친해질 것 같은 사람은 있는데, 그 정도야. 그런데 딱 이 사람이다 싶지는 않아. 나도 아직은 멀었나 봐."

"연애 불감증?"

"아니, 여러 가지 의미에서 그것과는 좀 다르지만, 비슷할지도 모르지."

나는 대답했다.

"가슴이 두근거리고 설레고, 기분이 들뜬다 싶을 때면, 또 다른 내가 파도가 일렁이는 한겨울의 찬 바다에서 나를 싸늘하게 지켜보는 걸 알 수 있어. 지금의 나는 내 나이에 어울리는 남자와 뭔가를 같이 추구하고 속삭이면서 점차 친근해지고 설레고 하는 게, 유치한 장난처럼 여겨져."

"그래, 엄마는 그 최대치를 지금 이 나이에 느끼고 있다. 정말, 기분이 이상해."

"나 혼자만 힘들었다고 생각하는 것도 아니고, 그래서 사람을 깔보는 것도 아닌데, 누가 무슨 말을 하든 가볍게 들려."

그런 대화를 나누다 서로가 의기소침해져, 걸어서 오 분

거리에 있는 자자와 거리의 바에 가서 한잔 하기로 했다.

술값이 싼 가게가 아니라서, 오래간만에 사치 한번 부리는 셈치고 과일 칵테일을 한잔. 깔끔한 카운터 자리의 어슴푸레한 불빛 아래서 찔끔찔끔 마시고 있자니, 그 술이 꿈처럼 달짝지근하고 맛있어서, 목구멍 속으로 쓰윽 기운이 올라와 어깨가 조금은 가벼워졌다.

계산을 하는 엄마의 뒷모습은, 늙어 보이기도 하고 조금도 변하지 않은 듯도 한 묘한 느낌이 들었다.

밖으로 나오니, 굉장히 추웠다. 바람에 섞인 겨울 냄새가 희미하게 느껴진다. 엄마의 초겨울 코트는 시카고에서 산 미심쩍은 검은 가죽 트렌치코트였다. 옆에서 걷자니 오래 묵은 가죽 냄새가 났다. 어렴풋 알고 있는 듯한, 해묵은 것 특유의 냄새.

시간이 흘러간다. 지금은 지금이다, 악몽에 지고 싶지 않다. 하지만 때로는 생리적으로 그냥 지고 만다. 진 채로, 무심히 보는 풍경이 얼마나 좋은지 알 수 있을 만큼은, 아직 어른이 아니다.

엄마는 태연한 표정으로 바람을 맞으며 내 옆을 타박타박 걸어갔다. 둘이서 마치 여행을 하듯 불쑥 이곳을 찾았다가 되돌아가는, 이 즐거운 자자와 거리의 밤을 평생 잊지 않으리라. 나는 아련한 술기운 속에서 그렇게 생각했다.

“여보세요? 여보세요?”

꿈속에서 나는 전화를 걸고 있었다. 메구로 집의 내 방에서.

있는 힘을 다해 불렀다. 필사적이었다. 지금 통화하지 못하면, 아빠를 구할 수 없다고 생각했다. 전파가 잘 잡히지 않는 것인지, 전화가 걸렸는지 안 걸렸는지 모를 이상한 소리만 났다.

“여보세요? 아빠! 아빠!”

나는 외쳤다.

“……요시에?”

아빠의 목소리가 들렸다.

“아빠!”

나는 아빠를 불렀다. 눈물이 왈칵 쏟아졌다.

아빠 목소리에는 한없는 애정이 담겨 있었다. 나는 알 수 있었다. 아빠는 최후의 한순간까지 나를 만나고 싶어했다. 어? 하지만 지난번에 아빠 휴대전화를 내가 여기서 찾았는데. 그런 생각이 들자 혼란스러웠다.

또 전화가 찌직거렸다. 아빠가 뭐라고 하는지 전혀 들리지 않았다.

아빠! 나는 또 외쳤다. 전화기에서는 뚜뚜 소리만 났다.

숲 속으로 들어가면 전파가 잘 잡히지 않는다고 했던가?

꿈속의 나는 생각했다. 실제로는 그럴 리 없을 텐데, 그렇게 생각했다. 그리고 전화기 저편의 기척이 획 바뀌었다.

갑자기, 저편에서, 희미하게, 잘 들리지 않지만, 앙칼지게 울리는 여자 목소리가 났다.

나는 소름이 끼쳐, 전화기를 귀에서 뗐다.

귀로 뭔가 들어온 듯한 불길한 느낌에 고개를 저었다.

"요시에, 괜찮니?"

엄마가 내 몸을 흔들고 있었다.

이 손바닥의 힘은 건강한 힘. 비릿하고, 징그럽고, 얄밉고, 성가시지만, 나를 안고 젖을 물려 키운 근원적인 힘.

나는 안심하고 눈을 떴다.

"엄마……."

눈물을 흘리면서 엄마를 불렀다.

"아빠 아빠, 하고 부르던데."

엄마는 애처로운 표정으로 말했다. 캄캄한 다다미방, 조그만 불빛에 머리가 헝클어진 엄마의 그림자가 흔들렸다.

"……응."

나는 고개를 끄덕였다. 하지만 말할 수 없었다. 제일가는 전우인 엄마인데도.

"요시에, 아빠가 아직도 보고 싶은가 보구나. 그렇겠지.

엄마가, 언제나 엄마 생각만 하고. 미안해.”

엄마가 내 어깨를 톡톡 다독여 주었다.

아니야, 하고 말하고 싶었지만 말하지 못했다. 너무 무서워서, 너무 불길해서. 그리고 지금 아빠와 어떤 형태로든 이어져 있다면, 그것은 나만의 것인지도 모르고, 뭔가를 할 수 있을지도 모른다고 생각했다.

어쩌면 내가 아직도 조금 이상한 건지도 모른다. 집 안에서 아빠 유령을 아무렇지도 않게 보았던 엄마만큼이나.

꿈의 느낌을 엄마에게 제대로 전할 자신이 없었다. ‘엄마에게는 말 안 할 거야.’가 아니다. 그런 경우라면 지금껏 얼마든지 있었다. 말하지 않는 것도 애정이라는 것을 나는 처음 알았다. 그 안에 ‘언젠가는 꼭 말한다.’라는 믿음의 문제가 포함되어 있다는 것도.

나는 추모니 마음 놓고 이승을 떠나느니 하는 것에는 관심도 없고, 잘 알지도 못한다. 런치 메뉴인 포토프*에 넣을 감자 껍질을 어떻게 하면 빨리 깨끗하게 깎을 수 있을지가 최근의 과제인, 그런 인생이었다. 하지만 이건 아니다. 아빠를 그런 곳에 마냥 놔두고 싶지 않다. 어떻게 하면 조금이라도 행복한 꿈을 꿀 날이 올까.

------

* 고기와 채소를 삶은 수프 요리의 일종.

"엄마, 그런 소리 마. 엄마는 엄마의 인생을 찾으면 돼. 나는 지금의 생활이 좋고, 앞으로 찾아갈 수 있는 것도 있어. 다만, 가끔 무서운 꿈을 꿔. 우리…… 무서운 걸 많이 봤으니까. 숲 속에서 자동차도 봤고, 그……."

말하면서 목이 메어 왔다.

"시신도 그렇고."

엄마는 힘주어 고개를 끄덕였다. 그리고 말했다.

"우리가 본 게 모든 것을 무너뜨리고 말았지. 하지만, 우리는 아직 살아 있어. 든든하고 상태가 좋은 것을 기준으로 삼아서는 안 돼. 가장 낮은 선에서 보고, 오늘은 그나마 아주 좋았다고 생각하며 사는 게 좋아. 그러면 꿈도 무섭지 않을 거야."

그 눈을 보고서 나는, 엄마가 나와는 다를지 몰라도 비슷한 과정을 거치고 있다는 것을 알고 안심했다. 낮은 곳에서 서로의 상처를 핥아 주는 슬프디슬픈 안심. 홀로 남은 것이 아니라서 안도하는 비참한 행복. 지금은 그런 것이 무엇보다 따스하다.

그런 뒤숭숭한 기분을 숨기면서 일하는 나날 속에서, 신야 씨가 가게로 찾아오면 정말 안도했다. 그것은 마치, 집으로 돌아가 개나 고양이를 어루만질 때와 비슷한 감각이었다.(미안하네, 하면서도 나는 생각했다.) 그의 모습을 보면 눈이, 손이, 온몸이 옛날의 나로 돌아가는 것 같아 긴장이 스르르 풀리는 느낌이었다.

가슴이 두근거리는 것도 아니고, 긴장하는 것도 아니고, 마침 적당한 온도의 뜨끈한 물에 몸을 담그고 있는 듯한 느낌. 또는 해질 무렵, 뜨뜻미지근한 바닷물에 잠겨 서서히 기우는 해를 바라볼 때 같은 느낌. 예쁜 바닷물 속에 피로와 뭉친 어깨가 풀리고, 파도의 리듬에 맞춰 어떤 온천에 들어간 것보다 몸이 녹아들 때 같은 느낌.

그를 놓치고 싶지 않다, 그 무렵에는 그렇게 확고하게 생각했다.

하지만 좋아해서는 아니었다. 그저 놓치고 싶지 않았을 뿐이다. 그것이 사랑인지 아닌지도 나는 몰랐다.

"오늘도 포토프 있어요."

나는 말했다.

그리고 생각한다. 만약 내가 매일 이 가게에 꼿꼿하게 서서 바지런히 일하지 않았더라면, 그가 나를 마음에 들어 했을까? 상황이 달라지지 않았을까?

그 정도 마음의 교류를 연애라 하기에는, 최근의 인생 경험이 내 안에서 너무 짙다. 그러니까 둘 사이에는 좋은 감정만 남기고 싶었다.

"잘 먹겠습니다. 여기 오면, 꼭 집에 돌아온 것 같아서 좋다니까."

신야 씨가 코트를 벗으면서 카운터 자리에 앉아 그렇게 말했다.

또 귀여운 소리를 하네, 하고 감격하면서 나는 와인을 준비하기 시자했다. 요즘은 미치요 씨도 싱글거리는 대신 이렇게 칭찬해 준다.

"애인이 왔는데도 다른 손님 접대를 소홀히 하지 않는 요시에 씨는 정말 훌륭해."

당연하죠. 여기는 술집이 아닌 걸요. 그렇게 생각하면서 언제나 밤늦은 시간까지 손님이 북적거리는 이 가게도 참 대단하다고 느꼈다.

신야 씨는 늘 음식을 맛깔나게 먹는다. 포토프는 꿈 같은 속도로 그의 입안에 들어갔다. 그는 먹으면서 고요한 표정으로 창밖을 바라보고 있었다. 늘 멋진 구두를 신고 있다.

그 모든 것이 행복했다. 이 장소에서 일하는 것, 신야 씨가 가게에 조화롭게 녹아 있는 것. 창밖으로는 내가 사는 집이 보이는 것. 마냥 계속되지는 않는다. 만사는 점점 흘리긴다. 미냥 게속된다고 생각하면 우리 가족처럼 망가지고 만다.

하지만 이렇게 행복한 일은 언제까지나 변하지 않았으면 좋겠다고 생각했다.

가게에서 일하는 여자를 남자 친구 비슷한 사람이 데리러 오면, 가게 문을 닫은 후에 집까지 바래다주는 것이 일반적인 코스이다. 하지만 우리 집이 바로 코앞에 있어서 신야 씨는 바래다줄래야 줄 수 없었다. 그래서 늘 술집에 들러 한잔 하고 돌아갔다.

그리고 잠시 얘기를 나눈다. 신주쿠로 가는 마지막 전철을 탈 수 있는 시간까지.

그날도 그랬다. 나와 신야 씨는 역 근처에 있는 지하 선술집에서 소소한 안줏거리에 정종을 딱 두 홉만 마시기로 했다.

그 가게도 이미 문 닫을 시간이었지만, 신야 씨가 지배인과 아는 사이라서 "한잔만."이라 부탁하자 기꺼이 들어주었다. 실내는 마치 쇼와 시대* 같은 분위기였다. 손님도 젊은이들은 거의 없고, 적당히 취한 아저씨와 아줌마들이 디저트를 먹고 있었다. 이런 가게가 있다는 점도 시모키타자와의 품이 얼마나 깊은지를 말해 준다.

---

* 20세기 일본의 연호 중 하나. 1926년부터 1989년까지를 가리킨다.

“나, 바쿠라이를 이렇게 신나게 먹는 여자는 처음 봐.”

신야 씨가 말했다.

“음식점에서 일하니까 그렇죠. 맛있는 것은 반드시 먹어요.”

바쿠라이는 해삼의 창자와 멍게를 소금에 절인 오렌지색 젓갈인데, 이 가게에서 직접 만든 그것은 맛이 각별했다. 정종에 정말 잘 어울려 눈이 번쩍 뜨이는 듯했다. 가게 사람들도 기운차게 일하고 있어서 지하라 여겨지지 않을 만큼 밝고 활기에 넘쳤다. 그런 모습을 보면 아무리 피곤해 발이 저릴 정도라도, 나 역시 절대 질 수야 없지, 하고 느끼게 된다.

“있죠, 신야 씨.”

나는 말했다.

“우리 아빠가 꿈에 나타나요.”

“그야 당연한 일이지.”

그는 거침없이 대꾸했다. 아, 좋다. 나는 생각한다.

“그런데 별로 느낌이 좋지 않아요. 무슨 말을 하고 싶어 하는 것 같기도 하고, 남겨야 할 말이 있는 것처럼……. 그리고 엄마도 전에 살던 집에서 가끔 아빠 유령을 봤대요. 그런 거, 믿어요? 혹시, 영혼이 저세상으로 가지 못했다면, 그렇다면 어떡하나 싶어서, 그 생각이 머리를 떠나지 않아요.”

"그러고 보면 라이브 하우스도 무서운 곳이야. 그런 일이 꽤 있거든. 밴드 하는 사람들, 음악으로 먹고살고, 오래오래 재미있게 살아가는 사람들만 있지는 않잖아. 음독을 하는 사람도 있고, 술 때문에 죽기도 하고, 섭생을 제대로 못 해서 병에 걸리기도 하고, 음악 그만두고 다른 일을 시작하는 사람도 있고, 대판 싸운 후에 서로를 미워하기도 하고, 여러 가지로 많아. 열광적인 팬이 자살하는 경우도 있고 말이야."

신야 씨는 담담하게 말했다.

"물론 자주는 아니지만, 그런 일이 간혹 있어. 그러다 보니까 그 사람이 무대에 보였다느니, 무대에서 죽은 여자가 객석에 앉아 있는 것을 보았다느니 하는 얘기도 나오는 거지."

"무, 무섭네요."

"난, 그런 걸 믿고 안 믿고는 아직 결정하지 못했어. 하지만 자기 밴드에 열광했던 팬이 자살했다면, 그 사람이 라이브 공연에 계속 올 것 같은 기분이 드는 거, 이해는 하겠어. 감정적으로는. 그리고 본 것 같은 기분이 드는 것도. 또 밴드 멤버가 죽어서 새 멤버가 들어왔는데, 문득 고개를 돌렸더니 죽은 사람이 연주하고 있는 듯한 기분이 드는 것도 있을 법한 얘기지. 착각이라 해도 말이야. 그러니까 착각이든 아니든 그건 차치하고, 일단은 위령제 비슷한 것을 해. 은밀하게 제단도 차리고. 그런 거 가게에는 필요한 일이야. 난 내가 그런 것 전부를 짊어지고 있는 듯한 기분이 들 때가 있어. 영혼을 짊어지고 있다는 게 아니라, 다양한 사람들이 다양한 마음으로 드나들었던 장소를 정화해야 한다는 책임이랄까, 그런 거."

"음."

나는 그 말을 듣고서 마음이 평범한 의미에서 누그러지는 것을 느꼈다. 분명하게 설명을 들으면, 자기 마음의 움직임도 그럭저럭 알 수 있게 된다.

"그래서 아는 거야, 요시에가 하는 말. 우선은 살아 있는 사람들이 마음의 짐을 더는 게 가장 중요해. 죽은 사람을 추모하는 것보다. 그러니까 산소에 가 본다든지, 그리고 현장에 가 본다든지, 그런 것도 필요하지 않을까."

"이바라키에 말이에요?"

나는 깜짝 놀랐다.

"그 장소에요? 그렇게 고통스럽고 무서웠던 곳에?"

옛날에 가족끼리 몇 번 즐겁게 다녀왔던 오아라이의 그 멋진 수족관에도 평생 못 갈 것 같은데.

아빠는 수족관을 좋아했다. 가족끼리 어디 가게 되면, 아빠는 반드시 수족관이 있는 장소를 골랐다.

그 최악의 날, 도쿄 역 주변은 여행길에서 돌아오는 사람들로 북적였다. 오가는 사람들은 하나같이 즐거워 보였다. 사람들은 사람들을 웃는 얼굴로 만나고 있는데, 나와 엄마만 캄캄한 어둠속에 있는 것처럼 여름 햇살이 눈부시고, 타들어 갈 것 같았던 그때. 아빠의 시신을 확인하고 인계받기 위해 버스를 기다리던 그때.

가족 셋이 여기에서 버스를 타고 오아라이 수족관에 갔던 그날로 돌아갈 수 있다면 얼마나 좋을까, 하고 관자놀이가 욱신거릴 만큼 바랐다. 같은 장소를 향하고 있는데 왜 우리만 이렇게 고통스러워야 하나.

"혼자 가기 뭐하면 같이 가 줄게. 요즘은 가게가 안정적이어서 쉴 수 있으니까."

"아니에요, 괜찮아요. 그럴 수 있을지, 아직 잘 모르겠어요."

나는 말했다.

"하지만 생각해 볼게요. 위령제라는 거, 어떻게 하나요?"

"우리 가게에서는 신사 사람에게 부탁하니까 거의 형식적인 것만 하는데, 꽃을 바친다든지, 그런 정도면 되지 않나."

신야 씨가 말했다.

"나도 생각해 볼게. 의식이란 생각 외로 중요한 거더라고. 돌아가신 분을 위해서가 아니라 자신이 죽음을 받아들이고 또 매듭을 짓기 위해서는 가장 좋은 방법이라고 생각해. 스태프나 멤버도 의식을 치르고 나면 안도하는 게 보여. 내 실감으로 하는 말이야. 그런데 안 하고 지나가면 오래도록 꺼림칙해하니까."

"고마워요. 아직 그런 걸 할 마음은 없지만 무서운 꿈은 꾸고 싶지 않으니까, 그런 방향도 고려해 볼게요. 카운슬링 같은 것도 받아 보면 좋을지 모르고."

"뭐가 되었든 서두를 필요는 없어. 서둘러 앞서 나가면, 그런 만큼 나중에 똑같은 일이 벌어지니까"

"신야 씨는 어떻게 그런 말을 할 수 있어요? 아직 젊은데."

"어렸을 때부터 팔리지 않는 장르에 관여하다 보니, 납득할 수 없고 서글픈 일을 참 많이 보았거든. 수많은 사람을 만났고, 헤어짐도 있었고. 우리같이 오래는 되었어도 규모는 작은 라이브 하우스에서 연주하는 사람들은 뜨기 전이거나, 영영 못 뜨거나, 한때 잘나가다 돌아왔거나 그 셋 중에 한 경우야. 그러니까 각자의 음악 경력 속에서 스쳐 지나가는 장소인 셈이지. 이모토 씨처럼 어느 정도 안정된 상태에서 정기적으로 출연해 주는 사람들도 있기는 해. 그런 연주자들이 가장 믿음직스럽지만."

신야 씨기 말했다.

"나는 아무것도 할 줄 모르는 평범한 인간이야. 하지만 내 눈은 말로 다 할 수 없는 많은 것들을 보아 왔어.”

“그렇군요. 그래서 그렇게 어른스러운 거네요.”

“혼돈스러운 것들을 갖가지로 너무 많이 보면, 요시에 씨처럼 윤곽이 분명한 게 굉장히 보고 싶어지거든.”

“진흙탕만 보다 보면 연꽃이 너무 아름다워 눈앞이 아찔해진다는, 그 비슷한 얘기인가요?”

나는 웃었다.

“그렇게까지는 아니지만.”

신야 씨도 웃었다.

“좋아한다는 ‘프리펩 스프라우트’를 들어 봤어. 꽤 좋더군. 아버지 밴드 이름, 거기서 따온 건가?”

“글쎄요. 제대로 들은 적이 없어서. 하지만 아빠가 그 그룹을 좋아해서 집에 있을 때 언제나 틀어 놓았던 것은 분명해요. 여성 코러스가 많았던 걸 보면, 영향을 꽤 받았는지도 모르죠. 절판된 CD도 몇 장 있으니까, 언제든 빌려 줄게요.”

나는 말했다.

마음속이 따끈하고 포근해졌다.

그 마음을 품어 주는 것은 이 거리, 그리고 이 가게의 분위기.

오래도록 이어지고 있는 이 가게에 쇼와 시대부터 변함

없이, 쉼 없이 흐르는 활기의 톤. 이 가게 사람들이 지배인을 중심으로 날마다 소리 없이 쌓아 왔고, 손님들과 함께 그 색을 덧입혀 온 소박하고 소중한 토대.

우리의 나날도 그와 똑같이 자라나고 있었다. 화려하지 않은 연애, 아직 같이 잔 적 없는 초등학생처럼, 한국 드라마의 주인공들처럼 착실한 둘. 하지만 서두르지 않아도 된다고 이 거리가 가르쳐 주는 듯했다. 지금은 온 나라 어디를 가든 서두르라고 재촉하는 것 같으니까. 적어도 이곳에서는 느긋하게 굴고, 주춤거리고, 한심해지고, 망가지기로 하자. 인간 누구에게나 한심한 구석은 있다. 과도하게 분발할 수는 없다. 어떻게든 될 대로 된다. 제각각 다른 부분이 있다.

지금은 좀처럼 들을 수 없는 그런 말들을, 기둥과 접시와 손님들의 빨간 얼굴에 새겨진 주름이 말해 주는 것 같았다.

서두르지 말라는 신야 씨의 발언이 우리 관계도 그렇다는 듯이 들려, 지금은 서두르고 싶지 않은 나를 안심시켰다.

먹고 마시다 남은 것들이 놓여 있는 낡은 카운터 위, 그다지 아름답지 않은 그런 풍경마서 차분해진 마음을 꾸며 주는 꽃처럼 여겨졌다.

그 후 한참이 지나, 엄마가 아르바이트를 시작했다는 것을 알았다.

어느 날 밤, 쉴 시간이 생겨 근처에 있는 전통찻집에 차를 마시러 갔더니, 엄마가 앞치마를 두르고 일하고 있었던 것이다.

"엄마가 여긴 웬일이야? 가게 봐주고 있는 거야?"

주인인 에리코 씨가 보이지 않아, 잠시 가게를 봐주는 줄 알았다.

"아니, 아르바이트. 그제부터 시작했어. 너는 밤늦게 들어오잖아. 그리고 엄마 옛날에 다도를 배운 적이 있거든. 조금 더 다시 배우면 여차할 때 차를 직접 끓일 수도 있을 거야."

엄마는 태연하게 말했다.

"그, 그렇구나……."

나는 어이가 없었다. 엄마가 이력서나 제대로 썼을까. 면접도 받았을까.

"그럼, 다시마 유자차 주세요."

나는 자리에 앉아 말했다.

"차 과자는 뭘로 하실래요?"

엄마가 조그만 쟁반을 들고 왔다. 귀여운 차 과자 몇 종류가 나란히 담겨 있었다.

"매실맛 쌀 과자로 부탁해요."

어렸던 시절, 엄마랑 소꿉놀이했을 때와 똑같다는 생각에 머쓱해졌다.

하지만 엄마는 동요하지 않고, 카운터 안에 들어가 익숙한 몸놀림으로 무심히 차 도구를 세팅하기 시작했다. 그때 에리코 씨가 돌아왔다.

"어머나, 요시에. 엄마, 여기서 아르바이트하기로 했어."

그렇게 말하며 에리코 씨가 평소와 다름없이 다감한 표정으로 방긋 웃어 주어, 나는 갖가지 감정이 어떻게 되든 상관없어지고 말았다.

에리코 씨는 곧바로 일을 시작했고, 가게 안에는 나의 속마음과는 무관하게 고요한 공기가 흘렀다. 몇십 년 동안이나 이 장소에 있어 왔던 공기가 확고하게 살아, 조금씩 보태지면서 이어진다. 선반에는 차가 가지런히 놓여 있고, 손님들은 각자 여유롭게 시간을 보내고 있다. 물이 끓는 소리와 실내에 흐르는 나직한 음악 소리가 한 음색이 되어 귀에 들어온다.

잘됐지 뭐. 집에서 종일 따분하게 지내며 혼자 매니큐어나 바르고, 정처 없이 산책하고 책이나 읽는 것보다 일하는 편이 오히려 안심이라고 생각했다. 하지만 카운터 안에서 조그만 소리로 에리코 씨와 얘기하는 엄마 모습이 그 옛날, 기운찼던 때의 엄마 같아서 질투심에 살짝 가슴이 아리기도 했다.

엄마가 기운을 되찾으면 곤란한 사람이 나였나. 그렇게 생각하고서 자신의 유치함에 깜짝 놀랐다. 그 다다미방에 엄마를 나만의 엄마로 가둬 둔 사람은, 나였다. 이곳에서 엄마는 이미 모든 사람의 것이다.

엄마가 들고 온 차를 나는 평온한 기분으로 음미했다. 달콤하고 맛있었다.

그래, 시간이 많이 흘렀구나, 하고 나는 또 생각했다.

나도 이제는 슬슬 정신을 차려야 하는데, 아빠의 죽음으로 도망쳐서는 안 되는 건데. 아직 젊은데 이런 꼴을 당했다며 자기 연민에 빠지는 건 이제 그만두자. 이미 이렇게 된 거니까. 세상에는 더 가혹한 일을 당한 사람도 많으니까. 흐름을 거스른 일이 갑자기 생겨 이상해졌을 뿐, 있을 수 있는 일이다.

일하며 뭇사람들을 향해 웃음 짓는 엄마를 오랜만에 보고 위로가 되었다. 무언가가 돌아온 듯한 기분이었다. 모두가 가정을 꾸리기 위해 열심이었던 시대의 빛 같은 것이. 상실의 아픔 속에 있는, 슬프지만 아름다운 것과 함께.

그때, 이제는 아빠를 조금씩 잊어도 괜찮을 것 같다고 진심으로 생각했다. 새삼 되짚어 보면서 제를 올린다느니,

위령을 한다느니 하는 것도 앞으로 한 십 년쯤 지나서 하는 것이 좋지 않을까. 바지런하게 일하는 엄마의 모습이 그렇게 현실에 내 두 발을 딛게 하는 역할을 했다. 그리고 테이블을 꾸미고 있는 조그만 꽃도 주전자에서 오르는 김, 뜨거운 물이 가득 담겨 있는 은색 포트도 지금 너는 여기 있다, 초조해할 것 없다고 내게 간곡하게 가르쳐 주는 찻집이었다.

그런데, 그렇게 되지는 않았다. 내 안의 집요하고 암울한 또 다른 내가 여전히 많은 것들을 불러들이고 있었다.

그러던 어느 날의 런치 타임이 끝날 무렵, 그 아주머니가 '레 리앙'에 찾아왔다.

"차만 마셔도 괜찮은가요?"

까무잡잡한 얼굴의 아저씨 뒤에서, 그 낯선 아주머니는 나를 빤히 쳐다보고 있었다.

"저희 가게 런치 타임은 3시까지인데, 괜찮으세요?"

"네, 부탁합니다."

아저씨가 말했다. 어느 지방 말인지, 약간 사투리가 섞여 있었다.

아마도 부인인 듯한 여자는 동그란 눈이 아주 예뻤지만 얼굴은 그늘져 있었다. 몸집은 의외로 건장해서 부지런히 움직이고 일도 잘하지 싶은 분위기였다. 도쿄 가이드북을 들고 있어서, 여행 중인 모양이라고 나는 생각했다.

두 사람은 커피를 주문하고서 소곤소곤 조그만 소리로 애기를 나눈 후에, 애플파이 하나를 추가로 주문했다.

애플파이를 갖다 주고 나서는 바깥 청소를 하고, 저녁 타임 준비를 하느라 미치요 씨와 주방에 있어서 그들의 동향을 세세하게 보지 못했다. 의자를 뒤로 미는 소리가 들려, 계산을 하려나 보다 생각한 나는 얼른 주방을 나왔다. 아주머니가 정확하게 돈을 세어 내 손에 건넸다. 나는 '감사합니다.'라고 말하면 끝인 줄 알았다. 그런데…….

"저는, 나카니시라고 해요. 이바라키에서 왔습니다."

뭐, 이바라키?

"친척 제사가 있어서 도쿄에 왔다가, 말씀드리고 싶은 게 있어서…… 저, 아버님 일로."

아주머니가 말을 이었다.

"오 분만, 괜찮으세요? 보시다시피 남편도 밖에서 기다리고 있고, 시간을 그 이상 빼앗지는 않을 거예요. 애기하고 싶었어요."

"알겠습니다."

긴장한 채 나는 고개를 끄덕이고, 미치요 씨에게 허락을 받으러 갔다. 미치요 씨는 내 안색을 보고는 이내 그러라고 말해 주었다.

아주머니와 선 채로 얘기를 시작했다.

"전, 지금은 밖에 서 있는 저 사람과 재혼했지만, 전남편이 살해당할 뻔했어요. 그 여자에게."

나는 눈앞이 캄캄해졌다. 새로운 사람을 알게 되면 좋든 싫든 연결 고리가 생긴다는 것을 순간적으로 깨달았다.

"하지만 제 경우는, 미수로 끝났기 때문에 부부 관계가 깨지는 것으로 끝났어요. 그 여자는 줄곧 누군가를 끌어들여 죽으려고 했습니다. 동네에서는 유명한 여자였어요. 술집에서 일하면서, 같이 죽자고 손님을 꾀는 것이죠. 얼굴만 예쁜 게 아니라, 주로 곱게 자랐지만 마음이 약한 남자들을 이끄는 무언가를 갖고 있었어요. 그야 물론 질질 끌려가는 쪽도 나쁘지요. 하지만 그 여자는 정말 강렬했습니다. 헤어진 전남편은 그 여자와 한동안 같이 살았는데, 오래전에 병으로 죽었어요. 생명력을 그 여자가 다 빨아들인 것이겠지요. 세상에는 그런 사람도 있어요."

"그랬군요……."

여기에도 똑같은 일을 당한 사람이 있구나. 나는 묘한 감회를 느꼈다.

걸러든 아빠가 잘못이지, 어리석었어 그런 냉정한 생각까지 했다. 한편 인간인 한 여자가 블랙홀 같은 존재가 되다니 대체 무슨 일일까, 하고도 생각했다. 섣불리 짐작할 수 없을 정도로 사는 세계가 다른 존재가 나와 핏줄을 넘어 확실하게 이어져 있다.

"그래서, 가능하면, 댁의 아버님 산소에 가 보고 싶었어요."

"아뇨, 그러실 것까지 없어요. 기일에 마음속으로 전해 드릴게요."

이런 사람이 있다는 것을 알면 엄마가 분노로 치를 떨 것 같아, 거절한 것이다.

"하지만 너무 안타까워서요. 죽은 사람이 있다는 생각을 하면, 제게도 책임이 있는 것만 같아서."

아주머니의 눈에 눈물이 한가득 고여 있었다.

"산소가 있는 장소만이라도 알려 주시면 안 될까요? 향을 피우고, 기도라도 올리고 싶습니다. 그것만으로도 족해요. 그렇게라도 하면 제 마음이 후련해질 거예요."

"아니, 그렇게까지……. 저 역시 아직은 혼란스러운 상태라서, 생각할 수 없는 일이 많아요. 정 그러시다면 산소가 어디 있는지 알려 드리는 것은, 상관없지만. 그래도……."

그리고, 나는 이어 말했다.

"부디 지금은 우리 가족을 그냥 내버려 두세요."

"그 심정, 잘 알아요. 조용히 성묘만 하고 돌아오겠어요. 그렇게만 해도 제 마음이 한결 가벼워질 거예요. 그리고 만약 공양이나 위령제 같은 것을 생각하고 있으시면, 그쪽에 사는 좋은 사람도 있으니까, 연락주세요."

아주머니는 똑바로 내 눈을 보았다. 눈물에 젖은, 고운 눈이었다. 그 눈에서 이상한 기운은 느낄 수 없었다. 그녀가 진심으로 말하고 있다는 것을 알 수 있었고, 이미 그 시련에서 벗어나 행복하다는 것도 어렴풋이 전해졌다.

"여행길에 잠시 들러도 괜찮아요. 만약 이바라키에 오실 때는 제가 뭐든 할 수 있도록 해 주세요. 전 가시마에 살고 있어요. 아버님이 돌아가신 것은, 전남편이 살아남은 탓이 크다고 생각합니다. 그때 전남편이 그 여자를 저세상으로 데리고 갔다면, 이런 일은 생기지 않았을 테니까요."

"그렇지 않아요. 우리 아버지가 허술했을 뿐입니다."

"아뇨, 그렇지 않아요. 전남편이 그 여자와 어중간한 관계였기 때문에 불똥이 그리로 튀고 만 거예요. 정말 부끄럽습니다. 전, 지금도 너무 죄송하고, 신문에서 기사를 본 후로 줄곧 마음에 걸려서, 그나마 산소에라도 다녀오는 것이 제가 할 수 있는 일이다 싶어서, 이렇게 찾아온 거예요."

나는 그녀에게 아빠가 묻혀 있는, 도쿄 외곽의 공원묘지를 알려 주었다. 아주머니는 까무잡잡한 아저씨와 나란히 역 쪽으로 사라졌다.

아빠, 사람이 좋아서 누가 고민거리라도 털어놓으면 이
내 배를 앓았던 아빠, 늘 어느 한곳에 악역을 도맡는다는
말이 지나치게 어울리는 분위기를 띠고 있었던 아빠. 역시
그랬네, 하고 나는 서러워졌다.

많은 것들을 생각할 수 있는 만큼 최대한 생각했는데
도, 아빠를 생각하면 또다시 아쉽고 안타까워진다. 어떤
수를 써도 돌아올 리 없는데, 왜 이렇게 뭐라도 해 주고 싶
은 것일까.

마치 짝사랑에 빠진 사람처럼, 뭐라도 좋으니까 해 주고
싶고, 알아주지 않아도 좋으니까 힘이 되고 싶다. 그렇게
생각한다.

야마자키 아저씨에게 전화를 걸고 싶었다. 참을 수 없
어, 걸고 말았다.

휴대전화를 꼭 쥐고서, 역의 남쪽 출구 앞 스타 벅스
에서.

이런 때 왜 신야 씨에게 걸지 않는 것일까, 하고 생각했
다. 하지만 신야 씨는 이바라키든 어디든 기꺼이 같이 가
줄 것 같아서, 공양에도 함께할 것 같아서, 왠지 겁이 났
다. 거기까지 관계를 단숨에 진전시키기가.

"네, 여보세요."

여느 때와 목소리 톤이 똑같은 야마자키 아저씨가 전화를 받자, 내 마음의 동요가 쓱 잦아들었다. 그리고 갑자기 전화한 것이 부끄러워졌다. 굉장한 효과다.

"요시에예요. 지금 통화, 괜찮으세요?"

"괜찮은데. 왜 무슨 일 있나?"

"네. 큰일은 아니지만, 누군가에게 말하고 싶은데 엄마에게는 할 수 없어서 걸었어요. 아까 가게에 이바라키에서 왔다는 손님이 찾아왔어요. 그분의 전남편도 그 여자와 동반 자살을 시도했는데, 미수로 끝났다고 해요. 그 후에 전남편은 병으로 돌아가셨대요. 그런데 공양이다 성묘다 하는 바람에, 저, 가슴이 너무 떨려서, 아무튼 공원묘지가 있는 곳을 가르쳐 주었는데, 알려 주지 말았어야 했다는데 생각도 들어서요. 왠지 정신이 멍해서 가르쳐 주고 말았어요. 내가 뭘 하고 있는지, 뭐가 옳은 건지 전혀 알 수가 없어서."

나는 주절주절 말했다. 말하고 나서, 왜 이런 짓을 하고 있는 걸까 생각했다.

바보 같다, 이거야 마치 어린애인 척하면서, 고민거리가 있는 척하면서 유혹하는 것 같다. 하지만 달리 말할 사람이 없었다. 내가 받아들일 수 있는 것은 오직 야마자키 아저씨의 목소리뿐이었다. 그런 짓을 하다니 어리석다고 생각하면서도 하게 되는 일이 있다. 이 사람이 살아 있을 당시의 아빠에게 얼마나 큰 의지가 되었는지, 잘 알 수 있었다.

이 사람의 얼굴을 보고 싶다. 이 사람의 목소리를 듣고 싶다. 그러면 안심이 된다. 이 사람은 절대 상대에게 무리한 말을 하지 않는다, 그리고 이 사람 자신도 무리한 일은 하지 않는다, 자신의 시간표와 자신의 생각을 갖고 있고, 그에 어긋나는 일은 언급하지 않는다. 그렇게 믿어지는 사람이다.

"공양이라니, 그 사람이 왜 공양을? 어느 모로 보나 무관하잖아."

야마자키 아저씨가 슬쩍 웃으며 말했다.

"죄책감 때문이래요."

"그렇군. 그 사람 심정도 이해는 가."

내 마음은 점차 가라앉아, 그 아주머니에게 아빠 산소를 가르쳐 준 일 하나로 왜 그렇게 기분이 이상해졌는지조차 까맣게 잊고 말았다.

"만약 뭐라도 하러 가게 되면 나도 같이 갈까? 그 아주머니, 혹시라도 무슨 종교에 관련된 사람이라면 꺼림칙하잖아. 엄마도 갈 거지? 인적 드문 숲속이니까 남자가 있는 편이 좋을지도 모르고. 차를 가져갈 수도 있고."

나는 기뻤다. 아빠와 관련해, 동지가 있다. 신야 씨도 그런 한 사람이다. 아빠의 죽음으로 확대된 인간관계가 있다. 새로 생겨난 것도 있는데, 가만히 앉아서 질 수야 없지, 하고 생각했다.

"조금 더 생각해 볼게요. 또 전화해도 괜찮아요? 가능하면 엄마에게는 여러 말 하고 싶지 않아요. 겨우 기운을 차려, 아르바이드도 시작했는데. 그리고 사실 아빠와 개인적으로 친분이 두터웠던 사람도 그리 많지 않고요."

신야 씨는 결정이 빠르고 너무 행동파여서 의논할 수 없다는 것을, 얘기하는 사이에 나 나름 알게 되었다. 무슨 일이든 결과와 관련짓는 성급한 사람과 의논하면 얘기가 연쇄적으로 급하게 진행되어, 스스로 납득하기도 전에 일이 이상하게 뒤틀릴지도 몰라 겁이 났다.

"그 친구, 어두운 성격인 데다 꼼꼼하고 걱정도 많은 스타일이라서, 친구가 많지 않았지!"

야마자키 아저씨가 웃었다. 나도 웃었다. 아빠가 살아 있을 때처럼 천진하게.

딱히 이렇다 할 대화는 아니었지만, 말만 오간 것은 아니었다. 내가 말하고 싶었던 것이 분명하게 전해졌다는 안도감. 저쪽이 아무런 부담도 느끼지 않는다는 편안함. 생각지 않은 것은 절대 말하지 않는 사람이라는 신뢰감. 그런 것들이 오갔다. 아빠가 살아 있던 시절의 가장 즐거웠

던 추억을 공유하면서, 서로가 그것을 조금도 해치고 싶어
하지 않기 때문이리라.

"이왕 가는 거, 다 같이 축제 같은 기분으로 가는 게 어
때? 나도 가고 싶군. 이모와 관련된 일을 하면 마음이 차
분해지는 기분도 들고. 다른 멤버나 동료를 만날 때마다,
몇 주기가 되든 추모 공연을 하자는 얘기가 나오고 있어.
물론 엄마 마음이 홀가분해져서 공연에 올 수 있는 시기
여야겠지. 아무도 울지 않을 때쯤, 이모가 만든 곡을 다
함께 연주하는 거야. 그럼, 틀림없이 하늘나라에도 들릴
걸. 그렇지, 만약 이바라키에 갈 거면 돌아오는 길에 오아
라이 수족관에도 들리자고. 나도 이모처럼 수족관을 무
척 좋아하거든. 투어를 하다가 틈이 생기면 둘이 같이 가
곤 했지. 오사카에서도 갔고, 오키나와에서도."

야마자키 아저씨가 말했다.

"온천도 있으니까, 이바라키에 다녀오자고."

그가 내 기운을 북돋으려 애써 신나게 말한다는 것은
알고 있었다. 그래도 마음에서 우러난 천진함도 느껴지는
솔직한 말투였기 때문에 내 기분까지 조금 환해졌다. 언젠
가 셋이 그 숲 속에 가서, 두 손 모아 기도한 후에 놀러 가
면 얼마나 후련하고 재미있을까 하는 생각까지 들었다.

"엄마에게도 같이 가자고 해 볼게요."

겨울에 들어서면, 쓰유자키 빌딩의 불빛은 다른 계절보다 한결 따스해진다.

금방이라도 무너질 듯 낡은 건물 구석구석까지 불빛이 스며들고, 겨울 공기에도 배어드는 듯한 느낌이 든다. 나는 '레 리앙'이 있는 건물을 무척 좋아했다. 사람 사는 곳에 가게가 동거하고 있는 그 삼각이 길목을 부드럽게 감싸고 있었다. 낡은 유리창도, 삐걱거리는 소리가 요란한 계단도, 언제 어디선가 경험해서 누구나 아는 정겨운 것이었다.

살고 있는 부부의 모습과 벚나무와 알록달록한 간판까지, 이미 하나의 인상이 되어 그 언저리의 분위기를 지배했다.

구름이 무겁게 낀 날 쓰유자키 빌딩의 불빛을 보면 가슴에 따끈한 것이 퍼지는 것 같았다. 나는 그 오래된 건물 속에서 일한다는 것을 사계절 내내 자랑스럽게 여겼다.

그날 아침 출근을 하니, 미치요 씨 표정이 침울해 보였다. 카운터에 앉아 눈을 내리깔고 영수증 정리를 하고 있는 그녀가 평소와는 아주 다른 분위기를 풍기고 있었다.

"무슨 일 있었어요? 기운이 없어 보이는데."

나는 그렇게 물어보았다.

"이 건물이 철거된대. 해가 바뀌기 전에 가게 문을 닫는 수밖에 없겠어."

미치요 씨가 시큰둥하게 말했다.

"네?"

너무 놀라서, 그다음 생각한 것이 입에서 고스란히 튀어나오고 말았다.

"이 가게는 어떻게 되는데요? 그리고 나는요?"

오늘 같은 날이 내일도 그리고 모레도 줄곧 계속되리라고 생각한 자신을 또 깨닫는다. 하지만 그렇지 않다, 이런 일이 생기지 않으면 늘 모를 뿐.

"아직 생각해 보지 않았어. 그 소식, 오늘 들었는걸, 뭐. 건물이 너무 노후해서 보존할 수 없다는 말은 전에 들었지만, 결국 올 것이 왔구나 싶네."

미치요 씨가 나직하게 말했다.

"나, 이 건물은 중요 문화재 같은 것이라고 생각했어요. 오래오래 보존될 것이라고."

나는 사태의 심각성을 아직 이해하지 못해, 생뚱맞은 소리를 중얼거리고 말았다. 그럼에도 이미 그 상황에 적응하기 시작한 자신에게 놀란다. 들은 바로 그 순간, 적응한 부분이 생겨난다. 그리고 점점 자라난다. 어떤 일에든 그렇다.

"나도 그렇게 생각하고 있었는데, 어쩔 수가 없나 봐. 쓰유자키 빌딩 쪽이 아니라, 땅 주인에게 여러 가지 사정이 있는 모양이야. 이미 정해진 일이래."

"그렇군요……."

나는 그저 고개만 끄덕거렸다. 미치요 씨가 나를 똑바로 쳐다보며 말했다.

"그래도 난 여기가 좋고 손님들도 좋아하니까, 시모키타자와에서 다시 가게를 꾸리고 싶어. 그러니까 한동안 쉬면서 프랑스에나 다녀올까 해. 돌아오면 반년 정도 지나 이 근처에다 가게를 낼까 하는데. 철거를 전제로 빌린 여기만큼 집세가 쌀 리 없으니까, 가게 규모는 좀 작아지겠지만. 모아 놓은 돈도 있고, 괜찮아. ……그래서 말인데, 요시에 씨."

"네."

긴장하면서 나는 가만히 기다렸다.

"만약 요시에 씨만 좋다면, 다음에도 나와 줬으면 해. 지금보다 월급은 줄어들지도 몰라. 하지만 최대한 열심히 할게. 그리고 쉬는 동안에도 지금까지 일해 준 보답으로 두 달치 월급은 지불할게."

"정말요? 아, 월급 얘기는 아니고요. 물론 다음 가게에도 나갈게요. 미치요 씨의 맛과 시모키타자와를 좋아하니까. 괜히 방해만 되지 않는다면, 건물 보러 다닐 때도 같이 갈게요."

"고마워. 우선은 여기 문 닫을 때까지, 아무 생각 말고

전력을 다하자."

미치요 씨는 생긋 웃으며 말했다.

"미치요 씨, 그 여행, 애인이나 친구랑 같이 나가요?"

"아니, 혼자 가는데. 지금 나, 애인 없어. 그럴 때가 아닌 걸. 아무튼, 여행의 처음과 끝에는 파리에 있는 여자 친구 집에 들를 거지만. 한 달이나 두 달쯤 가 있으려나."

"나도 데리고 가면 안 되나요? 지금 가진 돈으로 두 달은 버거울 테니까 중요한 곳만 둘러봐도 괜찮아요. 앞으로 미치요 씨가 또 어떤 새로운 맛을 선보일지 알고 싶어요. 프랑스어는 할 줄 모르니까 거치적거리기만 하겠지만, 생각해 봐 주세요."

나는 앞뒤 생각지 않고 그렇게 말했다. 그 순간, 아빠를 잊었다. 힘이 넘실거렸다.

"그러지 뭐. 난 좋아. 여행 전반에는 파리에 있는 지인의 집에서 머물고, 후반에는 북프랑스와 남프랑스를 배낭여행하는 감각으로 돌아보려고 해. 브르타뉴에도 가 보고 싶고, 프로방스에도 관심이 있어. 아무튼 프랑스 구석구석 갈 수 있는 데까지. 그러니까 그 언저리만 같이 다닐까. 파리에 관해서는, 예산을 미리 말해 주면 적당한 호텔을 찾아 달라고 부탁해 둘게. 둘이 같이 머물기에는 친구 집이 너무 좁거든."

미치요 씨가 웃었다.

"맛있는 거 값싸게 신나게 먹고, 다음 가게에서 선보일 메뉴도 같이 생각해 보자."

"네, 잘 부탁드려요."

이건 후퇴가 아니라 전진이라고 생각하고 싶었다. 그렇지 않으면 허탈해질 것 같았다.

"이 건물을 너무 좋아해서 아쉬움이 컸어. 요시에 씨도 그만둘 거라고 생각했고. 조금은 즐거워지네, 든든하기도 하고. 고마워."

미치요 씨는 말했다.

"이 카운터도, 조그만 창문도 엄청 좋아했는데. 낡은 화장실도. 앞으로 한동안이지만, 소중하게 여기자, 우리. 이 건물이 흡족하게 이 세상을 떠날 수 있도록. 나도 물론 슬프지만, 이 건물과 함께할 수 있었던 것을 영광스럽게 생각해. 이 건물의 오랜 역사에서 그 마지막 시간을 내게 할애해 준 것 같아서."

그녀는 당연한 일을 당연하게 말했을 뿐인데, 아주 신선하게 느껴졌다.

요즘은 이런 말을 이렇게 진지하게 하는 사람을 보지 못했다. 장소에 대한 각오를 지니고 있는 사람들의 애정에 찬 평범한 말. 이 세상에서 점점 줄어드는 그런 말을, 간혹

접하면 무척 안심이 된다.

"저도 힘껏 도울게요."

이 사람이라면, 그 뜻을 따라도 내 인생에 후회는 없을 것이라고 생각했다.

그렇게 생각할 수 있다니 얼마나 행복한 일인지. 만약 내가 접시 닦는 게 괴롭고 일찍 일어나기도 싫고 서서 일하다 보면 지치고 음식 재료를 준비하는 것도 힘들다고만 생각했다면 이런 마음가짐에 이르지 못했으리라. 독립할 생각에만 급급한 나머지 엉터리 가게를 차렸으리라. 내 마음에 나름의 근육 같은 것이 붙었기 때문에 비로소 미치요 씨의 훌륭함을 이해할 수 있었던 것이리라.

이 동네로 옮겨 온 후로 나는 점점 솔직해지고 현실에도 차츰 발붙여 가고 있다. 그렇게 생각된다. 처음에는 구경 온 기분이었지만, 지금은 자신의 발자국이 하나둘 대지에 새겨지는 것을, 그 축적을 느낀다.

날마다 걸으면서 내 발자국이 이 땅에 거푸 남고, 내 안에서도 동네가 생겨난다. 양쪽이 똑같이 성장해서, 내가 죽은 후에도 기척은 남는다. 그런 사랑의 양식을 처음 배웠다.

태어난 동네에서는 도저히 배울 수 없는 것이었다.

그 동네에서는 아직 내 발로 걷지 않았으니까. 지금 돌아가도 애틋함과 푸근함을 물론 느낄 것이다. 하지만 그 감정 뒤에는 언제나 무거움과 암울함이 따라온다.

언젠가 아빠 일이 정리되고 나면, 그 동네를 진정한 고향이라 부를 수 있으리라. 그리고 언젠가 그날이 꼭 오리라고 생각한다.

이곳에서는 엄마도 나도 거짓말하지 않는다. 우리답게 숨 쉬며 산다.

아, 아빠와 셋이 이곳에서 인생을 다시 시작할 수 있다면, 하고 생각했다.

결코 이루어지지 않을 꿈이었다.

나는 눈물이 흐를 것 같아 창밖을 보았다. 사람들이 평화롭게 지나가는 자자와 거리.

땀과 요통과 튼 손을 견디면서 꾸준히 하루하루를 살아 신뢰를 얻고, 한동안의 진로를 결정한 나, 그리고 우아한 전업주부 행세를 하지 않는 소박하고 명랑한 엄마, 그런 우리와 아빠가 이곳에서 살았다면 보다 마음 편하고 새로운 무언가가 생겨났을지도 모르는데.

살아 있으면, 왜 몸이 먼저 제멋대로 재기하는 것일까.

아니지, 그렇기에 멋진 것이다. 몸이 거들어 주니까.

오늘도 엄마는 전통찻집의 예스러운 공간에서 일하고 있다. 지금까지는 없었던 방식으로 몸을 움직이며 일하고,

배를 곯기도 하고, 지치기도 한다. 몸의 신진대사와 함께 한 걸음씩이나마, 결국은 앞으로 나아간다. 아빠를 내버려 둔 채.

지금 생활 속에는 잔인할 정도로 아빠가 없다. 앞으로 반년만 지나면 나는 가 본 적 없는 나라에서 무수한 자극을 받으며 새로운 맛을 찾아 또 앞으로 나아가리라.

물론 변하지 않는 것도 있다. 추억 속에 있는 그리운 맛과 냄새와 다양한 장소.

하지만 몸의 감각으로 느낄 수 있는 것은 아니다. 그렇게 생각한다. 아빠의 등 냄새를 맡는 일은 두 번 다시 없다. 떠올릴 수만 있을 뿐이다.

살아 있음이란 이 얼마나 처절하고 가혹한 것인가.

나는 그 사실을 처음 깨닫고 경악했다.

한 번 잃으면 영원히 돌아오지 않는다.

그 대신, 나는 지금까지 몰랐던 비 내리는 자자와 거리의 냄새를 알고 있다.

화창한 날 역 앞 쇼핑가를 웅성웅성 조잘거리며 걸어가는 젊은이들 사이를 헤치고, 역을 향해 걸어가는 독특한 분위기와 기분도 알고 있다.

신야 씨도 반년 전에는 몰랐다. 그쪽은 나를 다소나마 알고 있었는지 몰라도, 내게는 미지의 사람이었다.

아빠를 잊으려고, 미래만 생각하려고 오직 앞만 보며 살아왔는데, 그런 노력과는 상관없이 영악하게도 몸은 벌써 지금 속에 녹아 있다. 질질 끌려가다 그만 저쪽으로 가버린 아빠를 책망할 수 없을 정도다. 무언가는 절로 잊혀 시고, 무언가는 남는다. 그렇게 남은 무언가가 몸속에 웅 크리고 있다. 같은 속도로 진행되지 않으니까, 어쩔 수 없이 격차가 생기고 앙금이 남는다.

어떻게 흘려 버리면 좋을까 고민했다.

그 아주머니를 다시 만나 무언가를 공유하고 싶지는 않았다. 그렇게 하는 것이 정식일지 몰라도, 그 휑한 숲 속에 앉아 기도하는 나와 엄마의 모습이 도무지 상상되지 않았다. 야마자키 아저씨와 엄마와 셋이서 오아라이 수족관에 가는 장면 쪽이 지금의 내게는 오히려 리얼하다. 진혼의 의미라면, 지금의 생활 자체가 진혼이다. 더 이상의 간절한 기도는 없다.

그때를 경계로 우리는 목숨과 시간을 허투루 여기지 않게 되었다. 알려고 하거나 다 아는 척 이런저런 생각을 하기보다, 하루히루를 나름대로 꾸역꾸역 빚어 나가기로 정했으니까.

그런 생각을 하던 어느 날 오후, 신야 씨와 신주쿠에서 만나기로 했다.

'콘란 숍'*에 가서 같이 쇼핑을 하는 데이트다운 데이트였다. 요즘은 이런 데이트를 해 본 적이 없어 거부감이 들었다. 원피스를 입고 서 있는 내 모습이 무대 장치 속 사람처럼 튀어 보였다.

빌딩 1층에 서서, 반짝반짝 빛나는 플로어 위 수많은 사람들에 섞여 얇은 코트 자락을 펄럭이며 걸어오는 신야 씨를 보면서 생각했다.

나는 신야 씨의 얼굴이 정말 좋다. 어디를 어떻게 보아도 싫은 구석이 없다. 대범하면서도 침착한 성격이 고스란히 묻어나는 눈가와 입매에 넋을 뺀다. 내 나이만큼의 마음이 그에게 기울어 있다. 시기만 좋았다면, 푹 빠져 얼마나 괴로워했을까, 하는 생각이 절실하다.

그를 보는 내 눈은, 부인이 있는데도 아주 좋아하는 스타일의 젊은 여자를 보는 남자의 눈처럼 애처롭다. 지금의 내게는 어울리지 않는다, 하지만 때와 장소가 맞았다면 얼마나 불타올랐을까. 여유가 있다고도 할 수 있고, 그래서 더욱 순조로운 것인지도 모르지만, 다만 조금은 분한 그런 기분이었다. 중년이 되어 첫사랑을 다시 만나 사귀게 되

---

* 신주쿠에 위치한 홈 인테리어 가게.

면, 이렇지 않을까 하고 상상해 보기도 했다. 마음은 변하지 않는다, 하지만 이왕 사귀는 거, 보다 젊은 몸으로 앞뒤 가리지 않고 과감하게 만나고 싶었는데. 그 비슷한 느낌.

그렇게 복잡한 내 속마음을 모르는 채, 신야 씨는 나를 보자 웃는 얼굴로 걸음을 재촉했다.

"얼마 전 정전 때 비틀거리다 커피를 쏟아 얼룩이 졌거든. 그 김에 이번에야말로 좀 그럴듯한 것을 사자고 벼르고 있었어. 아버지 집에서 가져온 그저 그런 합피 소파여서."

신야 씨가 말했다.

"집 얘기는 처음 듣는 것 같은데, 어디예요? 신주쿠 근처?"

"음, 닛포리라는 곳. 아버지 어머니는 내가 대학생 때 이혼했어. 지금 어머니는 외가가 있는 고베에 살아. 우리 아버지는 다른 여자와 재혼해서 그 집에 살고 있고."

"그렇군요. 우리 부모님도 내가 어렸을 때는 야나카라는 곳에 살았대요. 닛포리에서 가깝죠?"

"이거 굉장한 우연인데. 그때 일 기억해?"

신야 씨가 눈을 번뜩이며 물었다.

"이뇨. 갓난아기 때였으니까."

기억하지 못하는 것을 미안해하면서 대답했다.

"그 동네, 아주 고즈넉한 곳이야. 그래서 아수 좋아하지. 절도 많고, 언덕길도 많고. 다음에 산책하러 한번 가자고."

신야 씨가 말했다. 내가 아주 좋아하는 우리 동네란 식으로 들렸다.

"우리가 살던 아파트가 아직 있으려나. 엄마에게 물어볼게요."

그렇게 답했다.

그가 아무 난관 없이 부모님의 일을 물려받았나 보다 생각했는데, 역시 편하기만 한 인생은 잘 없구나, 하고서 숙연해졌다. 상황은 비참하지만 부모가 이혼한 것도 가족이 뿔뿔이 흩어진 것도 아니니까, 어느 면에서는 우리 쪽이 화목한 가족인 셈인지도 모르겠다.

신야 씨의 공간을 위해서, 함께 두툼하고 파란 패브릭의 예쁜 소파를 골랐다. 색은 짙은 게 좋겠지, 얼룩이 져도 눈에 잘 띄지 않을 테니까. 그런 대화를 부부처럼 도란도란 나누면서.

"예상보다 훨씬 싸게 먹혔으니까, 오늘 밤은 내가 살게."

"괜찮아요. 같이 고르기만 했지, 내가 뭘 했다고."

"아냐, 언제나 맛있는 것을 얻어먹고 있으니까."

"그건 다 미치요 씨가 만드는 건데요, 뭐."

나는 웃었다.

"우리 집 근처에 엄청 맛있는 한국 음식점이 있는데. 안 가 볼래?"

먹는 것을 좋아하는 신야 씨가 벙실거리며 말했다.

"좋아요. 오늘은 엄마도 늦게까지 아르바이트하는 날이니까."

"어머니가 아르바이트를 하시나? 어디에서?"

신야 씨가 놀란 표정으로 물었다.

"꽃집 앞에 있는 전통찻집. 녹차도 끓이고, 거북이도 돌봐 주고 그래요."

하하하. 신야 씨가 웃었다.

"다음에 시침 뚝 떼고 한번 가 봐야겠다. 와, 그 동네에 가면 이모토 씨 모녀를 언제든 만날 수 있겠는데."

"그거야 알 수 없죠. 하룻밤 사이에 도망쳐 버릴지 어떻게 알아요. 가재도구도 별로 없으니까 집도 순식간에 비울 수 있어요."

나는 웃었다. 그리고 말했다.

"그런데, 지금도 이상해요. 살 게 있어서 '세븐 일레븐'에 가려고 지갑만 들고 밖에 나가잖아요? 그리고 자자와 거리를 걷다 보면 왠지 묘한 느낌이 들어요. 여행길에 관광지에서 잠시 뭘 사려고 나온 것처럼 불안한 느낌도 들고 자유로운 느낌도 들고. 나 말이죠, 아주 어렸을 때, 그때는 이미 메구로에 살고 있었는데, 아빠랑 둘이 버스 띠고 시모키타자와 쇼핑가에 온 적이 있었어요. 길에 사람들이 너무 많이 북적거려서 "아빠 축제 날이야?" 하고 물었더니 아빠가 "아니, 여기는 일요일에는 늘 이래."라고 했어요. 그러고는 손을 잡고 걸었어요. 쇼핑가의 깃발은 바람에 휘날리고, 여기저기서 들려오는 사람들 목소리는 음악처럼 흐르고, 같이 차를 마시는 동안에도 외국에서 무슨 축제 구경을 하는 기분이었죠. 아빠는 레코드를 몇 장 사고, 내게는 조그만 지갑을 사 줬어요. 흔히 있는 하루의, 이렇다 할 것 없는 추억이지만, 화창한 날씨와 축제 기분이 고루 섞여서 아빠 기분도 좋았고, 나도 그 지갑을 오래오래 썼기 때문에, 소중한 추억이 되었어요. 그런데 지금도 가끔 하늘을 올려다보다 그때랑 똑같은 기분이 들 때가 있어요. 여행을 하고 있는 것처럼. 아마 늘 사람이 바뀌기 때문이겠죠. 하지만 지금은 이 거리에 실제로 살고 있으니까, 그렇게 들뜨고 신나는 기분으로 걷다가도 누구든 아는 사람을 우연히 만나게 되잖아요. 가볍게 인사를 하고, 잠시 서서 얘기를 나눌 뿐인데도, 정말 마음이 놓여요. 그리고 무엇보다, 내 몸의 시간 속에 그날 마주 잡았던 아빠 손의 감촉이 각인되어 있고, 또 똑같이 거리에도 새겨져 있는 있다는 느낌이 들어요. 그 추억, 이 거리가 지켜봐 주는 덕분에 사라지지 않는 거겠죠."

"그렇군."

176

신야 씨가 말했다.

"그럼, 일단 떠났다가 돌아와도 마찬가지겠군. 한 번 새겨진 것은 사라지지 않으니까."

"네, 내가 기억을 잃어도 아마 사라지지 않겠죠. 아빠가 죽어도 역시. 사람에게 어떤 추억이 있는 한, 장소에는 그런 힘이 있는 거 아닐까요. 추억을 지닌 사람은 죽어도, 분위기가 CD에 파여 있는 자잘한 홈처럼 새겨져 있지 않을까요."

내게 메구로 집은 나 나름대로 힘겨운 사춘기를 보냈던 장소이기도 했다.

내가 엄마를 좋아한다고 너무도 천진하게 믿는 엄마가 성가셔서 견딜 수가 없고 만지는 것도 싫었지만 참고 지냈던 시기, 매일 일정한 시간에 정확하게 돌아오는 아빠가 있는 집을 남의 떡에 군침을 삼키듯 부러워 어쩔 줄 몰라 했던 시기. 그런 것들이 농후하게 꽉 들어차 있었다. 내 나이와 마주하기가 힘겨워 별문제 없이도 우울하게 지낸 시간이 많은 장소였다는 것도, 내 고향이라 진심으로 생각지 못하는 이유 중의 하나인지도 모르겠다.

언젠가 신야 씨를 말조차 나누기 싫을 만큼 증오하다가 끝내 헤어지게 된다면, 시모키타자와 거리 역시 색채를 잃을 것이다. 미치요 씨가 만약 아오야마에 새 가게를 차린다면, 나는 그쪽으로 이사할 것이다. 모든 것은 흐르고 변한다.

도시에 살다 보면 점차 인식이 흐려지는 것 중에는 개인이 가진 힘의 크기도 있다.

커다란 빌딩 안에 있는 대형 서점에도 간판 점원은 있을 테고, 그 점원이 다른 지점으로 이동하면 모두들 허전해할 것이다. 하지만 엄마가 언젠가 말했던 것처럼, 금방 새 사람이 와서 그 자리를 메우고 서점은 평소대로 운영된다. 도시 사람들은 일이 그렇게 돌아가야 안심한다. 내가 없어져도 세상은 변하지 않고 회사도 망하지 않고 거리도 그대로 움직인다고.

하지만 그런 것들만으로는 어딘가 미진하게 느끼는 것도 인간이라는 존재다.

나는 요즘에야, 특히 아빠가 죽고 아빠네 밴드가 해체된 후에야, 개인의 힘에 관해 생각하게 되었다. 아무도 대신할 수 없고, 그 사람이 없어지면 끝나는 것에 대해서. 상당히 오래가기는 해도 언젠가는 반드시 끝나는 것에 대해서. 그래서 지금 음미하고 경험하고 싶다고 절감하게 되는 것에 대해서.

그냥 들어서는 '지금은 두 번 다시 오지 않는다.'라는 말이 전혀 와 닿지 않는데, 거리에서 누가 사라지면 되돌릴 수 없는 어제까지의 나날을 소중히 하고 싶어진다. 인간은 그 정도 규모로밖에 실감할 수 없도록 생긴 존재라고 생각한다. 지구가 없어진다고 하면, 글쎄 그때가 되어 봐야 알지 하는 정도인데, 시모키타자와가 없어진다고 하면 더러 겁이 난다. 사람이란 그렇다.

언제나 손님들로 복작거리는 그 조그만 태국 음식점에서 미유키 씨가 없어지면, 창가에서 열심히 프라이팬을 흔드는 그 가녀린 팔이 없어지면, 그 맛은 영영 재현되지 않는다. 가게 앞의 풀과 나무도 메말라 버릴 것이다. 남편인 텟짱이 어느 날 갑자기 사고를 당해 속절없이 죽는다면, 그 맛 역시 맥이 빠져 심심해질 것이다. 여름날의 해질녘, 그 컬러풀한 가게 앞에서 구수한 냄새가 풍기고 음식을 만드는 소리가 울려 나오면 가 본 적도 없는 태국이 왠지 그리워지고, 저녁 어둠 속에 그 가게의 노란 불빛이 번지면 어딘가로 돌아가고 싶어진다. 가게에 들어섰을 때, 훈훈하게 웃는 두 얼굴이 맞아 주면 비로소 저녁나절의 애잔함이 같은 분량의 행복으로 연금술처럼 변한다. 그렇게 굉장한 마법은 오직 두 사람이 사이좋게 이 세상에 있기에 가능한 것이다.

그 헌책방에서 핫짱이 사라지면, 다들 책방 앞을 지나다 그가 잘 있는지 궁금해서 들여다보는 일도 없어지리라.

물건이 어수선하게 쌓여 있던 널마루와 늘 이상야릇한 그림이 걸려 있던 갤러리가 가게 주인의 집 같아, 허전한 마음으로 훌쩍 들려 보고 싶어지리라.

에리코 씨가 정성을 다해 보살피지 않았다면 그 찻집 거북은 금방 죽어 버렸을 테고, 찻주전자도 찻잔도 제 색을 잃고 생명이 꺼진 것처럼 되었으리라.

'레 리앙'도 그렇다. 미치요 씨가 만약 해이해져서 음식을 대충대충 만들게 된다면, 재주 많은 손이 음식을 먹음직스럽게 접시에 담는 일도 없어질 테니까 금세 그 유명한 샐러드도 물기만 치적거릴 것이고, 가게 역시 촌스럽고 너저분하고 퇴색한 분위기가 되고 말리라.

만약 엄마가 즐겨 다니는 단골 바의 지즈루 씨가 가게를 그만두면, 갈 곳 잃은 중년들의 우울한 한숨 소리가 거리를 어둡게 하리라.

그렇게 모든 것이 사람들 각각의 개성으로 성립되어 있다니. 알고 싶지 않았다, 그렇게 두려운 일은.

그것은 자신의 책임이 얼마나 큰지를 안다는 뜻이기도 했다. 오래 일하다 보면 언젠가는 반드시 내 웃는 얼굴을 보기 위해 많은 손님들이 찾아오게 된다. 그들은 가족도 아닌 나를 가족처럼 대해 준다. 미치요 씨의 맛과 나의 서비스를 세트로 누리기 위해 찾아오게 된다.

그 장대함에 현기증이 일었다. 모두들 그렇게 굉장한 일을 용케 모르는 척하고 있다고 생각한다.

저녁밥을 먹기 전에 CD를 빌리려고 잠깐 신야 씨 집에 들르기로 했다.

그러니까, 관계를 발전시켜도 좋다는 신호를 보낸 셈이다.

우리는 이제 꽤 긴 시간을 같이 지내기 때문에, 자주 팔짱을 끼기도 하고 손도 마주 잡는다. 서로의 분위기에 친근하게 정이 들었다. 내가 너무도 자연스럽게 그의 집 앞에 서 있어 놀라울 정도다.

신야 씨가 조금은 긴장하고 있을까, 생각했는데 자기 집이라 그런지 아무런 망설임 없이, 질문도 없이 문을 열어 주었다.

제일 먼저 나무로 된 귀여운 티볼리 오디오가 눈에 들어왔다. 더 큰 스피커나 오디오 세트가 있을 줄 알았다고 했더니 "방이 좁아서."라며 신야 씨는 웃었다.

침실이 따로 있는 원룸치고는 넓은 편이었지만, 상상 외로 살림살이는 단출했다. 나무 바닥은 깔끔하고, 먼지나 곰팡내는 조금도 나지 않았다. 부엌도 즐겨 사용하는 느낌이었다. 냄비가 새 것처럼 번쩍거리지 않아 밥을 손수 지어 먹는 모양이라고 생각했다. 딱 적당한 생활감이 있었다.

창가에는 노리나 화분이 있었는데 축 늘어진 가느다란 이파리의 그림자가 묘한 모양으로 바닥에 어려 있었다.

오랜만에 남자 집에 와 보네, 생각했다. 이 독특한 기분은 뭘까. 이곳은 내 집이 아니라 거리감 있는 사람의 집이다, 그런 서먹함을 느꼈다. 하지만 여기서 지금 내가 가장 필요한 존재라는 안도감도 있다. 이 감정에 익숙해지는 일은 영영 없으리라.

"차 마실래? 아니면 커피?"

신야 씨가 물었다.

"커피, 마실 수 있어요?"

되물었더니, 신야 씨가 '몰디브'의 커피 봉투를 꺼냈다. 그래서 한결 기분이 가벼워졌다. 커피 메이커를 다루는 손길이 노련했다.

"손놀림이 좋은데요. 우리 가게로 스카우트할까 봐."

"됐어. 일하는 사람이 하나 더 늘면 월급이 줄어들 수도 있고, 그리고 당신이 일을 그렇게 잘하는데 내 할 일이 있을까."

신야 씨는 웃으면서 말했다.

그 거리, 그 가게가 우리 사이에 스르륵 파고든다. 그래서 무엇보다 마음이 푸근해졌다. 나는 별생각 없이 그저 생활하고 있을 뿐인데, 이 사람과 분명히 같이 있었네. 날마다 뭔가가 딱 적당하게 자라고 있었어. 그런 감각이었다.

여자 친구 방에 있는 것처럼 편안한 마음으로 맛있는 커피를 천천히 마셨다.

그리고 신야 씨가 추천한다며 선반에서 CD를 여러 장 꺼내 빌려 주었다. 몇 가지는 나도 좋아할 수 있을 것 같았지만, 얼마 전에 신야 씨의 라이브 하우스에서 공연했다는 사람들, 신야 씨의 추천 목록 일순위인 밴드를 틀어 주었을 때는 솔직히 '별로인데.' 하고 생각했다. 음악 듣는 귀는 있는 내게 그 젊은이들의 연주는 너무 얄팍했다. 노래하는 스타일이나 가사도 어린애 같았다. 그런데 신야 씨가 그들은 잘 팔릴 거라며 좋아하는 것 같아, 뭐라 말 못 하고 그저 얌전히 듣는 척했다.

곰곰 생각해 보니 하고 싶은 말을 하면서 남자 친구를 사귄 적이 없었다. 굳이 말하지 않아도 되겠지 하고서 잠자코 있는데 오해가 제멋대로 끼어들어 저 좋은 대로 몰고 가 버리는 경우가 대부분이었다. 어쩌면 그런 것이 젊음인지도 모르겠지만.

선반 위에는 어렸을 적 신야 씨와 가족의 사진이 있었다. 배경은 꽃가마와 포장마차……. 흥거운 축제였다.

"어디 축제였는데?"

"스와 신사. 유명한 쌀 과자집 근처에 있는 길로 죽 올라

가다 보면 조금 높은 곳에 신사가 있는데, 축제 규모가 꽤 커. 축제 때는 어머니도 매일 갔고, 저녁때가 되어 아버지가 돌아오면 가족끼리 밤늦게까지 놀았어. 그 일대에서도 제법 인파가 모이는 축제일걸. 그 신사의 뒤편에서 내려다보는 동네 경치를 지금도 꿈에서 보곤 해. 그 유명한 네즈 신사 축제보다 더 좋아했는지도 모르지.”

“그 무렵에는 가족 셋이 사이가 좋았어요?”

‘우리 집처럼?’ 하고 생각했다. 사진 속 신야 씨는 아버지 품에 꼭 안겨 있어 애지중지 사랑받는 왕자님 같은 분위기였고, 그 바로 옆에 어머니가 서 있었다.

“우리, 둘 다 외동이네.”

“그렇군. 외동이라서, 우리가 부모 밑을 떠나자 가족도 각기 독립하듯이 흩어진 게 아닐까. 당신 경우는 독립이라 잘라 말할 수 없지만, 우리 집은 그런 식이었어. 아무 탈 없는 인생은 없지. 우리 집에 있었던 변화는 비교적 자연스러운 흐름이었다고 생각해.”

신야 씨가 말했다.

“내가 어렸을 때는 가족끼리 사이가 좋았어. 변두리라 밖에서 먹고 마셔도 부담이 없었기 때문에 외식도 많이 했지. 특별한 것은 아니고 돈가스나 중국 음식 정도였지만. 이 신사에서 언덕길을 내려가면 상점가가 있는데, 거기도 언제나 활기찼어. 반찬거리도 많았고. 저녁때가 되면 어머니와 손잡고 언덕길을 내려갔지. 계단 위에서 보면 북적북적한 상점가가 언제나 축제 같았어."

신야 씨가 말했다.

그의 추억과 어렸을 때 다녔던 상점가, 그런 얘기를 듣는 것은 나쁘지 않다. 하지만, 나쁘지 않다, 그런대로 분위기가 좋다는 정도의 기분만 들 뿐이다. 지금은 무거운 일을 늘리고 싶지 않다. 내가 당신 어머니를 만나는 일은 아마 없지 않을까. 왜 그런지 나는 절망적인 심정으로 그렇게 생각했다. 그리고 앞으로 우리는 같이 자겠지, 그래서 뭐, 뭐가 어떻게 되는데, 하고 생각했다.

우리는 아직 너무 젊고, 앞날에는 수많은 일이 기다리고 있다. 이렇게 고요하게만 살 수는 없다. 우리 가족을 덮친 그 많은 일들처럼, 우리의 이 잔잔하고 분위기만 좋을 뿐인 사랑은 폭풍을 만나면 단번에 휘날려 가고 만다. 그렇게 생각하고 말았다.

그러니까 됐어, 가족이니 추억이니, 앞날과 이어지는 그런 얘기는 그만두자. 그 정도로 눈앞이 캄캄해지고 말았다. 나는 보통은 그런 생각을 하지 않는데, 모든 것이 너무 멀고 너무 귀찮고 너무 건전했다.

그런데 그렇게 생각했더니, 조금 전까지 '별로인데.'라고 생각했던, 신야 씨가 좋아한다는 밴드의 음악이 갑자기 아름답게 들려왔다. 그 멜로디가 나를 포근하고 부드럽게 감쌌다. 그들이 노래하는 청춘의 애처로움과 출구 없는 사랑의 고통이 불현듯 내 가슴을 적셔, 깜짝 놀랐다. 정말이네, 재능 있는 사람들이야. 그래, 잘 팔릴지도 모르겠어. 신야 씨는 나와는 다른 각도에서 음악을 제대로 듣고 있네.

순간적으로 느꼈던 신야 씨에 대한 실망이 그 음악의 훌륭함에 사르르 녹아 버렸다.

보컬의 독특하고 더없이 부드러운 음색이 뒤틀린 생각에 침잠한 내 귀로 스며들었다.

그 침묵을 오해했는지, 신야 씨가 갑자기 나를 껴안았다.

우리의 첫 키스는 그런 어긋난 감정 속에 이루어졌지만 아, 신야 씨도 남자로구나, 하고 처음 생각했다. 서로의 몸이 반응하는 것을 알았기 때문이다. 이러니저러니 해도 우리는 지금 연애 중이고, 내 욕망이 살아 있다는 것도 알았다. 마음은 죽은 듯 보여도 몸은 펄펄하게 살아 이성을 원하고 있다는 것을.

키스를 한 후 신야 씨는 말없이 나를 꼭 껴안았다. 심장이 뛰는 소리가 들렸다. 여기 사람이 있네, 확실하게 있어, 그렇게 생각했다. 그다음, 순간적으로 시신이 떠올랐다. 아, 너무 늦었어, 완전히 죽었어, 그렇게 생각했던가.

안 되겠어, 아직 연애는 무리야. 그런 생각에 눈물이 흐를 듯한 바로 그 순간이었다.

"오늘은 여기까지만 하지. 당신, 아직은 연애가 무리일 거야."

신야 씨가 말했다.

"그런 말을 들으니까, 왠지 분한 기분도 드네요."

나는 웃으면서 얼굴을 들었지만, 눈물이, 볼품없게 조금도 아름답지 않게 줄줄 흘러내렸다. 표정도 엄청 이상했으리라고 생각한다.

"그렇다고 기다릴 마음도 없지만, 나도 남자니까. 하지만 서두를 것도 없지. 거리나 가게는 도망가지 않고, 당신도 없어지지 않을 테니까 말이야."

자애로운 눈길로 신야 씨가 말했다.

"아주 담백한 스타일인가 봐요."

나는 말했다.

"아니, 짐승이야. 성욕이 지나치게 강하다는 소리를 자주 듣는데."

신야 씨가 웃었다. 성숙한 어른의 웃음이었다. 어쩌면 농담이 아닐지도 모르지, 하고 나는 생각했다.

"다음에는 와서 자고 가."

신야 씨가 또다시 나를 꼭 껴안고 말했다. 등에 손이 징그럽게 들러붙어 있는데, 싫지 않았다.

"응."

나는 대답했다.

"누구에게 강간당한 경험이 있는 것도 아니고, 난 괜찮아요."

"아니지, 당신과 당신 어머니는 그보다 더 가혹한 일을 당했잖아. 원한을 품어도 좋을 정도로."

신야 씨가 냉정하게 말했다. 그렇게 이해해 주어 고마웠다.

"충분히 원망하고 있어요. 이 평범한 인생에서, 사람이 이토록 역겨웠던 적 없으니까. 그 여자를 생각하면, 앞이 캄캄해져요."

"더, 더 많이 원망해도 괜찮아. 당신은 사람이 너무 좋아 탈이지."

그런가, 하고 생각했다.

물론 몸서리치도록 증오스러운 때도 있지만, 나는 그 여자도 여러 가지 사정이 있었을 것이라고 객관적으로 생각할 수 있는 단계에 와 있었다. 연인들의 일은 그 책임이 양쪽 모두에게 있다. 아빠만 피해자인 것은 아니다. 게다가 내 일이 아니니, 왜 그런 일을 감행하고 싶어 했는지, 그 심리도 알 수 없다. 한 번 미수에 그치고 보니 맛을 들인 것일까 하는 정도로밖에 이해할 수 없었고, 이해할 마음도 없었다. 젊은 나의 잔혹한 생명력이, 이해해 줄까 보냐고 분노에 치를 떨고 있었다.

신야 씨 집 근처에 있는 맛있는 한국 음식점에 자리 잡고 앉아, 편안한 분위기에서 근사한 찌개와 모둠 김치와 소 혀 소금 구이를 먹으면서 나는 물어 보았다.

둘이서 먹을 때, 나는 거의 안주만 깨작거리고 신야 씨는 쉼 없이 많이 먹는다. 신야 씨는 전채쯤으로 여기는 단계에서 나는 젓가락을 내려놓고 싶어진다. 만에 하나 같이 살게 된다면, 언젠가 이 사람이 뚱뚱보가 되는 꼴을 보게 되지는 않을까. 그런 생각도 해 보았지만, 겨우 키스만 나눈 정도로는 조금도 현실감이 없었다. 게다가 내가 그를 정말 사랑하는지 어떤지 곱씹어 볼 겨를 없이 자연스럽게 지금에 이르렀다.

“저, 신야 씨.”

“응? 이제 갈비 시킬까?”

메뉴판을 보면서 아무렇지 않게 그런 말을 하는 신야 씨가 재미있었다.

이런 성품은 자기 주장이 강하다기보다 구김실 없이 자란 덕이라고 여겨야 할 것이다.

"아까, 나더러 연애는 아직 무리일 것 같다고 말했는데, 그 말, 혹시 헤어지자는 뜻? 아니면 아직 사귀기 시작하지도 않았다는 뜻?"

"다른 여자가 그렇게 물었으면 좀 불쾌했을 텐데, 왜 당신이 물으니까 싫지 않은 거지?"

신야 씨가 되물었다.

"나야 모르죠."

"참 이상하단 말이야."

신야 씨가 진지한 표정으로 말했다.

"그런 마음으로 한 말 아니야. 다만, 지금은 아니다 싶어서. 아, 그런 게 아니라, 헤어지자는 게 아니라."

그렇게 말한 후 쑥스러워 붉힌 얼굴이 귀여웠다.

"무턱대고 자면, 당신이 나를 싫어하게 될지도 모르겠다는 느낌이 들었어, 아까 불쑥."

"그렇지는 않을걸요. 무슨 일이 있어서 헤어진다 해도, 신야 씨를 싫어할 것 같지는 않으니까. 지금은 그냥 어떤 일에든 감정이 동하지 않을 뿐."

"그럼, 다음에 와서 같이 자자. 내가 당신 집에 가서 잘 수는 없으니까."

신야 씨가 웃으면서 말했다.

그 부끄러운 말을 어쩌면 저리도 가볍게 술술 할 수 있을까. 아, 이 사람 일상 속에는 언제나 여자가 있었구나, 인기가 많았구나. 그래서 이런 일에 익숙한 거로구나. 그런 사람과 철부지인 내가 어쩌다 같이 있는 것일까. 그렇게 생각하면서 빤히 그를 쳐다보았다.

가게 안에는 가족끼리 온 손님이 많고, 가게를 꾸려 나가는 사람들도 가족이라 주방에서는 어머니와 며느리가, 홀에서는 아버지와 아들이 우렁찬 목소리로 화목하게 주문을 서로 확인했다. 밤길 속에서 그 가게 전체가 커다란 집처럼 따스했다.

그 분위기 속에서 나는 잠시 과거의 불행을 잊었다.

연인 비슷한 사람이 있고, 엄마와도 사이좋게 지내고, 하는 일도 한 단계 스텝 업할 것 같고. 지금 나는 어쩌면 꽤 행복한 상태로 나아가고 있는지도 모르겠네, 하고 멍하게 생각했다. 고기를 굽는 고소한 냄새와 사람들이 두런두런 나누는 대화의 울림과 일상의 시름을 잠시나마 잊는 시간대 특유의 해방감 속에서, 그런 감각이 절절하게 끓어올랐다.

"우리 양고기 먹자. 이 가게 양고기, 그렇고 그런 레스토랑보다 훨씬 맛있어."

신야 씨가 해맑게 말했다.

"그래요. 아마 잘 구울 수 있을 거야, 나. 날마다 미치요 씨 고기 굽는 솜씨 눈여겨 봐 왔으니까."

나는 웃었다.

아주 맛있는 양고기를 주문하고, 나오기를 기다리고, 같이 열심히 구워서 오로지 맛있게 열중하며 먹는다.

그 과정에 한가득 담겨 있는 행복한 분위기를, 내 정신이 먹는다. 오랜만에 샘솟는 즐거운 기분을 느꼈다. 고마워요, 하고 생각했다. 신야 씨, 나를 찾아내 주어서 고마워요. 모든 이들에게 '나를 그냥 내버려 둬, 쳐다보지도 말고.'란 기분으로 생활해 왔는데.

엄마도 점점 변화했다.

남들 앞에 나서는 일을 시작하더니 갑자기 정신을 번쩍 차린 것 같았다. 어느 날 밤, 엄마가 오랜만에 팩을 했다. 그것도 옛날에 엄마가 자주 하던 겔랑의 꽤 비싼 보습 팩이었다.

"와, 우리 엄마 팩 하는 거 오랜만에 보네. 그거 새로 산 거야?"

"아니. 메구로에 가서 가져왔어. 품질 보증 기간이 다 끝나 가는 것 같아서, 허둥지둥."

엄마가 별일 아니라는 듯 말했다.

그렇구나. 이제는 팩을 가지러 돌아갈 수도 있구나, 하고 나는 생각했다.

"엄마가 겨우 마음을 좀 잡았나 보다. 이렇게 살면서도 피부에는 신경을 써야겠다고 생각하는 걸 보면. 마음은 학생이라도, 피부는 중년이잖아."

엄마가 웃었다.

"그거 좋은 현상 아니야?"

"어제는 지갑 털어서 피부 관리도 받고 왔어. 이 길가에 있는 도모즈 빌딩 3층, 우아한 아줌마들이 잘 가겠다 싶은 멋진 살롱에."

"대단한데. 엄마, 옛날 같아."

"기계로 경락 받아서, 얼굴 작아졌어. 좀 작아 보이지 않니?"

자랑스러운 말투였다.

"그러고 보니까, 턱 선이 팽팽해진 것 같은데."

과연 신경을 좀 썼다 싶었다.

"그렇지?"

엄마가 웃었다.

"절약도 해야지만, 일 년에 한두 번 정도는 그런 것도 해야겠어."

"일을 해서 그런지, 엄마 좋아 보인다."

"가게 사람들도 다 좋고, 바쁠 때는 손님들이 오히려 기다려 줘. 물론 일이다 보니 짜증 나는 손님도 오지만, 에리코 씨가 늘 빈틈이 없어서 안심하고 일할 수 있어. 아르바이트 하는 사람들도 다 오래 일한 사람들이고, 주인 아저씨도 굉장히 사람이 좋아."

엄마는 아빠 얘기를 안 하지만, 그렇다고 다 떨쳐낸 것은 아니다. 그렇다는 것을 알고 있다. 그럼에도 서서히 제자리를 찾아가는 그 굳건한 힘에 놀랐다. 나는 징징 울거나 우물쭈물하며 보낸 시간을 엄마는 훨씬 더 과감하게 잘 활용하는 듯하다. 그것이 아내와 딸의 차이인지도 모르겠다고 생각했다.

그리고 며칠이 지난 어느 밤, 쉬는 날이라 어쩌다 집에 있는데 엄마가 돌아오더니 다짜고짜 '안개처럼 증기가 나오는 미용 기구를 가지러 메구로에 다녀와야겠다.'라기에, 정말 오랜만에 둘이 메구로 집에 갔다.

사람이 살지 않는 집은 역시 썰렁했다.

아빠가 있고 없고를 떠나 문을 열고 그 휑하고 썰렁한 공기를 맞는 순간, 악몽으로 헤엄쳐 들어가는 듯한 기분이 들었다. 현관을 여니 정겨운 집 냄새도 풍기고, 이 집이 살아 있던 무렵의 흔적도 남아 있었다. 하지만, 이미 모든 것이 정지되어 있었다.

엄마가 얼른 안으로 들어가 창문을 열고 불을 켰다.

나는 내 방이었던 곳에 가서 요리책과 소설책 몇 권을 챙겼다. 그리고 시모키타자와에서 싸 들고 온 책과 여름옷을 정리해서 책꽂이에 꽂고 옷장에 넣었다.

그 작업을 하는 동안에도 무언가가 내 등을 떠미는 느낌이었다.

혹시 아빠 유령이 나타나지는 않을까 하고 몇 번이나 퍼뜩 고개를 들어 피아노가 있는 언저리를 돌아보았지만, 나타나 주지 않았다. 기척도 없었다. 그저 텅 비어 있었다.

내가 정말 이곳에서 그렇게 오래 살았던 것일까? 손발도 눈도 이 방의 모든 감촉과 냄새까지 기억하고 있고, 손잡이까지의 거리도 알고, 몸이 부딪치지 않게 복도를 서둘러 걷는 것도, 불을 켜지 않은 채 화장실에 가는 것도 아직 할 수 있는데, 그런 것들이 모두 짙은 음영을 띠고 있어 뭔가 울컥 치밀 것처럼 반가운데, 이미 그곳은 내 장소가 아니었다. 추억이 겹겹이 쌓여 있어, 지금의 공기가 숨쉬기 어려울 만큼 괴로웠다. 뭐라도 눈에 띄면 거기에 몇백 가지 추억의 영상이 겹쳐지면서 한층 짙어 보인다. 안 되겠어, 관 속에 있는 기분이야, 하고 생각했다. 여기서 혼자 살다 숨이 막힐 것 같아 내 십을 찾아온 엄마의 심경을 속속들이 알게 된다.

화장품을 가방 한가득 챙겨 담은 엄마가 방문 앞에 서
서 말했다.

"요시에, 오랜만에 이 동네에서 프랑스 요리라도 먹고
가자고 하려 했는데, 엄마 힘들어서 안 되겠다. 여긴 추억
이 너무 많아서. 낮에 혼자 휙 왔다 갈 때는 몰랐는데, 너
랑 같이 오니까 마음이 약해졌는지, 너무 쓸쓸하고 너무
괴롭다."

그 마음 알아, 하는 생각을 한껏 담아 나는 고개를 끄
덕였다.

"돌아가서, 카레 먹을까?"

"대찬성! 오늘 그 가게 문 열었어?"

나는 웃었다. 우리 사이에 카레 하면 가는 곳은 늘 정
해져 있다. 통나무집 같은 인테리어에 자그마해도 유명한
그 가게는 우리 집에서 걸어 오 분 거리에 있다.

"응, 아까 오면서 간판 확인했어. 하고 있더라. 너는 뭐
먹을 건데?"

엄마가 물었다.

"엄마는 버섯 카레로 할 건데."

"나는 매운 야채 카레를 곱빼기로."

나도 분명하게 대답했다. 그랬더니 기분이 밝아졌다.

"왜 그 가게 카레는 그렇게 맛있는지 모르겠어. 밥이 남

는 일도 절대 없고. 접시에서 넘쳐흐를 것처럼 듬뿍 끼얹은 카레 소스만 봐도 기분이 풍성해지잖아. 그리고 가지가 또 일품이라니까. 달콤한 게 얼마나 맛있는지! 가게 이름에도 '가지'가 있는 걸 보면 알 만하지."

엄마가 생글거리며 말했다. 이 집에서 이렇게 웃는 엄마 얼굴을 얼마 만에 보는 것일까. 나는 감개에 젖었다. 이 집의 하얀 벽을 배경으로 한 웃는 얼굴이 정말 반가웠다.

"있지 그럼, 저쪽에서 청소 좀 하고 있을 테니까, 끝나면 말해."

"응."

이렇다 할 대화는 아니었지만, 각자에게 결정적인 순간이었다. 전혀 예상하지 못했던, 갑작스러운 기분이었다. 저쪽 세계로 돌아가고 싶다, 그 모퉁이를 돌아 그 가게에 가고 싶다. 길모퉁이에 간판이 나와 있으면 안도하는, 그 기분을 느끼고 싶다. 나무 문을 열고, 친구네 집 같은 차분하고 조그만 그 가게로 들어가, 맛있는 카레를 만드는 과묵한 부부와 노련미는 없어도 성실하게 손님을 대하는 점원들을 보고서 안심하고 싶다.

똑같이 그런 생각을 하다니, 서로가 내심 삼짝 놀랐다. 어쩌면 옛날에 살았던 이 부근에 있는 친숙한 가게에 가고 싶어 하지는 않을까 해서 마음을 쓰고 있었는데, 서로가 똑같은 기분이었다니.

지금 사는 곳 얘기를 하면서 시간이 우리 수중에 다시 돌아왔다는 것을 손바닥 보듯 알 수 있었다. 무거웠던 공기가 환하게 밝아졌다. 그 순간이, 우리가 이제는 이 집을 떠나자고 마음먹은 때였다고 생각한다. 더는 미련이 없다. 이곳에서 할 일은 이제 없다. 우리는 분명하게 그렇게 느꼈다.

짐을 들고 서둘러 돌아가려고 신발을 신고 있는데, 엄마가 문득 생각났다는 듯이 말했다.

"요시에, 몹시 꺼려지겠지만."

나는 고개를 끄덕였다. 왜인지는 모르지만, 알았다. 나도 똑같은 생각을 하고 있었던 것이다.

"아빠 사진이지? 좋아, 가져가자."

"어떻게 알았어?"

엄마 눈이 휘둥그레졌다.

"나도 그러는 게 좋겠다고 생각했으니까."

엄마는 고개를 끄덕이고는 안방으로 들어갔다.

그리고 앰프 위에 놓여 있던 아빠의 영정을 안고 나왔다.

"집에 가거든 날마다 꽃을 바치자, 가만히 앉아서 질 수는 없지."

"응, 그래."

가족 셋이 찍은 사진은 지금도 내 방 텔레비전 위에 놓여 있다. 그러니까 아빠 혼자 찍은 사진이 나와 엄마의 방에 비로소 오게 되는 것이다.

"그래, 질 수야 없지. 이미 많이 져 버렸지만. 돌이킬 수 없을 정도로."

"너, 그런 웃기는 말을 어쩜 그렇게 바로 할 수 있니?" 엄마가 진짜로 웃고는 문을 닫았다. 열쇠로 문을 잠그고 우리가 살았던 집을, 그리고 앞으로는 영영 살지 않을 집을 뒤로 했다. 물론 이후에도 몇 번은 들리겠지만, 그때가 정말 작별을 고했던 때라고 훗날 돌아보며 생각하게 되리라.

맛있는 카레를 먹고 돌아오는 길에 근처에 있는 조그만 꽃집에 들렀다. 언제나처럼 활기찬 언니가 웃음과 함께 건네준 꽃다발을 자자와 거리 골동품 가게에서 산 쇼와 시대의 우유병에 꽂아 아빠 영정 앞에 놓았다. 그리고 아로마 포트에 오일을 떨어뜨리고 촛불을 켰다. 작은 촛불 그림자가 벽에 어른거리고, 은은한 라벤다 향이 온 방에 퍼졌다.

이 집의 물건들에 둘러싸인 아빠 사진을 보자, 아빠의 이사까지 끝났다는 기분이 들었다.

모든 것이 끝났어, 이제 다 제사리를 찾았어…… 그렇게 생각했다.

“엄마, 메구로 집 팔 거야? 아니면 세를 줄 거야? 당장 그러자는 얘기는 아니지만.”

“음, 세를 주는 방향으로 할까 하는데. 엄마 친구가 일 년쯤 후에 샌프란시스코에서 돌아올 거야. 그때쯤 그 사람들에게 팔든지 세를 주든지 할까 해. 우리 사정을 잘 아니까, 가구도 몇 가지는 그대로 놔둬도 좋고, 그리고 집세도 비싸게 받아도 좋대. 꽤 유복한 친구인데, 할 수 있는 일이 그 정도밖에 없고, 어차피 메구로 구에서 집을 구할 거라면서. 그때까지 조금씩 집 안 정리도 하고, 시모키타자와에다 새로 집을 구할까 싶기도 하고. 아직 구체적이지 않지만, 그런 식으로 생각하고 있어.”

“아, 괜찮은 생각인데. 그러면 슬프지 않겠지, 아빠도.”

“괜찮아, 아빠는 오늘 여기로 데려왔으니까. 용서할 수 없는 부분은 일단 제쳐 놓고, 아빠의 영혼은 이제 여기 있잖아.”

아내였던 엄마가 확신을 갖고 그렇게 말해 주니, 정말 그럴지도 모르겠다고 생각할 수 있었다.

그리고 또 전화 꿈을 꾸었다.

메구로 집이 텅 비어 있었다.

긁힌 자국이 있는 벽 말고는 아무 기억도 없다. 피아노도 없다. 창문으로 비치는 빛이 바닥에 네모 모양을 그리고 있다.

나는 멀거니 서 있었다. 이사가 벌써 끝났나, 하고 생각했다. 빠르네, 순식간이었어. 그런데, 난 어디 있는 거지? 내 짐은 어떻게 했더라. 아직 정하지 않았나?

그런 식으로 멍하게 생각하고 있었다.

그때, 전화벨이 울렸다. 가방에서 휴대전화를 꺼내 받았다.

"여보세요?"

"여보세요."

아빠였다.

"괜찮아. 아빠 사진은 지금 시모키타자와에 있어."

눈물이 똑똑 떨어졌다.

"아빠, 아빠, 우리가 싫어진 거 아니지?"

대답이 없었다.

나는 쏟아지는 눈물을 참을 수가 없었다. 서 있을 수가 없어 바닥에 철퍼덕 주저앉았다. 어렸을 때 곧잘 누워 뒹굴었던 거실 바닥. 이제 곧 새 카펫이 깔리고 낯선 가구들이 들어오리라.

"아빠, 보고 싶어. 전화로만 말고."

달리 하고 싶은 말이 있을 텐데, 하고서 또 다른 내가 나를 쿡쿡 찔렀다. 하지만 꿈속의 나는 늘 어리석고 무방비 상태다. 전화기 저편에서 절대 우리를 싫어하지 않는, 평소와 다름없는 아빠의 기척이 느껴졌다.

그렇구나, 아빠는 전화를 걸고 싶었던 거야. 죽을 때, 아빠는 전화를 걸고 싶어 미칠 지경이었어. 틀림없다고 생각했다.

퍼뜩 눈을 뜨고서, 한밤중의 방에서 나는 벌떡 몸을 일으켰다.

아직도 방에는 라벤다 향이 떠다니고 촛불도 타고 있었다. 아빠의 사진도 있었다. 웃고 있는 아빠. 이 사진을 찍었을 무렵에도 아빠는 어쩌면 그녀와 함께였을지 모르지만, 아무튼 우리와 같이 살았던 아빠.

그렇구나, 이 향기와 꽃의 색채가 길이 되어 꿈을 열어 준 거였어……. 나는 잠이 덜 깬 머리로 그런 엉뚱한 생각을 했다. 아빠는 이제 괜찮을 거야, 하고서 내 멋대로 안심했다. 왜인지는 모르지만, 타이밍이 아주 중요했다. 그래, 반드시 오늘이어야 했던 거야,

옆을 보니, 엄마는 쿨쿨 자고 있었다. 언젠가는 엄마도 나도 이 세상에서 사라진다. 하지만 지금은 여기에 있고, 쿨쿨 잠자고 있다. 입을 절반쯤 벌리고서 꿈의 세계를 여

행하고 있다. 내게는 아직 소중한 사람이 남아 있다.

안도하고서 나는 다시 누웠다. 잠결이라 전화기가 가까이에 있는 듯한 기분에 잠시 더듬다가 그대로 깊은 잠에 빠져들었다.

무서운 일들이 겨우 조금 사라졌어, 이제는 안심하고 살 수 있을 거야. 그런 기분이 나를 푸근히 감쌌다. 오리털 이불의 안도 바깥도, 부드러운 온기로 가득했다.

그렇다, 아빠가 이 세상을 떠나지 못할까 봐 무서웠던 것이 아니다. 엄마가 마음속에서 아빠를 완전히 버리는 것, 그게 가장 무서웠다는 것을 분명히 알았다.

그리고 얼마가 지나서, 이번에는 그 아주머니 혼자서 가게를 찾아왔다.

한창 바쁜 런치 타임이어서, 나는 찡그린 표정을 짓지 않기 위해 있는 힘을 다했다.

겨우 마음도 가라앉았고, 아빠 꿈도 꾸지 않게 되었는데 왜 또 생각나게 하는 거지, 이바라키란 고장이 있다는 것조차 잊고 싶을 정도였는데.

"미안해요. 제가 오면 기분이 안 좋죠?"

아주머니가 그렇게 말하며 죄스럽다는 듯이 런치를 주문했다.

기분이 아무리 좋지 않아도, 이 사람은 달리 볼일이 있어서가 아니라 우리 아빠를 위해 찾아온 거라고 생각하며 웃는 얼굴로 런치를 가져갔다. 맛을 제대로 즐겨 주는 아주머니의 모습이 보기 좋았다. 여기에 오자니 들러야 해서 싫어도 억지로 먹는다는 기색은 전혀 아니었다.

먹을 때의 모습을 보면 그 사람의 심정이 모두 전해진다. 아무리 매너를 연습하고 고상한 척해도, 날마다 사람의 먹는 모습을 보는 나 같은 사람의 눈은 속일 수 없다.

게다가 이 사람이 아빠 산소에 다녀왔다는 사실도 우리 기분이 홀가분해지는데 한몫했을 가능성이 있었다. 세상사란 돌고 돌아 뜻하지 않은 곳에서 맞물리니까.

마지막으로 커피를 가져갔을 때, 용기를 내어 내가 먼저 말해 보았다.

"전에는 아빠 산소에 다녀와 주셔서 고마웠어요. 저와 엄마는 아직 갈 수가 없어서, 정말 고맙게 생각하고 있어요."

아주머니는 긴장한 표정을 지우고, 안심한 듯이 웃었다.

내가 싫은 소리를 퍼부을 것이라 생각했으리라. 나 역시 훨씬 더 혐오스러울 것이라 생각했는데, 아주머니의 악의 없는 착한 눈빛에 내 마음까지 풀어지고 말았다.

"저도 여러 가지로 사연이 많은 사람이라, 가만히 있을 수가 없어서. 자꾸 생각나게 해서 미안해요. 저……."

그렇게 말하면서 아주머니는 큼지막한 배낭에서 조그만 헝겊 주머니를 꺼냈다. 그 안에는 또 수가 놓인 예쁜 헝겊 주머니가 들어 있었다.

"이거, 아는 사람에게서 받은 건데요."

"뭐죠?"

주술적인 것에 대해서 아무것도 모르는 나는 대충 짐작해 말했다.

"소금인가요?"

아주머니가 고개를 끄덕였다. 맞혔다, 하고 나는 생각했다.

"맞아요. 제가 아는 사람들 중에 가장 영험한 사람이에요. 이번 일에도 큰 도움을 받았기 때문에, 상담을 좀 해 봤어요. 위로가 될지 모르겠지만, 성묘를 하러 갈 때나 돌아가신 장소에 갈 때 가져가 봐요."

안 갈 거예요, 하고 생각했지만 말은 하지 않았다.

이 사람은 남편을 빼앗겼고, 그 남편이 하마터면 살해당할 뻔했고, 그래서 이혼했더니 이번에는 죽고 말았으니, 상당히 혹독한 일을 치렀다 할 수 있다. 그 후에 안정된 생활과 행복을 되찾았다고는 하나, 알지도 못하는 사람을 위해 도가 지나친 간섭이라 여겨질 만큼 친절을 베풀다니 정말 대단하네, 하고 나는 존경스럽게 생각했다.

그야말로 소금 세례를 받고서 쫓겨날 가능성도 없지 않은데.

"제가 왜 이렇게까지 하는지."

아주머니는 내 마음속을 들여다본 듯이 말했다.

"그쪽 심정이 어떤지 정확하게는 잘 모르지만, 그래도 이 세상 누구보다 잘 알 것 같아서예요. 근원은 이어져 있는 것 같아서. 사람을 미워하고 싶지 않은데 미워하게 되는, 그런 심정. 남 탓은 하고 싶지 않은데 하게 되고, 가볍게 생각하고 싶은데 자꾸 생각에 빠져드는."

모두 옳은 말이어서 나는 잠자코 고개를 끄덕이고는 물었다.

"눈에 보이지 않는 것을 보는 사람에게 봐 달라 한 적이 없어서 그런데, 그분은 뭐라고 하시던가요?"

아주머니가 눈을 내리깔았다.

그러고는 잠시 후, 뜻을 굳힌 듯이 나를 보고서 말했다.

"그 여자는 몇 번을 더 자면 잘수록, 사람의 마음 깊은 곳에 도사린 죽음에의 유혹을 끌어내는 사람이라고 하더군요."

그 순간, 나는 뭔가에 가슴을 푹 찔린 기분이 들었다.

그 생각을 할 때마다, 아빠기 또 한 걸음 멀어지고 만다.

"그 여자는 같이 죽어 줄 사람을 찾았을 뿐, 이미 이 세상 사람이 아니었다고 했어요. 불쌍하게 여길 필요 없다, 그렇다고 미워할 필요도 없다고요. 각자의 문제라고 하더군요. 하지만 그렇게까지 냉철해질 수는 없죠.”

발음이 조금 이상했다. 문득, 죽은 그 여자도 발음이 이랬나, 싶은 생각이 들어 오싹했다.

“하지만, 남은 사람은 살아가야 하니까.”

그 때 다른 테이블에서 손님이 불러, 그쪽으로 가지 않을 수 없었다.

“네, 알겠어요. 소중하게 간직하다가, 언젠가 아빠가 돌아가신 장소에 가는 날이 있으면, 그곳에 뿌릴게요.”

나는 그렇게 말하고, 소금이 담긴 예쁜 주머니를 받아 들었다.

아주머니는 커피를 천천히 마시고 웃는 얼굴로 떠났다. 둥그런 등에 실팍한 장딴지, 어디에서나 볼 수 있는 차림새의 한 중년 여자.

다시는 만날 일이 없을 사람, 그러나 평생 떨쳐 버릴 수 없게 이어지고 만 사람.

인생이란 대체 뭘까.

정말 이상한 느낌이었다.

어떤 일이 한 번 겹치기 시작하면 줄줄이 겹치는 법이

다. 그리고 그렇게 되기까지는 내 무의식에서 피어오르는 거품 같은, 의미 있는 이유가 반드시 깔려 있다.

그 후로 나와 신야 씨의 거리가 부쩍 가까워졌다. 서로가 마음에 있다는 것을 털어놓아 안심한 것인지도 모르겠다. 나는 너무 조심스러운 신야 씨를 다소 비아냥거렸던 일을 미안하게 생각하고 순순히 반성했다. 그는 내가 생각했던 것보다 훨씬 어른이었고, 나를 진정으로 생각해 주었다.

솔직히 나는 신야 씨가 '아버지를 떠나보낸 가엾은 여자'이기 때문에 내게 관심을 가졌다는 것에 마음속으로는 분노까지 느끼고 있었다. 하지만 그렇지 않다는 것을 점차 알게 되었다. 그가 모든 것을 이미 잘 알고 있는 상태에서 내게 끌렸다는 것을.

그래서 그에 대한 내 오만한 마음은 사라졌다.

아직 그의 집에 가서 잔 적도 없고, 고등학생처럼 길거리나 엘리베이터 속에서 억누르지 못해 키스를 나눈 적도 없다. 하지만 길을 걸을 때나 앉아 있을 때나 자연스레 손을 꼭 잡고 몸을 맞대고 있는 일이 많아졌다.

그날도 나는 일을 끝내고, 문 닫을 무렵에 이 사람이 이 카운터 자리에 앉는 일도 이제 몇 번 없겠네, 하고 생각하면서 그와 함께 가게를 나섰다.

'레 리앙'은 조금씩 가게 정리에 들어간 상태였다.

어느 날 미치요 씨가 선반을 치우면서 중얼거렸다.

"아, 그러네. 이제 여름에 여기서 빙수를 파는 일도 두 번 다시 없겠어."

나도 아쉬웠다. 그 여름이 최악의 여름이었기에, 기억 속 샐러드의 신선함과 빙수의 시원함이 지금도 생생하게 되살아난다. 생명력이 샘솟는 맛이었다.

언젠가는 정말 끝날 날이 오겠지만 지금은 그저 한 시기가 끝나는 것일 뿐, 우리의 관계는 여전히 계속되고, 가게도 새로 차릴 거니까 슬퍼할 때가 아니라는 말을 미치요 씨와 주고받으며, 그날도 깔끔하게 청소하고 가게를 뒤로 했다.

"마지막 날도 아닌데 기분이 착잡하네."

헤어질 때, 미치요 씨가 문을 잠그면서 말했다.

어째서일까, 어차피 철거될 건물인데 나는 한층 공들여 청소했다. 바닥도 더 반짝반짝 닦고 싶고, 창문도 더 깨끗하게 닦고 싶었다. 존경하는 사람에 대한 마음과 비슷했다. 이 청소가 내 인생에 단 한 번의 청소인 듯한 기분이었다.

아빠에게도 그런 마음을 품을 수 있다면 좋을 텐데, 하고 생각될 정도였다. 아빠에 관해서는, 어차피 없는 사람 이라고 포기하고 마는 경우가 훨씬 많다.

신야 씨는 지즈루 씨 가게에서 기다리고 있었다. 오늘은 그 가게 메뉴에 있는 흑맥주 '셰익스피어 스타우트'를 마시고 싶어서란다. 지하로 내려가자 쾅쾅 울리는 1970년대 록 뮤직 너머로 테이블에 마주 앉아 있는 신야 씨와 엄마의 모습이 보였다.

그 가게는 전체가 수제 유리로 만든 모자이크 같은, 가우디가 술에 취해 제작한 작품 같은 재미있는 곳이다. 천장에서는 커다란 도마뱀이 내려다보고 있다. 아스텍이나 스페인 같은 분위기의 뭐라 표현할 길 없는 실내 장식에 옹이나 울퉁불퉁한 나무 표면을 그대로 살린 커다란 테이블이 몇 개 놓여 있다. 음악이 늘 쾅쾅거릴 정도로 크게 울리지만, 그래도 고풍스럽고 푸근한 가게다.

하지만 그 밤에는 실내 장식에도 앉아 있는 손님에게도 눈이 가지 않았다. 낯익은 두 사람이 마주 앉아 있는 광경이 그저 어리둥절하기만 했다.

그렇지, 그러고 보니 엄마도 이 가게 단골이니까, 이런 일이 벌어져도 이상할 게 없지, 그렇게 애써 마음을 가다듬고 웃는 얼굴로 다가갔다.

"어머, 요시에. 신야 씨 좋은 사람이네."

엄마가 대뜸 말했다.

"왜 이렇게 두 사람이 은근하게 마시고 있는 거야?"

서서 하는 일이라 다리가 부어서 아팠던 나는 그만 언짢은 목소리로 말하고 말았다. 내가 이렇게 어린애 같을 줄은 몰랐다. 게다가 내가 두 사람이 함께 있는 풍경을 보고서 느낀 첫 감정이 그저 기쁜 것만은 아니어서 충격이 컸다. 반사적으로 '이럼 곤란한데.' 하고 생각한 것이 이상했다.

"미안해. 우연히 마주쳤는데, 얘기를 나누다 보니까 그렇게 됐어."

신야 씨가 머쓱한 표정으로 대답했다.

"괜찮아요. 있을 수 있는 일이니까."

나는 웃었다. 가게 사람이 다가왔기에 굳이 엄마 옆자리에 앉으면서, "기타키쓰네 레드와 풋콩 주세요."라고 늘 마시는 맥주와 안주를 주문하고 코트를 벗었다.

밤 늦게까지 열려 있는 이 가게에는 혼자서 훌쩍 온 적도 있고, 엄마와 밤참이나 먹을 겸 온 적도 있어서 어색함은 전혀 없다.

"신야 씨, 반가웠어요."

엄마가 그렇게 말하고 칵테일을 꿀꺽 마셨다.

"그럼, 먼저 사라질게. 데이트하는 데 방해하면 안 되니까."

엄마가 물러날 때를 아네, 하고 생각했다.

"괜찮아, 엄마. 같이 가자."

"아니, 젊은 사람들끼리 시간 보내. 엄마는 보고 싶은 프로그램이 있거든. 실은 오늘 오후에 핫짱이랑 메구로 집에 가서 텔레비전 가져 왔어.”

엄마가 웃으며 말했다.

“그 좁은 집에, 그렇게 큰 텔레비전을? 있던 텔레비전은 어쩌고?”

“메구로 집에 갖다 놨지.”

“엄마는, 내게는 한마디도 안 하고. 그거 친구한테 받은 거란 말이야.”

“엄마가 노안이 왔는데 어떡해. 그 조그만 텔레비전으로 뭐가 보여야지. 게다가 브라운관이잖아. 아무튼 돌아와서 봐 봐. 방이 좁아서 오히려 박력이 있다고. 뭘 봐도 극장에 있는 기분이야.”

엄마가 웃었다.

“그리고, 오디오 세트도 작은 걸로 가져왔어.”

“아 참. 그러면 자꾸 좁아지잖아. 잘 데나 있겠어?”

말은 그렇게 했지만, 조금은 기뻤다. 엄마가 지금을 즐기려 하고 있다. 조금씩, 전에 살던 방과 지금의 방을 섞어 가면서 자신의 과거를 인정하려 하고 있다.

“방 따뜻하게 해 놓고 기다리고 있을게. 아, 뭐하면 안 들어와도 돼.”

“아, 정말!”

내 말을 무시하고 엄마는 술값을 치렀다. 내가 주문한 것까지. 그리고 홍겹게 계단을 올라가고 말았다.

"하기야 이렇게 드나드는 가게가 비슷하니, 언젠가는 마주칠 만도 하지."

나는 그렇게 말하고, 이제야 마음 놓고 술을 마시기 시작했다.

"어머니, 멋진 분이던데."

"민망해라. 한밤중에 술 취해서 해롱대고. 집에 가면 그 커다란 텔레비전이랑 오디오 때문에 보나마나 두 다리 뻗고 잘 데도 없을 거예요."

나는 웃었다.

"참, 어머니가 가셔서 잘됐는지도 모르겠다. 이거."

신야 씨가 가방에서 헝겊에 싸인 뭔가를 꺼내며 말했다.

이 느낌, 뭔지 알겠어. 최근에도 이런 일이 있었지 아마. 나는 생각했다.

"어머니께는 말을 꺼낼 수가 없더라고."

"뭔데요?"

신야 씨가 헝겊을 풀자, 거기에는 종이 딱지 같은 것이 들어 있었다.

"또야?"

그런 말이 그만, 나오고 말았다.

"또라니? 왜?"

신야 씨가 물었다. 그래서 그 아주머니가 소금을 가져다준 얘기를 했다.

신야 씨는 고개를 끄덕이고 생각에 잠겼다.

"내가 전에 말했지, 자살한 사람이 있어서 위령제를 지냈다고. 그때, 아버지 지인 중에 근저에 있는 신시에 계신 분이 있어서, 그분을 불렀거든. 당신이 어쩌면 이바라키에 갈지도 모른다고 했잖아. 그래서 그 신사에 가서 부적을 받아 온 거야. 갖고만 있어도 기분이 좀 나아지지 않을까 하고."

"신야 씨까지!"

얼떨결에 그렇게 말하고 말았다.

"아니, 뭘 어떻게 하는 편이 좋다거나 그런 게 아니라, 그냥 갖고 있으면 마음이 좀 편해지지 않을까 한 거지. 미안해, 정말 괜한 일이라는 거 알면서도 부탁하고 말았어."

그 말투와 목소리의 톤까지 아주머니와 똑같아, 기분이 상하고 말았다.

"미안해요, 이상하게 말해서."

나는 사과했다.

"고마워."

신야 씨가 부끄러운 듯 얼굴을 붉혔다. 어두웠지만, 나는 그 귀여운 모습을 알아볼 수 있었다.

나는 그런 신야 씨가 더더욱 좋아졌다.

무엇이 나를 억제하게 하는지, 이제는 알 수 없었다.

맥주 맛이 밤의 깊은 어둠에 잠겨 드는 것처럼 씁쓸했다. 그냥 이대로, 어디에 있는지, 무엇을 해 왔는지 다 잊고 신야 씨와 함께 그의 집으로 돌아갈 수 있다면. 어린애처럼 그렇게 생각했다. 아빠의 죽음이 아직도 자잘한 뼈처럼 여기저기 걸리는 것은 분명하지만, 엄마의 변화가 내게도 반영되어 나의 내면 역시 조금씩 변화하고 있었다.

만약 이대로 점점 신야 씨와 가까워져 헤어질 수 없게 되고, 이곳에서 보내는 나날이 이대로 흘러가고, 갖가지 사건이 벌어지고, 싸우기도 하고, 울기도 하고, 나는 프랑스에 갔다가 돌아와 또다시 일을 시작하고, 그런 날을 보내다가, 언젠가 같이 살게 되거나 결혼해서 아이를 낳고……. 그러나 앞일은 알 수 없다. 이 가게를 나서는 순간 차에 치여 죽을 수도 있고, 파리에서 새로운 사람을 만나 연애에 빠져 돌아오지 않을지도 모른다. 신야 씨도 내일 밤 출근했다가 엄청난 미인의 공세에 못 이기고, 미안하다며 헤어지자고 할지도 모른다. 그러니까 주저하지 말고 무슨 일이든 하는 게 좋을지도 모른다. 정말 그럴지도 모른다.

그러나 한편 지금 이대로 깊어진다면, 일이 너무 단순해진다. 그런 두서없는 생각이 내 안에서 맴돌고 있었다. 신야 씨와의 관계가 이대로 진전된다면, 아빠에 관계된 어떤 일이 없었던 일로 되어 버릴 것 같았다.

이대로 순조롭게 나아가 모든 것이 올바르고 햇살 아래서 누구에게도 부끄럽지 않은 인생을 살게 된다 해도, 차라리 보지 않았던 것으로 묻어야 하는 어둠은 반드시 있을 것이고, 뭔가가 틀림없이 어긋날 것이라는 그런 애매모호한 느낌이 들었다.

그리고 그 어긋남이 깊은 곳에서 점점 커지고 빛이 바랜 결과가 아빠를 죽음에 이르게 한 이유의 미니어처 판이라고 생각했다.

하지만 이제 그런 것을 아는 것에도 지쳤다.

귀찮으니까 하고 싶은 일을 하고, 지금 당장 몸을 기대고 눈을 감고 싶은, 그런 생각도 있다. 그러나 그런 생각을 실행하는 나와 깊은 곳의 나 사이에는 아직도 막이 하나 가로놓여 있다.

그 막이 있는 채로 행동하면, 나중에 반드시 어떤 보복이 돌아올 것이라고 내 본능이 말하고 있었다. 왜 그런지는 몰라도, 아무튼 그랬다. 조심스러운 것노 아니고, 생각이 지나친 것도 아니다. 그저 자연스럽게 그 막이 보였다.

아직은 지금 이대로이고 싶은지도 모르지, 지금 이대로 있어도 괜찮은 거겠지, 잃는다는 생각은 하고 싶지 않고, 신야 씨는 사라지지 않으니까, 그렇기를, 좀 더 기다려 주기를, 하고 나는 신야 씨가 준 부적을 살며시 쓰다듬으며 생각했다.

하지만 뭘 기다려 주기 바라는지는 알 수 없었다.

집에 돌아가니, 낡은 다다미방에 멋들어진 액정 텔레비전이 떡하니 자리 잡고 있었다. 엄마 얼굴이 극장의 스크린 바로 앞에 있는 사람처럼 환했다.

"나 왔어."

나는 말했다.

"존재감이 굉장하네, 그 텔레비전."

"뭐야, 들어왔어?"

"들어오면 안 되는 거야?"

"아니, 살짝 기뻐. 이 호화로운 방을 보여 주고 싶었거든."

엄마는 솔직하게 말했다.

"그 사람, 꽤 괜찮던데."

허브티를 끓이고 있는데, 엄마가 말했다.

"그래, 머리도 좋고, 음악적인 취향은 다르지만 감각도 좋고, 품위도 있고, 엉뚱한 데도 있고, 아무튼 좋은 사람

이야. 그리고, 신주쿠에 있는 라이브 하우스 주인이라는
데, 들었어?"

"응, 들었어. 그립네, 거기."

엄마가 말했다.

"그 냄새도, 그 큰 음악 소리도, 플라스틱 컵에 담긴 너
무 진해서 맛없는 진토닉도. 그때는 싫었는데. 그리고 마
누라에게는 부잣집 사모님 행세를 하게 하고서 자기는 젊
은이처럼 라이브나 즐기는 아빠가 혐오스럽기까지 했는데.
지금 같으면 이 차림으로 가서 신나게 춤추고 즐길 거야.
엄마도 그때는 젊었지. 젊고 착했어. 아빠가 그런 일을 하
니 엄마는 어른스럽게 굴어야 한다고 생각했겠지."

나는 말없이 고개만 끄덕였다.

"그런데 엄마, 뭐 보고 있는 거야?"

그리고 아까부터 궁금했던 것을 물었다.

언제 본 적이 있는지도 모르겠지만, 너무 옛날 일이라
까맣게 잊고 있었다. 야쿠시마루 히로코*와 마쓰다 유
사쿠**⋯⋯.

"「탐정 이야기」야. 얼마 전에 '레이디 제인' 앞을 지나다
가, 왠지 마쓰다 유사쿠의 모습이 보고 싶어져서 사다 봤

---

* 일본의 국민적인 여배우.
** 요절하여 젊음의 상징이 된 일본의 배우.

어. 참 좋은 영화더라. 두 배우 다 연기도 좋고. 나, 이 영화가 정말 좋아. 왜 마쓰다 유사쿠가 살아 있을 때 이 동네로 이사 오지 않았나 몰라. 그랬으면 밤길에서 우연히 만났을 수도 있잖아. 그럼 엄마, 그 사람에게 무슨 짓을 했을지도 모르는데.”

“그러고 보니, 엄마 나, 이 영화 어렸을 때 아빠랑 극장에서 봤어. 너무 어려서, 내용은 전혀 몰랐지만.”

“그래 맞아, 아빠가 마쓰다 유사쿠를 좋아했지. 선망했던 거 아닐까?”

엄마는, 아빠가 살아 있을 때처럼 담담하게 말했다.

이 영화에도 힌트가 있을 것 같은데, 하고 생각했다.

영화는 뜨끈한 열기를 지닌 채 오직 마지막 키스 장면을 향해 나아갔다.

나는 아직도 멀었어, 아직도 햇병아리야. 그렇다는 것을 미치요 씨가 감기에 걸린 날 밤 비로소 알았다.

“아무래도 열이 나는 것 같아. 내 옆에 오지 않는 게 좋겠어.”

미치요 씨는 그렇게 말을 꺼냈다.

“최악의 경우에는 런치 타임 메뉴를 쿠스쿠스와 카레만 하기로 하고, 준비를 하자.”

그러고는 묵묵히, 힘겹게 재료를 찌기 시작했다. 내가 할 수 있는 만큼은 거들었지만, 힘들어하는 미치요 씨 모습을 보니 나는 한몫하려면 아직 멀었다는 느낌이 들지 않을 수 없었다.

"모리야마 씨에게 연락만 되면, 적어도 내일은 가게 문을 열 수 있을 거예요."

"그래. 하지만 내일 일은 내일 생각하자."

미치요 씨는 빈틈없이 준비를 해 놓고 돌아갔고 나는 런치 타임에 대비해 일찍 잠들었는데, 다음 날 고생이 이만저만이 아니었다.

모리야마 씨는 일정이 있어서 그 일을 끝내고 점심때가 되기 바로 전에 부랴부랴 달려왔다. 하지만 그 전에 손님이 몰려들어 나 혼자밖에 없는데 자리가 전부 차고 말았다.

메뉴가 쿠스쿠스와 카레밖에 없었는데도, 내가 일한 후로 처음 손님을 기다리다 지치게 만들었다.

그런 때 하필 손님이 몰리는 것은 흔히 있는 일이라 쳐도, 제대로 치우지도 못한 테이블에 손님을 안내한 탓에 허둥지둥 행주로 테이블을 닦지를 않나, 음식을 완벽하게 담지 못한 접시를 내가기도 했다. 점점 패닉 상태에 빠져 몇 번이나 심호흡을 하고서 겨우 마음을 가다듬어 어떤 차례로 뭘 하면 좋을지 정리가 되었을 무렵에야 모리야마

씨가 나타났다. 동료인 그의 안경 낀 동그란 얼굴을 보고서 얼마나 안도했는지 모른다. 달려가 꼭 껴안고 싶을 정도였다.

내가 저지른 실수를 늘어놓으며 울먹거리자 "혼자서 일하는데 어쩔 수 없지."라며 모리야마 씨가 위로해 주었다.

밤에는 모리야마 씨도 있고, 메뉴가 쿠스쿠스와 카레 두 가지뿐이라는 것을 바깥 간판에 써 둔 덕분에 그럭저럭 순조로웠다. 그런데도 평소에 비하면 음식을 담는 데 다소의 편차가 있었다고 생각한다. 문 닫기 얼마 전 신야 씨가 왔을 때에는 상당히 안정된 상태였고, 미치요 씨가 없는 주방에도 익숙해 있었다. 그래도, 지금 이래서야 늦었지, 하고 생각했다. 한 번 오고 말 손님도 많았을 텐데.

내가 평소에 얼마나 미치요 씨에게 의지하고 있었는지 뼈저리게 느꼈다. 혼자서 독립적으로 일한다 여겼는데, 실은 거치적거리기만 했을 가능성도 있다.

이틀째 런치 타임도 그런대로 무사히 지나갔다.

"저녁 타임은 준비할 거리도 없으니까 그냥 가게 문 닫자."

거의 목소리도 나오지 않는 미치요 씨에게서 전화가 걸려왔다. 내일 쉬면 모레는 정기 휴일이니까 이틀을 쉴 수 있다. 그럼 웬만큼 나을 거라고 미치요 씨는 말했다.

아, 그렇구나. 나 혼자서도 재료를 준비할 수 있는 정도

가 아니면 무슨 일이 생겼을 때 가게 문을 열 수 없구나 싶어 조금 실망했다. 하지만 아직 미치요 씨를 대신하지 못한다는 것을 잘 알기에 목표를 미치요 씨가 며칠 없어도 가게 문을 열 수 있도록 하는데 맞추기로 했다. 그리고 너무 욕심내서 요리까지 배우려 하지 말고 그녀를 서포트하자고 생각했다.

다리가 뻣뻣해질 정도로 움직인 탓에 문 닫을 무렵에는 눈앞이 어질어질했다.

기다려 준 신야 씨와 한잔 술로 피로를 풀려고 밤길을 걸었더니 차가운 바람이 오히려 시원했다. 별이 얼음 알갱이처럼 반짝거렸다. 바람은 세고 공기가 맑아서 건물의 창문이 하나하나 또렷하고 가까워 보였다.

"평소에 남은 힘이 없을 정도로 열심히 일한다고 생각했는데, 아직 풋내기였어요. 힘도 남아 있었고."

나는 말했다.

"이런 일이 생겨야 비로소 아는 걸 보면, 나는 아직 어린애예요."

"하지만 가게는 혼자 힘으로 꾸려 갈 수 있는 게 아니잖아. 할 수 있다고 생각한다면 정말 어린애인 거지. 게다가 요시에는 아직 20대잖아. 어떤 일에든 침착하게 대처할 수 있게 되는 건 앞으로야."

신야 씨가 또 멋진 말을 툭 뱉는다.

신야 씨의 비싸 보이는 더플코트는 폭신한 울의 촉감으로, 팔짱을 끼고 있는 나를 안심시켰다.

"진짜, 아직 멀었어."

나는 그렇게 말했지만, 달아올랐던 얼굴이 식어 가는 느낌과 함께 희망이 차올랐다. 더불어 이런 것이 젊음이라는 실감도 들었다. 지금껏 경험해 보지 못한 것을 하나씩 정복해 나가는 기쁨.

"콧물, 나왔는데."

신야 씨가 내 얼굴을 가만히 보더니, 장갑으로 콧물을 쓱 닦아 주었다.

"아이 참, 창피하게."

나는 웃고 있는데, 신야 씨가 격렬하게 키스했다. 오가는 사람이 거의 없는 자자와 거리, 쇼와 신용 금고 앞쯤에서.

나를 꼭 껴안고서, 닫힌 셔터에 밀어붙이고, 내 몸을 한껏 더듬었다.

"더는 못 참겠다. 오늘 밤 우리 집에서 자자."

신야 씨의 말이었다.

"너무 피곤해서 잘 수는 없지만, 가기는 할게요."

"자, 가자."

신야 씨가 택시를 잡았다. 괜찮겠지 뭐, 하고 나는 생각했다. 열심히 일했고, 갑작스럽지만 내일은 쉬는 날이니까.

그리고 말없이 택시에 올랐다. 그러나 내 마음은 창밖 풍경으로만 흘러, 깊이 생각할 수 없었다. 그의 일과 그의 가게 앰프, 아무것도 모르는데, 이 이상은 알아 가고 싶은 마음도 없는데, 괜찮을까, 하고 생각했다. 이상하지만, 그는 길이 라이브 하우스를 운영할 수 있는 여자와 결혼하지 않을까, 생각하고 있었던 것이다. 아니면, 부모님이 이혼했으니 결혼은 피하고 싶어 하지 않을까, 하고.

언젠가 헤어질 것을 알고 사귄 건 아니지만, 헤어지면 외로우니까 싫다.

그때 신야 씨가 너무도 솔직하게 "아, 좀 빨리 안 가나." 라고 말해, 나는 풋 웃고 말았다. 그리고 이 사람이 자신의 내면에 있는 재미나는 구석을 이렇게 진솔하게 표현하는 것이 무척 좋다고 생각했다.

신야 씨가 불 꺼진 집의 문을 열고 들어서서, 현관 불을 켰다. 이미 낯익은 현관에 서서 코트와 구두를 벗고 있는데, 신야 씨가 돌아서서 꼭 안았다.

"바로 하나요?"

"응. 차나 술은 나중에라도 마실 수 있으니까."

신야 씨가 내답했다.

"기다릴 수도 없고."

기다릴 수도 없을 테고, 익숙한 것이기도 하리라고 생각했다. 신야 씨는 긴장하지 않았다. 거칠지 않게, 자연스럽게 내 몸을 더듬었다. 소파 위, 현관의 불빛과 창밖 가로등 불빛만 비치는 방 안에서, 첫 섹스를 했다. 신야 씨나 나나 옷조차 벗지 않았다.

한 번 하고 나면, 거리가 바짝 좁혀진다.

삼십 분 후, 흐트러진 차림새로 신야 씨가 끓여 준 깊은 밤의 밀크 티는 정말 맛있었다. 우유에 아삼 티를 넣고 부글부글 끓인 진짜 밀크 티였다. 흑설탕을 듬뿍 넣어, 달짝지근하고 행복한 맛이 났다. 그리고 "애당초 한잔 하려고 했던 거 아닌가?"라고 웃으며 말하고는 냉장고를 열었다. 둘이 시원한 캔 맥주로 건배를 했다.

두 번째는 좀 더 느긋했다. 둘 다 옷을 벗고, 시트에 휘감겨 달콤한 섹스를 했다. 신야 씨의 테크닉은 놀라웠다. 이런 경험 처음이라고 생각했다. 다음이 기대될 정도였다.

그런데도 나는 어렴풋이 생각하고 있었다.

신야 씨와 오래 사귀는 일은 없을 거라고.

진작부터 알고 있었지만, 일단 하고 나니 둘 사이에는 아무것도 없었다. 앞으로는 둘이 같이할 수 있는 일이 없네, 그렇게 느꼈다.

믿기 어렵지만, 텅 비어 있었다. 그렇다는 것을 신야 씨도 감지했는지는 알 수 없다. 하지만, 틀림없이 느꼈으리라고 생각한다. 자 버렸기 때문에, 마법은 완전히 풀렸다.

"정말 좋았어. 또 봐요."

나는 코트를 단단히 여며 입었다. 신야 씨는 입은 옷 그대로 길까지 나와 택시를 잡아 주었다. 그리고 오래도록 시켜봐 주었다.

그런데도 나는 눈물이 멈추지 않았다.

왜 좋아지지 않는 것일까. 더 많이 좋아할 수 있으면 좋을 텐데. 그렇게 생각했다. 택시는 시모키타자와를 향해 밤길을 미끄러지듯 달렸다. 안녕, 내 거짓 사랑. 지금이 아니었다면, 정말 정신없이 빠져들었을 사랑.

밤길이 눈물에 번졌다. 더는 잃는 게 두려워서, 모든 것이 지금 이대로였으면 해서 계속해 왔던 사랑이었다. 외로워서, 신야 씨가 없으면 외로워서, 그래서 좋아했다. 하지만 사랑하지는 않는다, 그 정도밖에는 좋아지지 않는다. 벌써부터 알고 있었는데 얼버무리고 있었다.

'너무 갑자기 가까워져서 어쩌면 좋을지 당황스러워요. 잠시 시간을 주세요.'

그렇게 문자를 보냈더니, 신야 씨가 '언제든 연락주세요. 기다리고 있겠습니다. 가게에는 평소대로 들리죠. 거기서 밥을 먹지 않는 인생은 이제 생각할 수 없으니까.'라고 답장을 보내 주었다.

그런 점도 좋아, 나는 후후 웃었다.

그런 점에 호감을 품고 있다, 하지만 호감 이상으로 발전하기는 어려울 것 같다는 말은 아직 하지 않아도 될 것 같았다. 사흘에 한 번 정도 신야 씨가 가게에 나타나면 역시 반가웠다. 키스를 하고 손도 잡았지만, 그 이상은 없었다. 신야 씨는 기다리겠다는 태도였고, 나는 결정적인 말을 할 수 있을 만큼 정신이 건강하지 않았다. 가게 일을 꼼꼼하게 하는 것만으로도 벅찼다. 그렇다는 것을 헤아려 신야 씨가 부담 되는 얘기를 꺼내지 않는 것도 고마웠다.

하지만 마음속으로는 알고 있었다. 이 사람은 익숙한 거야, 이런 모든 것에. 나라서가 아니라, 무수히 경험해서 익숙하기 때문에 이런 때 여자는 몰아세우지 않는 게 좋다는 것을 알고 있는 거야.

찝찝하기도 하고 분하기도 했다. 결코 기쁜 심정은 아니었다.

그렇게 겨울이 지나고, 쓰유자키 빌딩에서 '레 리앙'이 영업하는 마지막 날이 찾아왔다. 건물을 철거하는 날도 결정되었다.

그즈음, 단골 손님들이 잇달아 찾아와 하루하루 작은 파티를 여는 것 같았다.

마지막 날에는 조촐하게 작별의 모임을 가졌다. 신야 씨와 엄마까지 다 모였고, 미치요 씨와 모리야마 씨는 찔끔 눈물을 보였다. 그리고 모두 함께 차분히 뒷정리를 했다. 손님들도 같이 청소를 도왔다. 그 시절 나와 엄마에게 부활을 꿈꾸게 했던, 조그만 창문으로 내다보이는 자자와 거리의 경치를 사진에 담고 유리창을 정성스럽게 닦은 후에 문을 단단히 잠갔다. 이제 짐을 꺼내는 날까지 '레 리앙'은 어둠에 잠긴다.

"2월에는 같이 프랑스에 있겠네. 잘 부탁해."

그렇게 말하고 미치요 씨는 밤길로 사라졌다.

"이렇게 한 시대가 끝났구나."

엄마가 말했다. 나와 신야 씨와 엄마는 지즈루 씨 가게에 가서 건배를 했다. 두 사람이 그 동안 수고했다고 말해 주어 기뻤다. 지즈루 씨도 건배에 동참했다.

오늘은 집으로 돌아가겠다는 신야 씨를 역까지 바래다 주고, 엄마와 둘이 걷기 시작했다.

쇼핑가는 연말이라 그런지 밤늦게까지 북적거렸다.

무언가를 마무리 지으려 조급한 사람들이 허둥대는 느낌이었다.

“너도 내일부터는 한가해지겠구나. 벽장 정리 좀 해.”

엄마가 웃으며 말했다.

“하기야, 한동안은 좀 느긋하게 지내야겠지.”

“응, 고마워. 그리고, 엄마……”

내 입으로 말을 꺼내 놓고서, 대체 무슨 말을 하고 싶은 건지 갈피를 못 잡은 나는 결국 이런 말을 하고 말았다.

“신야 씨랑 나, 어떻게 생각해?”

엄마는 나를 힐끗 보고는 잠시 아무 말 없이 걸었다. 또각또각, 굽이 뾰족한 엄마 부츠에서 나는 소리만 유난히 잘 들렸다. 그리고 쇼핑가 한가운데쯤에 있는 편의점 앞에서, 엄마가 겨우 대답했다.

“잔 적이 있는 친구……. 그런 분위기야. 미안하지만, 결혼 같은 미래는 없을 거야. 아주 좋은 사람이기는 하지만.”

“그런가.”

나는 역시, 하고 생각했다.

자신의 의견이 미칠 영향까지 염두에 두고 숙고한 후에 한 대답이리라. 그런 엄마가 좋았다.

“미안하다. 지금 한참 연애 중인데, 찬물 끼얹는 소리를 해서.”

엄마는 여자 친구처럼 솔직하게 사과했다.

“아니야. 나도 어렴풋 그런 생각을 하고 있었으니까.”

나는 말했다.

"그럼, 분명히 하는 편이 좋을까?"

"아니, 분명히 해야 한다는 생각을 아예 하지 않는 편이 좋을 거야. 양쪽에 다 책임이 있으니까."

"정확한 표현은 아니지만, 의미는 충분히 알겠어."

나는 웃었다.

가게는 '오늘은 아직 문을 닫지 않는다. 때가 되면 그때 생각하자.'라는 심정으로 매일 일하다 보니, 정말 어이없이 끝나고 말았다. 마지막에는 너무 바빠서 거의 날마다 모리야마 씨가 와 준 덕분에, 오히려 여유가 생겨 바쁜 것을 즐길 수 있을 정도였다.

그런데 정말 끝나고 나니, 맥이 좍 풀리고 말았다. 그리고 아무런 맥락 없이, 생각했다. 만약 아빠가 죽지 않았더라면 그 여자는 다른 사람을 또 찾았겠지. 그렇다면, 아빠는 그 사람을 살려 낸 셈이 된다. 그 반대로, 아빠가 만약 죽지 못해 그다음 사람이 죽었다면, 사뭇 죄스러운 심정이 들었겠지.

그렇게 생각하고서야 비로소 그 아주머니가 나를 찾아온 의미를 이해할 수 있었다.

"임마, 사실은."

나는 말을 꺼냈다.

“할 얘기가 좀 있어. 그 비싼 바에서, 한잔 더 하고 가지 않을래? 내가 낼 테니까.”

“좋아, 연애 상담이니?”

“아니야. 얼마 전에 가게로 어떤 아주머니가 찾아왔는데, 그 얘기.”

“알았어.”

엄마는 어떤 얘기가 나올지, 내 표정으로 이미 눈치챘던 것이리라.

카운터 자리에 앉아 늘 그렇듯 오늘의 추천 생과일 칵테일을 주문한 후에 지금까지의 일을 엄마에게 다 털어놓았다. 야마자키 아저씨를 만났고, 그 아주머니와 신야 씨가 부적과 소금을 주었으며 그 여자에 대해 이러저러한 것을 새로 알게 되었다고.

정작 해 놓고 보니 대수롭지 않은 얘기여서, 무겁게 여겼던 내가 문제라는 것을 잘 알았다. 엄마도 비교적 담담한 표정으로 들었다. 약간 눈썹을 찡그리기는 했지만.

눈썹을 찡그린 엄마 얼굴이 젊었을 때는 이런 얼굴이었겠지, 싶을 정도로 섹시했다.

“그래서, 넌 어떻게 하고 싶은데?”

엄마가 물었다.

"그 숲에 가서, 기도나 공양 같은 걸 하고 싶은 거니? 『애도하는 사람』*처럼?"

"엄마, 그거 요즘 소설인데. 언제 그런 걸 다 읽고."

"엄마에게 있는 건 시간뿐이잖아. 아르바이트 빼면."

"글세, 꼭 하고 싶은 건 아니고, 하는 편이 좋을까 하는 정도."

"미안하지만, 분명하게 말할게. 엄마는 사양하겠다. 하다 보면 그 여자를 위한 것도 될 테고. 그리고 엄마는 아직 마음의 정리가 안 됐는데, 거짓인 셈이 되잖아."

"그렇게 말할 줄 알았어. 그러니까, 그냥 말해 본 거야."

말은 그렇게 했지만, 눈에는 눈물이 고였다. 이상하네, 어린애로 돌아간 것 같아. 엄마가 거부했다고 눈물까지 흘리다니.

"미안하다. 하지만 이 일에 관한 한, 엄마와 너의 입장은 달라야 한다고 생각해."

엄마가 말했다.

"사실 지금은 아빠가 밉지 않아. 그 여자도. 분하고 억울하지만, 빼앗긴 내가 바보지. 자기 목숨을 내놓은 아빠는 더 바보였고. 그렇다고, 저세상으로 잘 가라고 두 손 모

____

* 덴도 아라타의 소설. 삶과 죽음의 문제를 다루고 있다.

아 빌 수는 없어."

"그래, 엄마 말이 맞아."

나는 넘쳐흐르는 눈물을 닦으면서 말했다.

"엄마는 엄마 입장에서, 혼자여야 한다고 생각해. 이 세상에서 이 문제를 공유할 수 있는 사람은 너뿐이야. 그러니까 네가 현장에 다시 가 보고 싶다면, 말리지 않을게. 하지만, 엄마는 가고 싶지 않아. 그런 엄마 마음을 소중히 여기고 싶다. 아마 평생 가 보지 않을 거야. 언제나 지금 지점에서, 그 사람의 좋았던 점이나 즐거웠던 추억을 문득 떠올리는 것으로 족해."

"응, 알아. 내가 아직 어려서, 그래서 같이 갔으면, 둘이 나란히 마음을 모아 빌 수 있다면 하고 바란 건 아니야. 납득할 수 없는 일은 납득할 수 없는 그대로라도 상관없어. 다만 아빠가 전화하는 꿈을 몇 번이나 꿔서, 내 기분이 후련해질 수 있는 일을 하고 싶었어."

"그래, 너 하고 싶은 대로 해. 엄마도 그건 싫지 않고, 반대하지 않아. 단 엄마는 가고 싶지 않아. 그런 너그러운 짓, 하고 싶지 않아. 이 부글부글 끓는 원망을 부둥켜안고 지내는 게 엄마에게는 건전해."

엄마가 계속해 말했다.

"그래도, 너에게는 정말 감사하고 있어. 엄마도 정신을 똑바로 차려야겠다고 생각은 하지만 기억이 별로 없어. 그 무렵의. 눈앞이 캄캄한 상태로 시간만 그냥 지나가 버렸어. 그래서 너에게 기댔고, 들어와 살기까지 하고. 얼마나 큰 힘이 되었는지 몰라. 이렇게 버려진 심정이 어떤지 아니? 세상 이목을 생각해서도 정말 참담한 일이지만, 그게 다기 아니야. 이삐의 본외는 아니었고, 어쩌면 그 여자의 술수에 넘어갔을 뿐인지도 모르지. 모두들 그렇게 말하기도 했고. 하지만 그런 게 아니야. 정말 엄마 자신이 싫어서, 엄마의 모든 게 더럽고 역겨워서, 이 세상에서 사라져 버리고 싶어. 조금이라고 좋은 일이 생길라 싶으면, 그럴 때마다 둘이 사이좋게 죽어 있는 두 사람의 모습이 떠올라. 그리고 나란히 침대에 있는 모습, 사이좋게 술을 마시는 모습도 같이 생각하게 되고. 그러면 엄마가 아무런 가치도, 의미도 없는 존재인 것처럼 여겨져. 그래서 너와 같이 있을 때만 엄마에게도 존재의 의미가 있다고 생각할 수 있었어. 널 낳기를 잘했다고. 당시 엄마 아빠 사이가 좋지 않아서, 헤어지든지 아니면 아이를 갖고 다시 시작하자고 애기를 나눈 끝에 아이를 갖기로 결정한 거거든. 그러기를 정말 잘했지. 엄마는 너 없는 인생은 상상할 수 없어. 네가 무사히 실아가는 게 엄마의 가장 큰 소망이야. 엄마 인생보다 훨씬 간절한 소망. 그렇다고 너의 그 예쁜 마음을 따라 그곳에 갈 수는 없어. 속에 이렇게 구질구질한 것을 담고는. 엄마, 툭하면 아빠 죽어 버리라고 생각하는걸. 하지만 죽은 사람이 다시 죽을 수는 없으니까.”

나는 잠자코 고개만 끄덕이고 칵테일을 마셨다. 싱그러운 과일 맛이 입안에 퍼졌다. 살아 있음이란 그저 이런 것이라고 생각한다.

딱히 내가 착한 사람인 것은 아니다. 같이 살겠다고 찾아온 엄마를 때로는 귀찮아했고, 나를 늘 원하는 신야 씨도 성가셔 했다. 가게 역시, 땀 흘려 일하고 청소한다고 해서 내 소유가 되는 것이 아니고, 아무리 정성스럽게 대한다 한들 손님이 내게 뭘 해 주는 것도 아니고, 미치요 씨또한 나와 결혼해 내 미래를 책임져 주지는 않는다. 모든 것이 헛수고, 나만 손해를 보고, 나쁜 일을 당하고, 언제나 남들 때문에 속이 상한다, 그런 속마음을 얼마든지 들춰낼 수도 있었다.

하지만 아빠와 엄마가 내게 베풀어 준 것이 그러지 못하도록 했다.

어째서인가, 자신은 사랑받고 있다는 자부심을 가지라고 두 사람이 행동으로 가르쳐 준 듯한 기분이 든다.

어쩌다 죽었고, 자기 집이 있는데 딸 집에 들어왔어도, 그들은 그들답게 살았고 살고 있다. 그런 사실도 나를 지켜 주었다.

그때 엄마가 한 손에 술잔을 든 채로 먼 곳을 바라보며, 불쑥 말했다. 그 말을 듣고서, 나는 오싹 소름이 끼쳤다.

"꿈 말인데, 엄마도 꿔. 엄마, 아빠가 전화를 걸고 싶었나 보다 생각해. 죽을 때, 그 사람 머릿속에는 전화를 걸고 싶다는 생각밖에 없었던 거야. 그것만은 엄마 손안에 있는 일처럼 분명하게 전해져. 그리고 그 상대는 옆에 있는 그 여자가 아니라 우리야. 그러니까 괜찮아, 이제. 그러면 된 거잖아. 엄마는 그거면 족해."

엄마에게 뭔가를 줄곧 숨기고 있다는 마음의 부담과, 가게를 완전히 접을 즈음인데 감기에 걸려 싸매고 누우면 안 된다는 긴장감이 한꺼번에 풀리면서 그 밤 열이 펄펄 끓었다. 이런 걸 태열이라 하나 생각될 정도로 갑자기 열이 펄펄 오르다 세 시간 정도 지나자 씻은 듯이 사라졌다.

나는 내내 물만 마시면서 이불 속에 있었다. 엄마는 레몬즙을 섞은 따끈한 꿀물을 타 주었다. 나는 부들부들 떨면서 그것을 마셨다. 입안에 번지는 시큼한 레몬 맛 속에서, 낡은 다다미에 묻은 얼룩이 영 눈에 거슬렸다. 열이 있을 때는 그런 것들이 유독 잘 보인다. 그래도 그 깔끔한 매구로 집으로 돌아가고 싶다는 생각은 들지 않았다. 그곳은 우리 가족의 집. 그 시기는 끝났다.

"마쓰다 유사쿠, 보고 또 봐도 좋다니까. 소리 줄일게."

엄마는 그렇게 말하고 이번에는 「아호먼스」*를 보기 시작했다.

열에 들뜬 머릿속에 젊은 날의 데즈카 사토미가 천사처럼 아름답게 비쳤다.

어두운 방 안에서 번쩍거리는 텔레비전 화면 때문에 가족 여행의 한 장면이 떠올랐다. 내가 잠든 후에 엄마 아빠가 누워 텔레비전을 보았던 여관방 같았다.

그렇게 생각했을 때, 그 일이 있은 후 처음으로 아주 자연스러운 눈물이 흘렀다.

오열이나 절규가 아니고, 고통과 증오와 억울함도 담지 않은.

이제 어린애가 아닌 자신에 놀라고, 지나간 시간을 그리워하는 눈물이 하염없이 흘렀다.

엄마나 나나 서로가 소리 없이 우는 것에 너무도 익숙해, 엄마는 내가 우는 것을 눈치챘으면서도 아무 말이 없었다. 차갑지도 뜨겁지도 않게 공감하면서 그저 방 안에 있었다.

---

* 카리부 마레이 원작의 만화. 1986년 영화화되었다.

그렇다는 것을 알았을 때, 지금의 나는 행복하다고 생각했다.

한때뿐인 애인과 갈비를 먹고 있는 들뜬 행복과는 달랐다. 보다 깊은 곳에서, 나는 용서를 받았다고 느꼈다.

잠에서 깨어나 시계를 보고는, 앗, 시각이다, 했지만, 다시 생각해 보니 이제 가게는 없었다. 해가 바뀌기 전까지 할 일이 없다니, 기분이 이상했다. 놀랍고, 몸은 여전히 가게에 가고 싶어 하는 듯한. 자신의 일부를 어디다 두고 온 듯한.

엄마는 벌써 나가고 없었다. 가스레인지에는 엄마가 끓여 놓고 간 죽 냄비가 있었다. 열도 나고 울어서 그랬나 싶었다.

겨울 하늘은 청명하고, 바람이 휭휭 소리 내며 불고 있었다.

하얀 햇살 속에서 다다미가 빛나고 있다.

나는 죽의 달콤한 맛을 음미하면서 창문으로 불 꺼진 캄캄한 가게를 내려다보고는 뭐라 말할 수 없는 기분에 젖었다. 그저 쉬는 날과는 다르다. 저곳에 활기가 되살아나는 일은 이제 없다. 며칠 지나면 업자들이 들어와 주방 기기를 떼어 내리라. 다시 사용할 수 있는 것은 미치요 씨 집에 잠시 보관하기로 했다. 프랑스 여행은 미치요 씨가 1월 중순경에, 나는 2월에 출발해서 파리에서 만나 굴 요리를 먹는 것으로 시작된다. 여권을 갱신하고, 여행 가방을 가지러 메구로 집에도 다녀와야 하고, 내게도 할 일은 있는데 지금은 그저 멍하니 있다.

하늘이 높아, 연처럼 끝없이 날아갈 수 있을 것 같았다.

나는 문득, 이바라키에 가 보자고 생각했다. 소금과 부적을 들고, 밝은 낮에 가 보자고. 날이 이렇게 화창하고, 기분도 이렇게 멍하면 갈 수 있을지도 모르겠다고.

나는 간단히 짐을 챙긴 후, 일하러 나갔을 엄마에게 '열도 내렸으니까 잠시 이바라키에 다녀올게요. 자고 오지는 않을 거예요.'라고 문자를 보내고 집을 나섰다.

도쿄 역에 도착해 버스표를 사고, 지하로 내려가 주먹밥과 녹차를 샀다. 버스 출발 시간 십오 분을 남겨 놓고 벤치에 앉아 네거리와 다양한 곳을 향해 떠나는 버스와 묵묵히 목적지로 향하는 승객들의 모습을 보고 있자니 갑자기 외로움이 밀려와 견딜 수가 없었다. 왜 외로운지는 몰라도 그저 눈물만 하염없이 흐르고 숨이 막혀 어쩔 줄을 몰랐다.

어떡해, 이제 곧 버스를 타야 하는데, 마음을 가라앉혀야 하는데. 그렇게 생각하면 할수록 외로움에 가슴이 먹먹해졌다. 모든 것을 다 잃어버린 듯한 이상한 감각이 엄습했다.

엄마에게 전화를 걸자, 역시 그래야겠어, 하고서 휴대전화를 꺼냈다가, 걸려 온 전화가 있다는 것을 알았다. 신야 씨가 걸었나, 하고 봤더니 야마자키 아저씨였다. 나는 반사적으로 전화를 걸었다.

"여보세요."

그런 때에도 야마자키 아저씨의 목소리는 나를 안도케 한다.

"전화 거셨어요?"

울어서 엉망인 코맹맹이 소리에 아직도 훌쩍거리는 상태였는데도 나는 예의를 차렸다.

"이바라키 일은 어떻게 됐나 하고 걸어 봤어. 오늘 날씨가 이바라키에 가기에 딱 좋다 싶어서. 아, 그렇다고 오늘 가자는 건 아니고, 그냥 생각나서."

야마자키 아저씨는 천진하게 말했다.

"오늘 같이 가요."

나는 울면서 말했다.

"실은 지 지금 도쿄 역에 있어요. 일단은 버스 타고 스이고이타코까지 가려고요. 그런데, 갑자기 허전해져서 울었어요. 길동무가 필요해요."

"뭐, 지금? 게다가 울고 있다고?"

야마자키 아저씨가 말했다.

"엄마는?"

"안 가겠대요. 설득의 여지도 없이, 거절당했어요"

그렇게 말하고 났더니 더 외로워져 나는 엉엉 울음을 터뜨리고 말았다. 야마자키 아저씨는 잠시 말이 없었다. 꽤 오래도록, 나는 마냥 울기만 했다. 몇 분 후, 야마자키 아저씨가 밝은 목소리로 말했다.

"좋아, 가자. 오늘은 나 시간도 많고, 기분도 날씨랑 같으니까. 그런데 요시에 너, 버스 탈 거라면서? 난, 차로 갈 건데. 뒤쫓을까?"

굉장한 사람이라고 생각했다. 그리고 솔직하게 대답했다.

"네, 기다릴게요. 스이고이타코나 가시마 부근에서 연락을 주고받으면 될 거예요."

어떻게든 만나면 된다고 생각했다.

"내 쪽이 좀 늦을 텐데."

야마자키 아저씨가 말했다.

"그럼 '산테'에서 목욕하고 있을게요."

"알았어. 그 이름으로 내비게이션 찍고 가지. 도착하면 전화할게."

정말 행동력이 대단하다. 나는 살짝 얼이 빠져서, 야마자키 아저씨가 정말 좋아질 것 같았다. 조금 전까지 방황

하던 마음이 순간에 따뜻해졌다. 나는 경쾌한 기분으로 버스에 올랐다.

뭐야, 사실은 엄마와 같이 가고 싶었잖아, 하고 나는 깨달았다.

스무 살이 넘었으니까 무슨 일이든 혼자 할 수 있다고 생각했는데, 턱도 없는 착각이었다. 나는 아직까지는 살아갈 길이 더 먼 인간이라는 것을 새삼 깨달았다. 하지만 오히려 상쾌한 패배감이었다. 바짝 죄고 있던 것이 스르륵 풀려 흐물흐물해지고, 첫걸음부터 다시 시작할 수밖에 없는 바닥에서 높은 곳을 올려다보는 기분이었다.

출발한 버스가 고속도로를 탔다. 꾸벅거리다 보니 어느새 도착해 있었다. 전에 왔을 때는 아무것도 없는 황량한 벌판 같은 장소처럼 거의 경치가 보이지 않았는데, 지금은 보였다. 높고 멀고 메마른 하늘을 질러가는 바람도 보였다. 군데군데 금색으로 빛나는 드넓은 초원도 보였다. 차분한 마음으로 바라보면 경치는 전혀 달라진다.

그리고 택시를 타고서 만나기로 한 장소로 향했다.

그 온천 시설은 국도에서 좀 떨어진 곳에 바다를 바라고 서 있었다. 나는 관광객인양 짐을 사물함에 집어넣고, 그 고장 할머니들에 섞여 몸을 씻었다. 그리고 널찍한 노천탕에 몸을 담그고 한없이 넓은 푸른 하늘과 나무들 너머로 출렁이는 바다를 바라보며 오래도록 시간을 보냈다. 오랜만에 크고 넓은 것을 보아 내 마음마저 넓어졌다. 오길 잘했다고 생각했다.

지금은 내가 신야 씨보다 야마자키 아저씨를 좋아하는 시기라는 것도 자각할 수 있었다. 마음이 홀가분했다. 결혼하고 싶을 만큼 신야 씨가 좋아지는 일은 없으리란 걸 알게 되어 다행이었다. 그날 밤, 더는 참지 못한 점이 신야 씨의 가장 바람직한 부분이었지만 나는 그 부분을 진심으로 귀엽다고 여길 수 없었다. 조금 더 기다려 주었더라면, 일이 다르게 전개되었을지도 모르지만.

여자에 너무 익숙한 그를 막판에는 도무지 신뢰할 수 없었다. 몸이 앞서서 그를 좋아하게 되면 마음은 점점 뒤처지리라고 생각했다.

과연 우리 엄마, 왜 하필 「탐정 이야기」를 보고 있었을까. 게다가 드라마가 아니라 영화판을. 거기에 이미 해답이 그려져 있지 않은가.

한 시간 쯤 지나 나와 보니, 문자가 와 있었다. '도착했는데, 연락이 되지 않는군. 나도 목욕이나 하고 나와야겠어. 홀에서 만나지.'

홀에 누워 선잠을 자고 있는데, 마치 약속이라도 한 가족처럼 갓 목욕을 끝낸 야마자키 아저씨가 들어왔다.

"여, 요시에."

야마자키 아저씨가 반가운 목소리로 말했다. 누운 자세에서 보는 야마자키 아저씨의 커다란 눈망울 속에 내가 안심할 수 있는 장소가 확실하게 보였다. 묘한 차분함이 나를 지배했다. 뭘 따져서가 아니라, 그냥 쓰윽 들어갈 수 있는 공간을 보았다. 역시 틀림없어, 빛 번을 만났기 때문에, 무슨 일이 있었기 때문에, 뭔가를 해 주었기 때문이 아니다. 이 사람에게 마음이 기울고 있어, 확실해. 그렇게 생각했다. 그에게 아름다운 부인이 있고, 내가 내 마음을 표현하는 일은 없다 해도.

나는 일어나 말했다.

"전화 못 받아서 죄송해요. 그리고 여기까지 오시게 해서 죄송합니다."

"목욕도 했으니 맥주 한잔 시원하게 마시고 싶은데, 운전을 해야 하니."

야마자키 아저씨가 웃었다.

"오늘은 시간도 있었고, 내가 좋아서 온 거니까 괜찮아."

야마자키 아저씨 나이가 몇이었더라, 꼽아 보았다. 아빠보다 아래인 마흔다섯 정도일 텐데 차분한 성격 탓인시 늘 위라 여겼다. 찬찬히 살펴보니 아직 피부도 탱탱한데 언제나 아저씨 차림새라 그랬나. 나는 태평하게 생각했다.

“뭐랄까, 이 바람과 하늘의 느낌에 왠지 불현듯 오늘은 이모 산소에나 다녀올까 싶은 생각이 나서, 그래서 전화해 본 거야. 여기까지 올 마음은 전혀 없었는데, 잘됐지 뭐. 이렇게 햇살이 좋으니까, 훌훌 털고 저세상으로 갈 수 있지 않을까?”

그렇게 말하는 야마자키 아저씨의 실로 중년다운 옆얼굴을 보면서, 마음이 푸근히 가라앉았다. 그래, 역시 그랬구나. 오늘, 나도 하늘을 보면서 그렇게 생각했는데.

“그래요, 왠지 저도 해치우고 싶은 기분이 들었어요.”

나는 말했다. 이제 어리광을 부리거나 의지하고 싶지 않았다. 대등하게 생각하기로 했다.

“안 그러면 앞으로 나가지 못할 것 같기도 하고. 가방에 들어 있는 부적과 소금이 점점 무거워졌어요. 그런데 엄마가 거부하는 바람에, 생각했던 것보다 얼마나 외롭던지. 이렇게 와 주셔서 정말 기뻐요. 사실은 그 장소에 가는 거, 몸이 부들부들 떨릴 정도로 무서웠어요. 정말 고맙습니다.”

“요시에, 얼마 전에 봤을 때보다 아주 어른스러워졌는데.”

“여러 가지 일이 있어서, 제가 아직 어린애라는 것을 뼈저리게 알았을 뿐이에요.”

나는 그렇게 말했다.

그 여자와 아빠가 같이 죽은 장소는 국도에서 한참 떨어진 숲 속의 조그만 동네 근처였다.

사는 사람 없는 폐허 같은…… 널마루는 썩고 망가지고 유리마저 깨진 건물이 있고, 여름 시즌에만 사용하는 탓인지 베란다에 세워 놓은 서프보드가 마냥 바람을 맞고 있는 별장지 부근. 주변에 사는 사람도 별로 없고 오가는 이도 없어 사방으로 무성하게 뻗은 나뭇가지에 시야가 가리는 비포장도로 끄트머리였다.

두 사람(같이 묶어서 말하긴 싫지만)을 발견한 것은 그 근처에 사는 그림책 작가의 부인이었다. 그 부부는 많지 않은 주민 중에 그곳에 이사 와 정착해 사는 사람들이었다. 끊어진 길 끝에 차가 장기간 서 있기에, 강아지와 산책하는 길에 들러 보았다고 한다.

인상 좋은 부인은 우리 처지를 정말 안타까워했고, 넋 놓고 있는 엄마와 나에게 따끈한 차를 끓여다 주었다. 훗날 그 보답으로 과자를 보냈더니, 정에 넘치는 답장을 보내 주었다. 편지에는 그림책 작가가 그린 멋진 그림도 동봉되어 있었다.

야먀자키 아저씨의 낡은 미니 쿠퍼를 타고 윙윙 바람 부는 숲 속으로 들어가면서, 그렇게 비참한 날에도 한 줄기 빛은 있었네, 하고 그 부부를 떠올렸다. 안 그래도 많이 흔들리는 차인데, 포장되지 않은 길이라 더욱 흔들렸다. 언덕길을 오를 때에는 마치 롤러코스터를 탄 기분이었다.

우리 둘 다 점차 말이 없어졌다.

그 장소를 안내하면서 나는 역시 숨 쉬기가 힘들고 어질어질해졌다. '정말 가는 거니, 너.' 하고 생각했다.

물론 그 장소에 아빠의 차는 이미 없고, 끔찍한 광경이 되풀이되지도 않았다. 그저 낙엽에 덮인 휑한 오솔길이 있을 뿐이었다.

이 얼마나 불길한 장소인가. 이곳에서 사람이 죽었다. 아빠가 인생을 마감한 장소, 그것도 달갑지 않은 심정으로. 아빠의 음악도 그 멋진 연주도 우리의 시간도 모두 이 황량한 블랙홀에 빨려 들어가고 말았다. 그런 장소다.

"여기예요."라고 말하자 야마자키 아저씨가 차를 세웠다.

"부적을 여기에다 그냥 두고 가면, 사는 사람들이 꺼림칙해하겠죠."

차에서 내리면서 내가 말했다.

"괜찮지 않을까. 아니면 차라리 묻든지."

"그럼, 한쪽 끝에 묻을까요."

야마자키 아저씨가 차 트렁크에서 꽃삽을 꺼내 왔다. 부삽이 아니라 꽃삽이었다.

"그거, 언제, 뭐하느라 쓰시던 거예요?"

“아주 오래전에, 마누라가 친정집 마당에 알뿌리를 심을 때였을 거야.”

야마자키 아저씨가 웃으며 대답했다.

“사모님은 안녕하세요?”

“이혼했어. 벌써 이 년 전에. 그녀가 집을 나갔지.”

야마자키 아저씨가 그렇게 말했다.

“내가 바람을 피워서 그랬던 건 아니야, 아예 안 피우지도 않았지만. 아무튼 까다로운 여자였어. 아이를 갖고 싶어 했는데, 생기지 않았고. 젊은 남자를 사귀더니, 나와 이혼하고 그 남자와 결혼해서 늦둥이도 낳았지.”

그 얘기를 들으면서 나는 솔직히, 조금 기뻤다. 그래도 이 사람이니까, 사귀는 여자가 이미 있겠지, 하고도 생각했다.

“그랬군요. 그렇게 아름다운 분이었으니, 여러 가지 일이 많았겠지요. 하지만 안타깝네요. 두 분이 함께 있는 모습, 좋아했는데. 엄마나 저나.”

“이모도 이제는 없고, 나는 이혼했고, 몇 년 사이에 많은 것들이 변했어. 이렇게 아무렇지 않게 살아 있다는 게 신기할 정도야.”

“저 역시 아직 엄마가 있는데, 모든 것을 잃은 듯한 기분이에요.”

"너는 무슨 일이든 말로 생각하기 때문이야. 빙글빙글 제자리만 맴돌 뿐, 대답이 없는 일이 많을 거야. 하지만 요시에 너에게는 그게 시간을 보내는 아주 좋은 방법이라고 생각하니까, 어리다든지 바람직하지 못하다 여긴 적은 없어. 하지만 한편 아무것도 없는 공간을 그저 멍하게, 아무 생각도 하지 않은 채 바라보며 꾹 참는 방법도 있지. 엄마는 아마 그쪽 타입이 아닐까 싶은데."

야마자키 아저씨는 진지하게 말했다. 적확한 지적이라 나는 대꾸하지 않았다.

"그런 엄마를 보면 걱정이 되니까, 요시에 네가 대신 생각하게 되는 거겠지. 하지만 아무리 가까운 사람이라도 대신 생각해 줄 수는 없는 거야. 그래도 그런 점이 요시에의 귀엽고 좋은 면이라고 생각해. 너는 언제든 열심이었고, 1초도 허술히 하지 않고 생각하고 움직이고 사람 걱정을 하니까. 너무 굳세어서 눈물이 다 날 지경이다."

"그래요, 제가 생각에 잠긴 시간을 발전에 활용할 수 있다면, 아마 상당한 양의 전력이 만들어지겠죠. 하지만 달리 할 수 있는 일이 없었어요, 이 일에 관해서는. 이렇게 생각을 많이 한 적, 전에는 없었을지도 몰라요."

"아니지, 요시에 너는 어렸을 때부터 언제나 사람의 생각을 대신 해 주는 아이였어. 이모나 네 엄마는 일단 저질러 놓고 생각하는 타입이었는데. 그런 두 사람 생각을 열심히 하는 것은 언제든 너였으니까. 그런데 늘 손쉽게 밀려났어, 그 두 사람에게. 외동이라 참 힘들겠다고 생각했지, 당시에는. 엄마, 아빠, 그러다 내일 열 나면 어떻게 하려고 그래? 그렇게 많이 먹으면 나중에 배탈 날 텐데. 그렇게 요시에 넌 늘 걱정이 많았어."

야마자키 아저씨가 말했다.

"이제는 자기 생각만 해도 괜찮을 때야."

"고마워요, 아저씨."

나는 그 말을, 지켜봐 준 것을 진심으로 감사하며 말했다.

그리고 둘이서 말없이 구덩이를 팠다. 부적을 묻자니 왠지 죄스러웠지만, 이곳에서 죽었다는 사실에 비하면 신에게도 큰 폐는 되지 않으리라. 아니지, 신에게는 어떤 일이든 폐가 되지 않을 거야, 보다 엄청난 일, 가령 동반 자살이나 살인도. 그렇게 생각하자 마음이 조금은 편해졌다.

신야 씨 고마워요, 하고 생각하면서 신야 씨가 준 부적을 묻었다.

그리고 나는 끝내 그것을 꺼냈다.

아빠가 죽을 때까지 사용했던 휴대전화였다.

몇 번이나 내 꿈에 나타났던 전화다.

그날 아침, 아빠는 휴대전화를 두고 나갔다. 아빠가 죽은 후에도 충전을 계속했다. 경찰에서 일단 조사를 한다면서 가지고 갔다. 물론 그 여자가 보낸 문자와 전화 기록도 많았고, 나와 엄마가 보낸 두서없는 문자도 공개되고 말았다. 만약 그날 전화기를 두고 나가지 않았다면, 그래서 어느 단계에서든 연락이 닿았다면 이상한 낌새를 눈치채고 막을 수 있지 않았을까 하는 심정도 우리를 오래 괴롭혔다. 그리고 전화기가 비닐 봉투에 담겨 경찰에서 돌아온 날 밤, 엄마는 그것을 현관 바닥에 내던지고는 치를 떨면서 몇 번이나 짓밟았다. 그러고는 바닥에 엎드려 엉엉 울었다. 그 격한 광경을 보면서 내 눈에서도 눈물이 끝없이 흘러나왔다. 엄마는 자신이 전화기에 담긴 정보를 보는 것도 싫고, 우리 생활을 누군가가 들여다보는 것도 싫다고 울부짖었다.

그래서 그 산산이 부서진 전화기는 아빠처럼 완벽하게 죽어 버렸지만, 조각조각을 그러모아 간직했던 나는 왠지 버릴 수 없어 지금까지 갖고 있었던 것이다.

나는 부적과 함께 그 전화기를 묻었다. 아빠에게는 괜히 미안했지만, 전화기를 갖고 있는 한 슬픔을 이겨 낼 수 없을 것 같아 묻고 싶었다. 그밖에도 추억 어린 물건들은 많으니까, 굳이 이 슬픈 것을 갖고 있지 않아도 된다고 생각하면서.

묻고 나면 꿈속에서도 아빠가 더는 전화기를 찾지 않을지 모르니까, 그러기를 바라는 마음으로.

그리고 낙엽을 그러모아 원래대로 그 위를 덮었다. 아빠, 전화기의 영혼이 지금 거기로 가니까, 마음껏 걸어. 나는 따스하고 너그러운 기분으로 그렇게 생각했다.

"어, 이거 이모 휴대전화인가? 오랜만에 보는군. 그런데 왜 이렇게 엉망이 되었지? 왠지 무서운걸."

야마자카 아저씨가 그렇게 말한 후에, "그렇게 낙엽으로 가리지 않아도 돼. 함정도 아닌데."라며 웃었다. 그 말투가 우스워서, 나도 웃었다. 둘의 웃음소리가 바람을 타고 경쾌하게 숲을 질러갔다.

그리고 꾸러미를 풀고 소금을 한 움큼 집어 야마자키 아저씨에게 덜어 주고는 귀신이라도 떨어내려는 듯 함께 뿌렸다.

그리고는 두 손 모아 기도했다.

아빠 사진은 지금 시모키타자와에 있어, 그러니까 안심하고 저세상으로 가세요. 엄마는 아직도 화가 좀 나 있지만, 속으로는 아무도 원망하지 않을 거야.

그리고 잘 모르는 여자, 우리 고모가 젊었을 때 철없는 짓을 한 탓이었는지, 알지도 못하고 관심도 없지만, 돌고 돌아 이렇게 깊은 연을 맺고 만 박복한 미인, 당신에 대해서는 아는 게 없고 앞으로도 알고 싶지 않지만, 이렇게 두 손 모아 빕니다. 만약 다시 태어난다면, 다시는 다른 사람까지 끌어들여 죽지 않기를. 혼자 죽고 싶지 않은 심경은 이해하지만, 주위 사람들의 상처가 너무 크니까. 정말 인생 항로가 바뀌어 버렸으니까.

"조금은 후련하군."

야마자키 아저씨가 그렇게 말해, 나는 반짝 눈을 떴다.

조금은 후련하느냐고 묻지 않고 자신이 후련해졌다고 말해 주어 나는 또 안도했다.

오지 않은 엄마가 옳았던 것처럼, 이런 일은 누구와 함께 나눌 수 있는 게 아니다.

산소에는 가겠지만, 이곳에는 두 번 다시 오지 않으리라고 생각하며 일어났다. 그리고 멀리 보이는 그림책 작가 집의 불빛을 향해 고개를 숙였다.

아무쪼록 건강하고 행복하게 오래오래 사세요. 고마웠습니다.

"저도 마음이 한결 가벼워요. 이곳 생각을 하면 움직이지 않는 차와 경찰차와, 그런 광경만 떠올라서 정말 암울했는데. 그 위에 오늘 경치가 입혀져서, 조금은 편해진 것 같아요."

침착하게 말했는데, 눈에서는 눈물이 제멋대로 똑똑 떨어졌다.

이곳을 영원히 떠나기에 앞서 불현듯, 그날 그림책 작가의 부인이 끓여 준 따끈한 녹차가 떠올랐던 것이다. 빙그레 미소 지으며 생기에 찬 목소리로 "자요!" 하면서 찻잔을 건네는 부인 뒤에서, 그림책 작가는 고요한 눈길로 우리를 보고 있었다. 그 눈에는 살면서 수많은 것을 보아 온 깊이가 있었고, 부부가 함께해 온 세월이 있었다. 그들에게도 섬뜩하고 충격이 큰 사건이었을 텐데, 그런 내색을 조금도 비치지 않고 진중하게 대처하며 오히려 우리에게 신경을 써 주었다. 엄마나 나나 망연히 차를 마셨다. 영원히 잊지 못할 맛이 났다. 매달리고 싶을 정도로, 조건도 없고 보답도 원하지 않는 자애로운 마음의 맛이었다.

"그럼 다행이고."

야마자키 아저씨가 그렇게 말하고 시계를 보았다.

"벌써 4시야, 오아라이 수족관에는 못 가겠는데. 그나마 목욕이라도 했으니 다행인가."

"아니, 가요."

나는 말했다. 심장이 쿵쿵거렸다. 얼굴이 빨갛게 달아오르는 것도 느낄 수 있었다.

"내일 아침에 돌아가요."

"무, 무슨 소리를 하는 거야, 요시에. 그랬다가는 이모에게 맞아 죽지"

"이미 죽었으니까, 그럴 일 없어요."

"유령에게 죽어."

야마자키 아저씨가 웃었다. 고른 치열이 보여, 이 사람의 웃는 얼굴 최고인데, 하고 생각했다. 주위의 살풍경한 겨울 숲이 빛나 보인다.

"아무것도 없어도 좋아요. 오기를 부려서라도 신나는 일을 하고 싶어요."

나는 그렇게 말했다.

"신나는 일을 하는 것 말고는 할 수 있는 일이 없으니까."

야마자키 아저씨는 말없이 듣고만 있었다. 나는 주머니에 손을 넣고, 먼 하늘을 올려다보면서 말했다.

"만약 무슨 일이 있어도, 나는 괜찮아요. 난 누구의 것도 아니니까. 그리고 아빠를 죽인 남녀 사이의 힘이 무엇인지 그 정체도 내 눈으로 보고 싶고."

야마자키 아저씨가 날카로운 눈빛으로 나를 보고 있었다.

그렇게 한동안 잠자코 있다가, 말했다.

"요시에, 나 같은 중년 남자가 너를 싫어하거나 귀엽지 않다고, 안고 싶지 않다고 여기는 경우는 없을 거야. 남자는 그런 거야. 하지만 요시에에게 무슨 짓을 한다면, 나는 내일부터 나 자신이 싫어질 거야. 그러면 살아갈 수도 없어. 그러니까 그런 말은 하지 않도록 해.”

나는 말없이 고개를 끄덕였다.

눈물이 주르륵 흘러내리고 야마자키 아저씨가 점점 더 좋아지는데, 너무하다고 생각했다.

“좋아하는 건, 괜찮은가요?”

“너는 지금, 사람을 좋아할 수 있는 상황이 아니잖아. 그걸 모르는 남자나 그 점을 이용하는 남자는 다 바보야.”

아니죠, 알아도 어떻게든 하고 싶어서 하게 되는 거겠죠. 그렇게 말하려다 그만두었다.

“정말, 그래요. 그저 기대고 싶은 건지도 모르죠.”

나는 말했다.

“집안에서 갑자기 남자가 없어져서, 단순히 그래서인지도 모르죠”

야마자키 아저씨가 풋 하고 웃음을 터뜨렸다.

“재미있군. 나도 모르게 웃음이 나왔어.”

“그럼 오아라이 수족관에 가요, 다음에 가요. 데려가 줄 거죠? 엄마랑 같이 가도 좋고, 당일치기라도 괜찮고. 이곳의 기억만 가지고 돌아가는 게 그냥 싫을 뿐이에요.”

나는 말했다.

“아빠가 수족관을 좋아했으니까. 그래서 가 주고 싶어요.”

"좋아. 날이 따뜻해지면, 엄마에게도 같이 가자고 하고. 하지만 오늘은 돌아가자. 공양 올린 날이잖아. 지금 도쿄로 돌아가서 차를 집에 갖다 두고 다시 나올게. 정종 한잔하면서 밥이라도 먹자고. 지갑 털어서라도 비싼 걸로 쏠 테니까."

"같이 내요."

"그랬다가는 또 이모에게 얻어맞지."

야마자키 아저씨가 웃는 얼굴로 말했다.

"어차피 같이 있기만 해도 얻어맞을 텐데, 아무러면 어때요."

그렇게 말하고 나도 웃었다. 그리고 떼를 부려 본 자신을 용서하고 만족했다.

물론 기분은 개운치 않았다.

아빠가 죽은 장소는 몇 번을 보아도 변함없이 인기척 하나 없고 살벌했다. 아빠와 죽은 여자에 대해서도 모든 것이 수수께끼투성이고, 아빠의 심경이 어땠는지도 여전히 모른다. 하지만 그런 게 아닐까. 그런데도 하늘은 아름답고 공기는 맑고 나의 일상은 계속되고 있고, 엄마도 살아가고 있다. 그 누구의 마음도 그 속내는 확실치 않다. 딱히 대답은 필요 없다. 그날과 똑같이 남아 있는 것은 이미 없다.

슬픈 장소에 오면 언제든 슬퍼지고, 지금 살아 있는 친밀한 사람과 맛있는 것을 먹으러 가면 조금은 즐거워진다. 그저 그뿐이다. 아빠의 심경 따위는 알 필요 없다. 아빠의 많은 부분을 좋아했다. 그 외에는 아무것도 알 수 없다.

애매하고, 징글징글하고, 엉거주춤하고, 답답하고, 모두가 그렇게 반듯하지 않아도, 그것으로 족하지 않을까.

괜찮아, 뭐 어때, 아무려면 어때.

나는 살아 있고, 지금 정말 좋아하는 사람과 함께 있다.

어두컴컴해진 숲 속에서 비로소 진심으로 그렇게 생각할 수 있었을 때, 나는 엄마가 내 집을 찾아온 기분을 이해하고, 부모가 아닌 한 사람의 인간으로 받아들일 수 있었다.

홀연히 내 손안에, 이해할 수 있겠다는 기분이 내려왔다. 마치 빈 공간으로 햇살을 듬뿍 머금은 비옥한 흙이 봉긋 고개를 내밀듯, 대답 비슷한 것이 내 손안에 꼭 쥐어진 느낌이었다.

그 장소를 뒤로 했더니 갑사기 배가 고팠다. 제를 치렀으니 정종을 마셔야겠지, 그런데 밥은 뭘 먹을까. 마치 친구처럼 그런 얘기를 나누며 차에 올라 차분하고 밝은 마음으로 고속도로를 탔다.

내가 고백한 일로 또 하나 무언가가 풀려, 둘 다 기분이 편안하고 즐겁다는 것을 알 수 있었다. 차 안에서 많은 얘기를 두런두런 나눴다. 그가 나를 진정으로 받아들여 준 느낌이었다.

야마자키 아저씨는 경험이 풍부한 사람이라서 내가 그런 착각을 품게 한 것뿐인지도 모르지만, 혹시 우리가 성격이 정말 잘 맞아서 같이 있으면 좋아 죽을 사이가 아닐까 하고 생각될 정도였다. 야마자키 아저씨가 미식가였던 부인의 영향으로 많이 먹지는 않아도 음식에는 절대 양보가 없는 사람이라는 것도 처음 알았다. 많은 얘기를 나눈 후에, 야마자키 아저씨 집 근처에 있다는 굉장히 맛있는 메밀국숫집에 가기로 했다. 우리 사이의 분위기가 정말 신나게 무르익었다. 사람이 죽은 장소에 다녀왔다는 사실 따위는 잊고 만 것처럼. 서로 의논해서 떨쳐 버리려면 이런 식으로 하자고 정하기라도 한 것처럼.

차 안에서 아빠에 얽힌 추억담에 야마자키 아저씨의 이혼 얘기, 그리고 엄마 성격이 어떻게 변했는지, 부담 없이 웃을 수 있는 범위 안에서 얘기하는 동안에도, 밝고 차분한 느낌이 우리 둘을 감싸고 있었다.

차 안에서 듣던 라디오에서 우연히, 처음 신야 씨 집에 갔을 때 들었던 음악이 흘러나왔을 때만 울고 싶어졌다.

그래, 즐거웠지. 신야 씨와 함께 있으면 즐거웠어, 마냥 착각에 빠져 있고 싶을 정도로. 그렇게 생각했다.

하지만 이제 만나서는 안 된다, 자신이 누구와 있어야 행복한지를 알아 버렸으니까, 그 앎이 과거의 정에 얽힌 좁은 범위에서 이루어진 지금뿐인 착각이라도, 이제는 만날 수 없다고 생각했다.

언젠가 친구로 지내는 날이 올지도 모른다, 신야 씨의 태도에 따라서. 하지만 그것도 먼 훗날의 일이리라. 이제 일을 끝내고 돌아가는 길에 둘이 마시는 일은 없을 것이라고 생각하자 정말 슬펐다. 결실이 없는 일에는 결실이 없는 일만이 지닐 수 있는 좋은 점이 있다.

그날과는 다른 감촉으로 음악이 스며 들었다. 가수는 투명하고 가는 목소리로 중얼거렸다. "한 번만 더."라고.

나는 그와 후회 없는 나날을 보냈다, 그와 잔 것도 후회하지 않는다. 하지만 나는 새로운 날을 맞지 않을 수 없다. 안녕 '레 리앙, 그리고 신야 씨'와의 나날이여. 모래가 손가락 사이로 사르륵 흘러내리듯, 돌아보니 덧없이 끝나 버린 시절이여.

내 기분과 똑같은 속도로, 고속도로 양옆의 푸르른 경치가 뒤로 밀려났다.

야마자키 아저씨의 단골이라는 그 메밀국숫집은 그냥 국숫집이 아니라 거의 요릿집 수준이었다. 고급스러운 안주가 조금씩 나오다 마지막에 사람 손으로 만든 멋진 메밀국수가 나오는 타입의 가게였다. "요즘 그런 가게가 많아져서, 돌아다니며 다 먹어 볼 수 없을 정도라니까."라는 미치요 씨의 말이 떠올랐다. 비스트로와 메밀국수는 별 관계 없어 보이지만, 미치요 씨는 늘 맛있는 먹을거리를 찾아 이곳저곳을 다니며 연구하고 있단다. 이 가게도 가르쳐 줘야지. 그렇게 생각했다가 참 그렇지, 내일도 가게에는 안 나가는구나, 하고 깜짝 놀랐다. 그 장소에 가는 것이 얼마나 내게 큰 위로였는지, 이런 때에야 알게 된다.

야마자키 아저씨가 집 주차장에 차를 두고 나오는 동안, 나는 역 앞 빌딩에 있는 서점에서 시간을 보냈다. 신간 코너에서 기다리고 있자니, 차림새가 살짝 변한 야마자키 아저씨가 싱글거리며 다가왔다. 이렇게 자연스럽게 지내다 보니 벌써 오래전부터 사귀어 온 사이인 듯한 기분이 들었다. 다 착각이라는 걸, 내일부터는 또 만날 수 없는 나날이 오래 계속될 거라는 걸 알고 있었지만.

메밀국숫집 다다미방에서 가볍게 술을 마시고, 맛있는 음식을 먹으면서 나는 솔직하게 말했다.

"같이 가자고 한 제가 사 드려야 하는데, 여기는 너무 비싸서 제 몫만 내기도 벅차겠어요."

"여기로 오자고 한 사람은 나잖아. 큰맘 먹고 온 거니까, 오늘은 내가 낼게. 요시에는 음식에는 전문가니까 라면이나 갈비보다는 다른 게 좋을 것 같았고, 생선이 맛있는 곳인 줄 뻔히 알면서 그냥 놀아왔으니까 갈 만한 곳은 여기밖에 없다고 멋대로 정한 사람도 나고. 그러니까 다음에 사. 아, 수족관이 좋겠군. 수족관에 가고 싶었는데. 나도 수족관을 정말 좋아하는데."

야마자키 아저씨가 말했다.

"거기, 상어가 우글우글한 수조를 무척 좋아해. 그리고 거의 끄트머리 쪽에 이상한 정글짐 같은 게 있는데, 디자인이 참 멋지지. 거기에서 아이들이 놀고 있는 걸 보면 가슴이 벅차. 눈물이 찔끔 날 정도로."

"여름이 되기 전에 꼭 가요. 나도 엄청 가고 싶었어요. 수족관은 저녁때면 문 닫잖아요, 그러니까 일찍 가요. 오늘은 잘 먹을게요. 수족관에 가는 날은 제가 낼게요. 아구찜 같은 걸로, 푸짐하게."

이런 대화를 하다 보면 아빠와 마지막 나눈 얘기가 즐거웠다는 게 다행이라고 생각된다. 다음에 맛있는 거 먹으러 어디 가자는 얘기는 언제든 즐겁기 때문이다.

마지막으로 메밀국수가 나왔다. 아주 맛있어 우리는 말

없이 후룩거리기만 했다. 후룩거리는 소리가 너무 요란하
지 않은 것도 야마자키 아저씨의 귀여운 부분이었다. "메
밀국수를 남자답게 먹지 못하는 게 콤플렉스였어."라고
말한 후에 야마자키 아저씨가 물었다.

"내가 의논 상대라는 거, 엄마도 알고 계시나?"

"알아요. 그러니까 수족관에 같이 가는 것도 전혀 부자
연스럽지 않아요."

"하하, 요시에 너, 참 금방 결론을 내리는구나."

야마자키 아저씨가 웃었다.

"그렇다고 어른인 건 전혀 아니에요. 지금도 떼를 부리
고 싶은걸요. 오늘이 끝나지 않았으면 좋겠다, 돌아가기
싫다고 말이죠."

"또 그 소리."

"미안해요, 알아요. 아저씨는 제 어린 시절을 본 사람인
걸요. 그러니까 무리죠. 알아요. 제가 괜히 어리광 부리는
거예요."

나는 그렇게 말했다.

"저는 저의 어린 세계로 돌아갈게요. 하지만 다음에 또
만나요.

정말 개운했다. 할 수 있는 일은 다 했다는 후련함과 더
불어 이제는 무서운 것도 버릴 것도 더는 없는 것처럼 생

각되었다.

"아까 말이지."

야마자키 아저씨가 호리코타쓰*에서 다리를 꺼내 정좌하고서 몸을 앞으로 쑥 내민 채 말했다. 정종을 마셔 두 볼이 화장이라도 한 것처럼 발그레했다. 부끄러운 화제여서가 아니라 술 때문인 그 모습이 또 귀여웠다. 아빠보다 젊고 아직은 기력이 쇠하지 않은 사람이라는 것을 절감했다. 피부의 윤기가 다르고, 손등의 주름이 다르다. 우리 아빠는 인생에 많이 지쳐 있었구나, 하고 생각했다.

"네."

나는 고개를 끄덕였다.

"아빠를 데려가 버린 힘의 정체를 알고 싶다, 그런 말을 했잖아. 그 말, 무슨 뜻이지? 남녀 사이의, 도저히 어찌할 수 없는 정념 같은 것을 말하나?"

"글세요. 모든 것을 내던질 수 있는 정도의 힘이었다면, 아빠를 용서할 수도 있지 않을까 해서요. 저는 아직 그런 힘을 모르니까."

"이모는 마음이 약하고…… 꿈속을 사는 사람 같았다고 할까, 현실감이 전혀 없었어……. 속이 아파 병원에 갔

---

* 다리를 내릴 수 있도록 탁자 아래를 낮게 만든 좌식 좌석.

는데, 위에서 조그만 암세포가 발견되었다더군. 내게 와서 그런 말은 한 적이 있었지. 수술을 하면 아직 몇 년은 충분히 더 살 수 있는 크기였는데. 진행이 빠른 타입의 암세포도 아니었고. 빨리 수술했으면 완치될 가능성도 있었을 거야. 내가 좋은 병원도 알아봐 줬어. 그런데 그 사람, 가족에게 아무 말 안 했지? 아무튼, 그런 어린 구석이 있는 사람이었어. 말을 하면 사실로 굳어진다고, 진짜로 그렇게 생각했던 거겠지."

"아니, 잠깐만요. 그건 전혀 몰랐는데요. 충격이네요. 엄마는 알고 있었나 모르겠네. 엄마에게도 알려야겠어요.

"음, 지금은 알려도 되겠지. 아니, 어쩌면 엄마는 알고 있었는지도 모르고. 그 친구, 그 일도 있고 해서 도망친 거라고 생각해. 뭐가 어떻게 되는 상관없다고 말이야. 병원에 가는 것도 검사도 다 싫다고, 어린애 같은 소리를 했어. 바보지, 정말."

"그 여자 때문에 암에 걸린 걸까요?"

내가 물었다.

"아, 요시에도 그렇게 생각하나? 나도 그 말을 들었을 때, 순간적으로 그런 생각이 들었는데. 뭐라 말하기 어렵지만, 우리는 그 여자에 대해서 잘 모르잖아? 만난 적도 없고, 얘기해 본 적도 없고. 그래서 더욱이 우리나 소금을 가져왔다는 그 아주머니나, 그 여자에게서 뭔가 크고 어두운 이미지를 떠올리는 게 아닐까 생각해. 막막한 어둠 같은 것, 신화 같은 것. 그 여자에게는 그런 것들을 환기시킬 만한 뭔가가 분명히 있었어. 하지만 사실은 그저 철저하지 못했을 뿐인 여자, 그 커다란 이미지의 한 귀퉁이에 불과한 인간이었다고 생각해. 그러니까 우리는 이모의 그 이해할 수 없는 죽음을 통해서, 정체를 알 수 없는 거대하고 어두운 것을 보고 있을 뿐인 거지. 하지만 인생이란 거의 그런 것들로 이루어져 있잖아. 그게 무서우니까, 다들 알기 쉬운 것을 필요로 하는 거잖아."

야마자키 아저씨는 말을 계속했다.

"그러니 그들이 모든 것을 내던져 버릴 만큼, 그 어떤 것에도 얽매이지 않는 목숨보다 굉장한 섹스를 했을 거라고 생각하는 것은, 우리가 그저 납득하고 싶기 때문인지도 몰라. 나는 이미 중년이라서 요시에보다는 그 느낌을 잘 알지만, 이모가 그렇게 간단히 여자에게 빠지지는 않았을 거야."

나는 잠시 아무 대꾸도 하지 않았다.

마음은 약하면서 겉으로는 허세를 부리고, 마더 콤플렉스인데 엄마에게는 약한 구석을 보이려 하지 않았고, 딸 앞에서는 언제나 좋은 아빠이고 싶어 했던 그 기묘하고 어두운 인물을 다시금 생각했다.

“우리 아빠, 바보네요.”

“그래, 바보였지.”

“덕분에 너무 놀라서 하고 싶은 기분도 없어졌어요, 아주 싹. 식욕까지. 맛있는 메밀국수를 먹고 난 다음이기에 망정이지.”

나는 말했다. 가슴속이 꾹꾹 죄어들었다.

“나는 그렇지도 않은데. 왠지 좋은 아저씨 노릇이 피곤해졌어. 나쁜 아저씨가 되어도 괜찮겠다 싶군.”

야마자키 아저씨가 말했다.

“난 요시에 너에게 마음이 끌려. 남자란 다 그렇고 그런 거야. 지금 폼 잡고 참느라 술에 취해 곤드레가 되어도 어쩔 수 없겠지. 그리고 요시에 네 머릿속에는, 젊어서 그렇겠지만, 말이 너무 많아. 나는 그런 너에게 사실은 아무 것도 해 줄 수 없다는 걸 아는데, 텅 비워 주고 싶다는 생각이 절실하군. 솔직히 말하면, 아까부터 망설이고 있어.”

“남자와 여자는 그렇게 다른가요?”

이 엉뚱한 전개에 나는 그저 놀라워하며 물었다.

“다르지.”

야마자키 아저씨의 침착한 말투가 인상에 강렬하게 남았다. 들으면 들을수록, 나 역시 차분해지고 기분이 맑아진다. 이 현상은 대체 뭘까, 하고 생각했다.

살짝 엿들은 음식 값이 엄청나게 비쌌다. 오늘은 아저씨가 정말 큰맘 먹고 지갑을 열었다는 걸 알 수 있었다. 그 돈을 나눠 치러야 한다면 나는 집에 돌아갈 돈도 없어지고 만다. 카드가 있으니까 어떻게든 됐을지도 모르지만, 그냥 얻어먹은 것으로 하기로 했다. '몸으로 대신할게요.'란 농담이 입에서 달싹거렸지만, 야마자키 아저씨에게는 남자의 순정을 짓밟을 수도 있는 농담이라 참았다.

밖으로 나오니 바람이 차가웠다. 아직도 겨울이네, 하고 나는 생각했다.

지난가을에서 이 겨울, 참 길었네. 여러 가지 일도 많았고. 아빠가 죽은 충격에 짓눌려 시간이 어떻게 지나는지도 모르게 살았는데, 땅바닥에 주저앉은 내 마음이 미처 쫓아가지 못했는데, 지금은 현실이 바짝 뒤쫓아 와 시간의 흐름이 느릿해졌다. 느긋하게 지내려 애쓰는 엄마와 함께 생활한 영향도 클 거라고 절실하게 생각했다.

바람 속에서, 잠시 눈을 감고 생각했다. 엄마와 이렇게 언제까지 같이 살 수 있는 것은 아니다. 나도 언젠가는 이 바람 속으로 사라지겠지. 들판에 버려진 아빠와 조금도 다르지 않다.

언젠가는 찾아올 종말의 예감이 나를 포근히 감쌌다.

그것은 절대 기분 나쁘거나 비참하지 않고 오히려 내가

퍼져 나가는 느낌이었다. 지금 아빠가 있는 장소는 그렇게 나쁘지 않고, 내가 꾼 꿈에서처럼 그 여자가 지켜보고 있는 좁은 곳도 아니다. 그렇게 확신할 수 있었다. 벌판에 버려져, 분해되고, 퍼지고, 흩날린다. 하지만 아빠의 중심은 알게 모르게 느낄 수 있는, 그런 자애로운 느낌.

"어떻게 할까."

야마자키 아저씨가 물었다.

"몇 시까지 돌아가면 돼요? 난 밤늦게라도 돌아가고 싶은데."

"엄마가 걱정할 테니, 그렇지."

나는 야마자키 아저씨의 듬직한 팔에 팔짱을 끼었다.

"왜 그럴까요. 같이 이바라키에 다녀와서 그런가. 난, 아저씨랑 있을 때의 자신이 무척 편해요. 내 본래 모습 그대로인 거 같아요."

"그런 말, 집 나간 아내에게서도 곧잘 들었어."

"그럼, 태어나길 그렇게 태어난 거로군요."

나는 웃었다.

더 정확하게 말하면, 이 사람과 있을 때의 나는 여자다, 그렇게 생각했다.

역 앞 널찍한 네거리는 오가는 버스와 차들로 붐볐다. 대부분 양복 차림을 한 사람들이 한잔 걸친 녹작지근한 기분으로 밤길을 메우고 있었다.

"요시에는 왜 나를 좋아하고, 나와 하고 싶어 하지?"

야마자키 아저씨가 물었다.

"이렇게 묻는 거, 유치하기도 하고 꼴사납기도 하지만, 그래도 궁금해서."

무슨 일이든 나름의 이유가 있어야 하고, 나름의 도리에 맞아야 수긍하는 사람이로구나, 하고 나는 생각했다. 야마자키 아저씨의 옷에서 향기로운 나무 열매 같은 좋은 냄새가 났다. 그리고 나름의 도리에 맞다 여겨지면, 일반적으로는 부정되는, 친구 부인과도 아는 사이인데 그의 딸과 관계한다는 일마저도 전혀 개의치 않는 그의 대범한 성격이 전해졌다.

"이 기간 중에서, 내가 살아 숨 쉬는 시간은 아저씨를 만났을 때뿐이었어요. 아저씨와 얘기할 때만 타인에게 괜한 신경을 쓰지 않았어요."

남자 친구와 자고 났더니, 정말 자고 싶은 사람이 누군지 알게 되었어요. 아저씨의 목소리를 들으면, 살아야겠다는 희망이 샘솟았어요. 그렇게 말할 수는 없었다. 진정한 마음으로 나를 찾아내 준 신야 씨에게 큰 실례라고 생각했다.

"어린애 같은 말을 해서 미안해요. 하지만 사실이 그랬어요. 게다가 나, 지난 이 년 동안 내내 착하게 지냈으니까. 엄마를 위로하고, 하루도 빠짐없이 가게에 가서 열심히 일하고, 슬퍼하고, 건강하게 일찍 자고 일찍 일어나고, 오직 일에 매진하고……. 그런데 그렇게 지낸 시간이 아빠가 죽음에 이른 과정과 너무나 동떨어져 있어서, 뭔가를 뒤에 남기고 온 느낌이에요. 좋아하는 남자와 자는 것으로 시름을 풀고 싶은 것도 아니고, 중년 남자의 노련한 테크닉에 허우적거리면서 아빠의 심정을 알고 싶은 것도, 아저씨만을 꿈꾸는 짝사랑을 하고 있는 것도 아니에요. 그 모든 것이 뒤섞여 뒤죽박죽인 기분을, 이 현실에서 실현하고 싶을 뿐."

"좋아, 알겠어. 그래, 하자."

"아니 어떻게 말을 그런 식으로!"

나는 웃었다.

신기하게도 마음은 고요했다. 우리는 어떤 설정이 있어서가 아니라 남자와 여자로서, 사람과 사람으로서 서로에게 끌리고 있다는 자신이 있었기 때문이리라.

걸어가는 내내, 둘 다 말이 없었다. 마지막으로 한 말이 "집에서 하는 거 싫지 않아?" "아뇨." 였다. 나는 아저씨의 손을 꼭 잡고 있었다. 이 꿈이 사라지지 않도록, 기적이 훌쩍 떠나 버리지 않도록.

엄마에게는 문자를 보냈다.

'아빠가 죽은 장소에 다녀왔더니 좀 우울해져서 한잔하고 갈게요. 늦어지겠지만 걱정 마세요. 난 괜찮으니까!'

엄마가 내 생활에 큰 관심은 없다는 걸 알기에, 들키면 어쩌나 하는 걱정은 전혀 없었다. 나는 앞으로 몇 시간 일상의 흐름에서 사라져 버리는 거다. 그렇게 생각했더니 묘하게도 기분이 좋아졌다. 혼자가 아니고, 서글픈 어둠 속으로 가는 것도 아니다, 평소의 일도 책임도 과거도 관계성도, 다 잊어도 된다.

아빠의 마음이 이보다 몇백 배는 무거웠을 테지만, 그 끄트머리의 한 꼬투리를 잠시 엿본 기분이었다. 그 격한 해방감이라니, 드높이 올라 자유를 한껏 누린 자신의 감정으로 스스로를 불태워 버릴 듯한 정도였다.

야마자키 아저씨의 집은 모양이 조금 독특하지만 세련된 아파트의 5층에 있었다. 문을 열고 들어서니, 집 안이 아주 깔끔했다. 그리고 안에서 회색 털이 매끄럽고 예쁜 고양이가 살금살금 기어 나왔다.

"마누라가 고양이를 두고 가 버려서."

야마자키 아저씨가 말했다.

"아저씨 외롭지 말라고 그랬나 보죠."

"그런 게 아니고, 원래는 데리고 갔는데 아이가 생기는 바람에 키울 수 없다고 다시 데려온 거야. 그러니까 우리 두 마리 다 버림받은 거지."

야마자키 아저씨가 고양이를 쓰다듬으며 말했다.

나 역시 언젠가 이 사람에게 몹쓸 짓을 할지도 모르지, 그 반대 상황도 가능하고. 하지만 지금은 양쪽 모두에게 한없이 부드러울 수 있다. 야마자키 아저씨와 고양이 모두에게.

"아까 우연이지만 둘 다 목욕을 했으니까, 불쑥 시작해도 괜찮은 것으로 하지."

야마자키의 그 말에 나는 "우연이지만?" 하고는 웃었다. 그리고 둘이서 손을 맞잡고 침대로 갔다.

살며시 나를 침대에 뉘일 때, 야마자키 아저씨가 말했다.

"솔직히, 이게 처음이자 마지막일 수도 있다고 생각해. 하지만 나는 더없이 진심이야."

나는 고개를 끄덕였지만, 너무너무 슬퍼 눈물이 주르륵 흘렀다.

하지만 이건 달라, 아빠와 그 여자와는 달라, 나와 신야 씨와도 다르고. 내가 굳이 바랐던 거리 두기와 유예가 의외로 이 관계에는 필요없어. 그렇게 생각했다. 여기에는 확실한 것도 너무 많고 계속될 요소도 아주 많아. 그러니까 내가 생각했던 것과 똑같은 것은 하나도 없어.

예상할 수 있는 것은 조금도 없어, 하고 생각했다.

나를 찾아내 주었고, 나이도 맞고, 결점도 없었는데 신야 씨를 좋아할 수 없었던 것과 마찬가지로, 예상할 수 있는 일이나 미리 약속할 수 있는 일은 하나도 없다.

야마자키 아저씨의 섹스는 신야 씨와는 달랐다. 신야 씨 쪽이 훨씬 격정적이고 노련해서, 물리적으로는 더 좋았다는 점이 놀라웠다.

그래서 어렴풋이 깨달았다.

그렇구나, 나는 본능적으로 그걸 알고 있었구나, 그래서 신야 씨와 사귀고 싶어 했던 거구나. 그렇게 생각했다.

하지만 신야 씨와 함께 갈 수 있는 곳은 이제 어디에도 없다, 기분 좋은 길은 끝나고 말았다. 그 이상의 경치는 보이지 않는다. 나는 아빠가 죽음에 이른 길을, 겨우 입구에 불과하지만 이미 보고 말았다.

야마자키 아저씨는 왠지 중학생처럼 서툴렀지만 그래도 오랜 결혼 생활 덕분인지 여자와 함께 있다는 사실에 완전히 익숙해진 자상함 같은 것이 있었다. 나는 그 아름다운 부인이 떠올라 가슴이 아팠다. 너무 아파 조금도 기분이 좋지 않았고, 아빠를 배신하고 말았다는 생각이나 엄마를 위해 착실하게 지내는 것도 이제는 끝이라는 상쾌함도 없었다.

다만 야마자키 아저씨의 손짓 하나하나가 사랑스럽고, 떨림 같은 감각만이 느껴졌다.

이 사람이 정말 나를 좋아하게 되었다는 것을 말로서가 아니라 분명하게 알았기 때문이다. 이 사람은 지금, 나를 보고 있다고 생각했다.

신야 씨와 야마자키 아저씨는 겉모습이 반대여서 아직 세상사를 모르는 나는 그만 착각하고 말았지만, 어느 쪽이든 내가 원한 것이었고……. 그렇게 생각했다. 중년의 노련함과 섹스의 조화로움, 섹스만의 기분 좋음, 청년의 연애, 상대를 배려하는 서툰 섹스……. 내 안에서 뒤섞여 혼란스러웠던 그 요소들을 현실이 제멋대로 정리해 준 듯했다.

정말 오랜 시간이 지난 후에 야마자키 아저씨가 내 안에 들어왔다. 그때, 결정적인 일이 일어나고 만 듯한 느낌이 들었다. 이제 돌아갈 수 없고, 돌아가지 않는다. 이제 아무 생각 안 해도 된다는, 그런 느낌이었다.

그 느낌을 그도 공유했는지는 알 수 없다.

그것은 나 혼자서만 오래도록 소중히 여겨야 하는 것이니까.

이동 거리가 길어 피곤했는지, 둘 다 한 시간 정도 곤한

잠에 빠졌다.

그리고 눈을 떠 보니, 세상이 바뀌어 있었다. 모든 것이 원래 모습으로 돌아간 것 같았다. 사랑의 마법은 풀리지 않았고, 눈앞은 밝아졌다.

고양이는 내 옆에서 푸근히 자고 있었고, 그 너머에는 잠자는 내 얼굴을 보고 있는 야마자키 아저씨가 있었다.

시간은 밤 깊은 1시 30분, 이제 돌아가야 한다.

나는 천천히 일어나 옷을 입기 시작했다. 돌아가고 싶지 않지만, 어쩔 수 없다. 마법이 풀리는 시간이 다가온 것이다.

"훨씬 더 자기혐오에 빠질 줄 알았는데."

착잡한 표정으로 야마자키 아저씨가 말했다.

"나는 어른이고, 내 일은 나 혼자서도 할 수 있어요."

"아무 말 마, 요시에. 요시에 네가 이모의 딸인 요시에 라는 것을 잊고 싶어. 그냥 젊고 귀여운 여자와 하고 싶어 서 했다고 생각하려고 해."

야마자키 아저씨가 말했다. 울퉁불퉁한 무릎과 손가락 에 돋은 털마저 좋았다.

"그건 무리죠. 그런 말을 하는 것 사제기 무리라는 뜻 이에요."

나는 고양이를 어루만지며 미소 지었다.

현관 앞에서 꼭 껴안아 준 야마자키 아저씨와 큰길까지

손잡고 걸었다.

"한동안은 만날 수 없을 거야."

야마자키 아저씨가 말했다.

"만날 수가 없지."

"봄이 오면."

나는 말했다.

"프랑스에서 돌아오면 연락할게요. 그때 기분을 봐서 같이 수족관에 갈지 말지, 알려 주세요."

"음, 알았어. 그렇게 하지."

"그리고 부탁이 있어요."

또 눈물이 주르륵, 흘렀다. 얼마나 울어야 눈물이 마를까. 이제는 우는 것도 지겹고 지쳤는데. 그런데도.

"봄이 올 때까지는 누구랑 같이 살면 안 돼요. 자는 건 괜찮지만, 같이 살지 마세요."

"알았어."

야마자키 아저씨가 내 머리를 쓰다듬었다.

아빠처럼, 그리고 연인처럼. 그때는 내게 없었던 두 가지처럼.

늦은 시간 밤길은 공기가 맑았다. 가슴 한가득 차가운 공기를 들이쉬었다. 몸에 남아 있는 열기가 날아가는 것이 안타까웠다.

택시에 올라, 나는 말했다. 무언가를 치유하는 주문처럼.

"시모키타자와로 가 주세요."

지금 나의 고향, 지켜야 할 것이 있고, 돌아가야 할 곳의 이름.

택시 문이 닫히고, 야마자키 아저씨는 어둠 속에서 손을 흔들어 주었다. 그리고 몸을 돌려, 우리가 확실히 사랑을 나눴던 그 방으로 돌아갔다.

가슴이 너무 벅차 아무 생각도 할 수 없었다. 나는 자자와 거리에 있는 역 입구 언저리에서 택시를 내렸다.

밤이 깊었는데도 사람들이 끊임없이 오갔다. 신야 씨와의 추억이 줄지어 밀려왔다. 욕정에 몸을 맡기는 체질은 아닌가 봐, 욕정의 끝을 보고 싶은 기분은 아빠 나이나 되어야 보다 잘 알 수 있는 거겠지. 생각했다.

결국 아무것도 모른다. 아빠와 그 여자, 그들의 관계, 그녀의 성격과 두 사람이 보았던 것, 아무것도……. 슬프지만 그것은 그들만의 것이다. 둘이서만 목숨을 걸고 본 것이라고 생각하고 싶다. 그리고, 나와 엄미가 아빠의 보물이었던 것처럼, 아빠만의 것이라고.

아무와도 무언가를 함께 가질 수 없지만, 그런 기분에 젖게 하는 만남이 있다는 것.

안녕, 신야 씨, 고마웠어요.

그런 생각을 하자 기분이 약간 가라앉았지만, 몸 안은 여전히 야마자키 아저씨의 온기로 가득했다. 그 온기를 보물처럼 고이 안고서 나는 아즈마 거리를 지나 만두 가게 '오쇼' 앞으로 갔다.

'오쇼'는 환하게 밝힌 불빛 아래 활기에 차 있고, 많은 손님들이 식사하고 있었다. 유리창 너머로 그런 모습을 보면 기분이 좋아진다.

나는 왼쪽으로 돌아 다시 한 번 자자와 거리로 나가서, 가게가 있던 장소로 걸음을 돌렸다. 캄캄하지만, 아직 건물은 남아 있었다.

이제 곧 건물이 철거되고 벚나무도 잘려 나가리라. 아름답게 밤길을 수놓았던 생명이 그렇게 사라지고 만다. 나는 아무것도 할 수 없다. 벚나무에게 고마웠다고 말해 봐야 대답은 돌아오지 않는다. 늘 그랬듯이 어루만져 보아도, 헤어져야 하는 슬픔만 끓어오른다. 내년에는 벚꽃을 볼 수 없다니.

내가 매일 열었던 그 무거운 나무 문도 이 세상에서 곧 없어진다니, 도저히 믿기지 않지만…… 내 안에는 놀라우리만큼 확고하게 그 경치와 감촉이 남아 있었다. 이 또한 나만의 것, 그리고 이 거리를 걷는 사람들 모두가 두루 두루 공유했던 것이다. 우리가 이 세상에서 사라져도, 사라지지 않는다. 아빠와 함께 지냈던 수많은 장면과 아빠의 유전자만큼이나 확실하게 내 안에 남아 있는 것이다.

내 머리 안에, 몸을 이루는 세포들에, 눈동자 속에, 남아 있는 갖가지 풍경만큼은 그 누구도 빼앗을 수 없다. 두고 보세요, 시간이여. 그렇게 생각하고서 나는 두 주먹을 꽉 쥐었다.

젊고 비참하고 아무것도 없는 듯 보이지만, 이 세상 누구와도 그 전부를 공유하지는 않지만, 그래도 많은 것들을 공유하며 이런저런 사람들과 이어져 있는 오직 하나의 경험을 지닌, 오직 하나뿐인 자신의 귀중함이 몸이 오싹 시려 오는 별하늘 아래에서 한층 살갑게 다가왔다.

눈을 감자, 내 마음속의 벚나무는 가지가지에 송송이 맺힌 엷은 분홍색 꽃잎을 바람에 휘날리고 있었다.

그리고 내 마음속의 '레 리앙'도 소리 없이, 영원히 그곳에서 나날의 영업을 계속하고 있었다.

그것은 어떤 일이 있어도 사라지지 않는다. 걱정 없다.

다시 한 번 나는 그렇게 생각하고, 봄을 기다리며 새로운 것을 내 두 눈으로 다시금 보아 가자고 생각했다. 파리와 프랑스 시골의 아름다운 무수한 경치와 맛난 먹을거리와 미치요 씨 얼굴에 어려 있는 결의, 그런 것들을. 그리고 혹은 야마자키 아저씨의 새로운 여러 가지 표정……. 서로를 미워하고, 싸우고, 매몰차게 대하고, 그런 일도 있을지 모르지만, 지금은 겁나지 않았다. 어쩌면 두 번 다시 만나지 않을지도 모른다. 하지만 그것은 프랑스에서 돌아온 미래의 내가 생각할 일이다. 누구든 그때가 되어야 알 수 있고, 그때의 자신을 만드는 것은 그때까지의 하루하루를 보낸 나 자신이리라.

그냥 내가 좋아하는, 나 스스로 선택한 남자와 잤기 때문이 아니다. 그리고 아빠가 죽은 장소에서 기도를 올렸기 때문에 마음이 들뜬 것도 아니었다.

이 기간 동안 나는 무엇을 했을까, 아무것도 하지 않은 느낌이었다. 모든 것이 꿈속 같았다. 그런데도 한 일이 전혀 없지는 않다는 사실이 나를 후련케 했다. 숨이 막힐 듯 답답하고, 마음 둘 곳도 없었는데 나도 모르는 새 무언가를 하고 있었고, 그것들 모두가 반듯하게 앞으로 나아가 돌아보니 아무런 짐도 없는 곳에서 나는 후, 숨을 내쉬고 있다. 그곳이 바로 이 장소였기에 다행일 뿐이다.

나는 지금 홀로 외로이 차가운 밤길에 서 있는 듯하지만, 이 거리 전체에서 보면 조금도 외롭지 않다.

조금 떨어진 가게에서는 지즈루 씨가 무언가를 맛있게 볶고 있겠지. 에리코 씨는 가게 정리를 끝내고 조금 전에

역 앞 쇼핑가를 총총이 지나 집으로 돌아갔을 것이다. 늘 인기 만점인 핫짱은 헌책방 문을 단단히 잠그고서, 오늘도 누구와 데이트를 즐기러 나갔으리라. 커피 가게 부부는 오늘도 머리띠를 질끈 동여매고 앞치마를 두른 채 말없이 커피를 끓이고 나르고 있겠지. 미치요 씨는 내일, 여행 건으로 내게 연락을 줄 것이다. 이 시간쯤, 미유키 씨와 텟짱은 아직도 가게 정리를 하고 있을 것이다. 그리고 둘은 사이좋게 주택가를 지나 집으로 돌아갈 것이다.

이곳에 살고 일하면서 알게 된 많은 사람들의 웃는 얼굴과 몸짓이 떠올랐다.

나와 엄마가 이 동네에서 알게 된 사람들은, 오늘도 이곳에 살면서 어제와 별다르지 않은 하루를 보냈을 것이다.

사람 사는 거리란, 그런 거다.

몇 년 전에는 전혀 몰랐던 사람들의 삶이 이 거리를 숨쉬듯 들고 나는 것을 나는 느꼈다. 혼자가 아니었다. 내가 모르는 수많은 사람들이 똑같이 들고 나면서 거리는 만들어진다.

후지코 씨의 말대로다. 언뜻 보면 뒤죽박죽 혼란스럽고 추하지만, 어느 틈엔가 멋진 무늬를 그리고 있다. 이 얼마나 아름다운 광경인가.

그것은 사람들의 욕망과 추악함과 비참함과 사랑과 훌

륭함과 웃는 얼굴과 풍요로움, 그런 모든 것들이 뒤섞이고 엉킨 무의식의 넝쿨 같은 것. 설사 도끼로 싹둑 잘라 낸다 해도, 불태워 버린다 해도, 사람들의 마음속 경치까지는, 그 안에 살아 있는 시간까지는 빼앗을 수 없다. 아무도 건드릴 수 없다.

그 안에 지금과 나를 통해 우리 아빠도 분명하게 속해 있다.

그렇게 생각했다. 그걸 가르쳐 준, 포근히 감싸 안아 쉬게 해 준 시모키타자와여, 고맙습니다. 모양이 어떻게 바뀌든 끈질기게 단단하게 뿌리내려, 영원히 여기에 있기를…….

지금까지 많은 사람들이 원했을 단순한 소망을 나 또한 품었다.

눈에 보이지 않는 것에 밀려난 것들, 마음만 놓아두고 이곳을 떠난 것들이 남긴 상념의 잔해가 데굴데굴 나뒹구는 기억의 전쟁터에 꽃을 바치듯 하루하루 발자국을 새기며 걸어간다.

어쩌면 내 고향 농네도 마친가지였을 텐데, 이곳에 와서야 비로소 깨달은 까닭은 이곳이 바람이 지나가는 장소, 그리고 사람들이 특별히 아끼고 사랑하는 장소이기 때문일 것이다.

성숙한 발에 예쁜 구두를 신고 있는데, 내딛는 걸음의 가벼움은 어렸을 때 아빠와 손잡고 사러 갔던, 마음에 드는 운동화를 신었을 때 같았다.

이 횡단보도를 건너면 우리 엄마가 기다리는 집이 있다. 나는 엄마와 함께 사는 방의 창문을 올려다보았다. 방 안에서 그 커다란 텔레비전 화면이 반짝반짝 빛나는 게 보인다. 내게 아빠는 이미 없지만, 엄마는 있다. 그리고 오늘도 만날 수 있다. 아직은 오래오래 같이 살 수 있을 것이다.

엄마, 지금 가고 있어. 살아 있는 엄마, 금방 가서 다녀왔다고 말할 테니까.

그런 생각을 하는 나는 똑 떨어진 빛나는 별을 가슴에 품은 것처럼, 커다란 행복이라고밖에 표현할 수 없는 무엇을 안고 있었다.

아무것도 변하지 않았고, 답답함도 전혀 해결되지 않았지만, 내 마음은 대답 같은 것으로 이미 채워져 있었다.

옮긴이의 말

　나 어릴 적 살던 집, 그 동네는 지금 이 세상 어디에도 없습니다.

　산기슭 언덕배기, 기와집 슬레이트 지붕 집이 닥지닥지 붙어 있던 그 자리에 지금은 높이 치솟은 아파트들이 들어서 한강을 내려다보고 있지요.

　한강 물과 맞닿아 있는 저지대는 여름이면 물에 잠기고, 사방에 언덕이 있어 겨울이면 눈에 고립되는 곳이었습니다.

　그래도 이른 봄이면 저 건너 민둥산에 개나리꽃이 흐드러지게 피었고, 한겨울 꽝꽝 언 한강 위로 트럭이 지나는 광경은 참 좋은 볼거리였습니다.

　시장통으로 내려가면, 온 세상 사람 온 세상 먹을거리들이 다 모여 있는 것처럼 왁자지껄 활기가 넘쳤고, 그때 새로 나온 50원짜리 분홍색 종이돈을 들고 심부름을 가는 것도 큰 자랑이었습니다.

어린 두 딸의 손을 잡고 떠나기까지 삼십 년을 살았던 그 동네를 다시 찾았을 때, 우리 집으로 오르던 골목길마저 찾기 어려워, 이리저리 두리번거렸죠. 그리고 집이 철거되던 당시의 허망했던 기분도 되살아났습니다. 마치 불도저가 머릿속까지 싹 밀어 버리는 듯 했던 그 잔인한 기억.

그 후로는 삶에 치여 그 동네는 물론 기억까지도 돌아보는 일이 좀처럼 없었습니다. 한강을 넘는 전철을 타고 지날 때에나 먼 풍경을 바라보면서, 아 그래, 옛날에 저 언저리에 살았는데, 하고 희미한 기억을 떠올릴 뿐이었죠.

그런데, 두 딸이 내가 그 집에서 너울너울 대학을 다니던 나이가 된 지금. 빛바랜 앨범을 들추면 그 옛날의 추억이 고스란히 묻어 나올 것 같습니다.

꺼진 연탄불을 되살리려 매운 연기에 캑캑거렸던 기억도 웃으며 얘기할 수 있을 것 같고, 입시 날 아침 그 연탄불에 라면을 끓여 먹었던 애처로움과도 당당하게 마주할 수 있을 것 같습니다.

이제는 볼 수 없지만, 장맛비에 떠내려간 간장독을 아쉬워하며 한숨짓던 어머니의 모습도, 뒤늦게 본 외손녀들의 재롱에 주름진 함박웃음으로 답해 주셨던 어머니의 얼굴도, 모두 똑같은 무게로 내 삶의 근간이었다고 소중하게 껴안을 수 있을 것 같습니다.

세월이 흐르고 세상이 바뀌어 외형적인 흔적은 모두 사라졌어도, 불도저가 지나갔던 자리에도 여전히 끈질기게 남아 있는 추억의 힘이 내 삶을 지켜 준 기둥이었다는 것을 새삼 깨닫게 될 것 같습니다.

그리고 지금 내가 버티고 서 있는 자리 또한 언젠가는 기억의 한 풍경이 되어 그 힘을 축적하리란 것도 말이죠.

태어나고 자란 곳은 아니어도, 때로는 지난 아픔을 어루만져 주고, 때로는 위로가 되어 주고, 때로는 새로운 만남을 준비해 주고, 때로는 새 출발을 반겨 주는 장소, 그래서 기억 속에는 영원히 '마음의 고향'으로 붙잡아 두고 싶은 장소의 힘을 그린 바나나의 새 소설 『안녕 시모키타자와』의 요시에를 뒤쫓다, 내 마음속의 어느 장소로 잠시 돌아가 보았습니다.

2011년, 장맛비 소리 들리는 날

김난주

옮긴이 **김난주**

1987년 쇼와 여자대학에서 일본 근대문학 석사 학위를 취득했고, 이후 오오쓰마 여자대학과 도쿄 대학에서 일본 근대문학을 연구했다. 현재 대표적인 일본 문학 전문 번역가로 활동하며 다수의 일본 문학을 번역했다. 옮긴 책으로 요시모토 바나나의 『키친』, 『하드보일드 하드 럭』, 『하치의 마지막 연인』, 『암리타』, 『티티새』, 『불륜과 남미』, 『몸은 모든 것을 알고 있다』, 『허니문』, 『하얀 강 밤배』, 『슬픈 예감』, 『아르헨티나 할머니』, 『왕국』, 『해피 해피 스마일』, 『무지개』, 『데이지의 인생』, 『그녀에 대하여』 등과 『겐지 이야기』, 『모래의 여자』, 『가족 스케치』, 『훔치다 도망치다 타다』 등이 있다.

안녕 시모키타자와

1판 1쇄 찍음 2011년 8월 1일
1판 1쇄 펴냄 2011년 8월 12일

지은이   요시모토 바나나
옮긴이   김난주
발행인   박근섭, 박상준
편집인   장은수
펴낸곳   (주)민음사

출판등록   1966. 5. 19. 제16-490호
주소   서울시 강남구 신사동 506 강남출판문화센터 5층 (135-887)
대표전화   515-2000 | 팩시밀리   515-2007
홈페이지 www.minumsa.com

한국어 판 ⓒ (주)민음사, 2011. Printed in Seoul, Korea

ISBN 978-89-374-8386-8 (03830)